明石掃部

人物文庫

学陽書房

戦国備前 関係地図

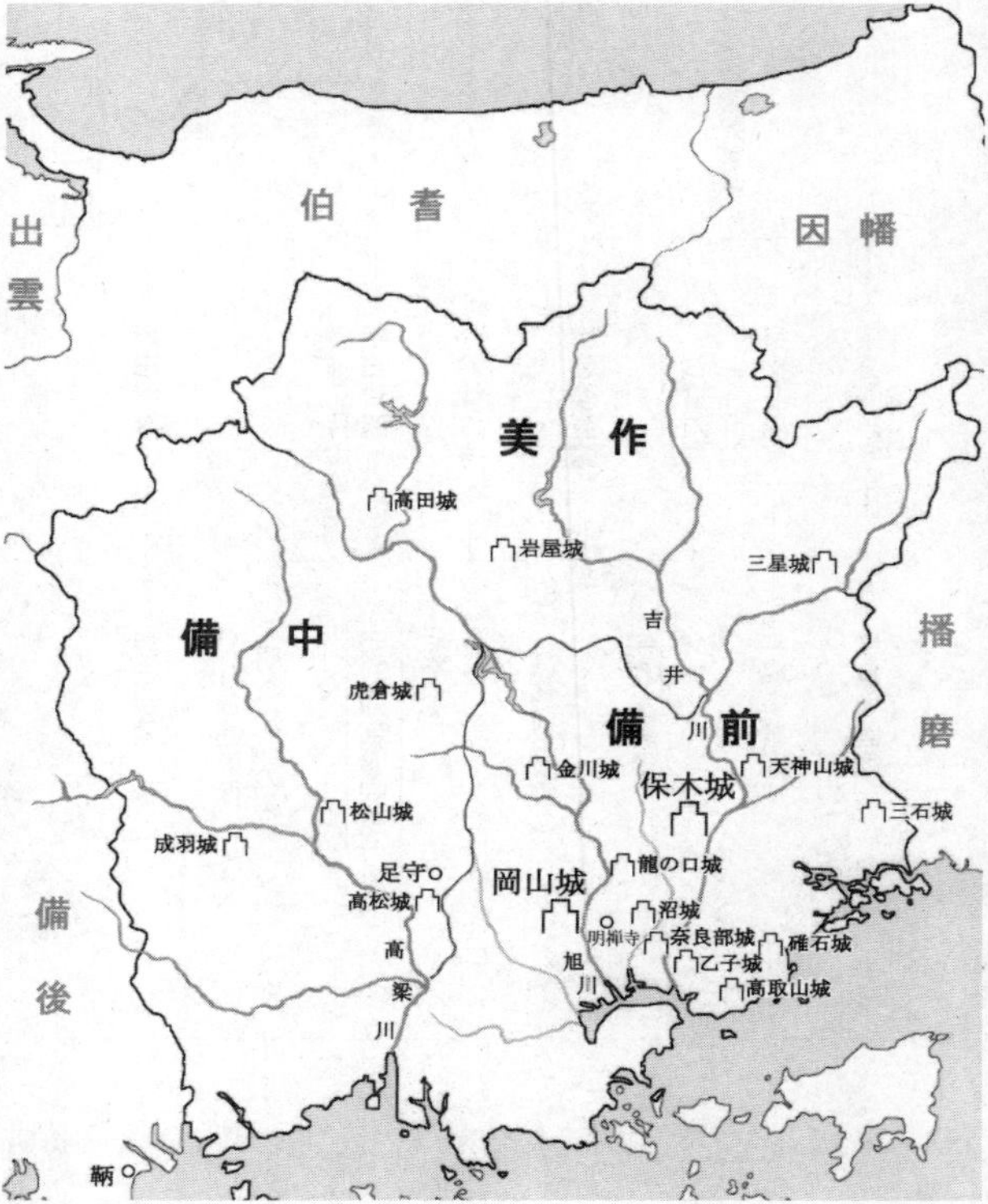
伯耆
出雲
因幡
美作
高田城
岩屋城
三星城
備中
吉井川
播磨
虎倉城
備前
金川城
保木城
天神山城
松山城
三石城
成羽城
足守
岡山城
龍の口城
高松城
備後
沼城
明禅寺
奈良部城
砥石城
高梁川
旭川
乙子城
高取山城
鞆

明石掃部関係系図

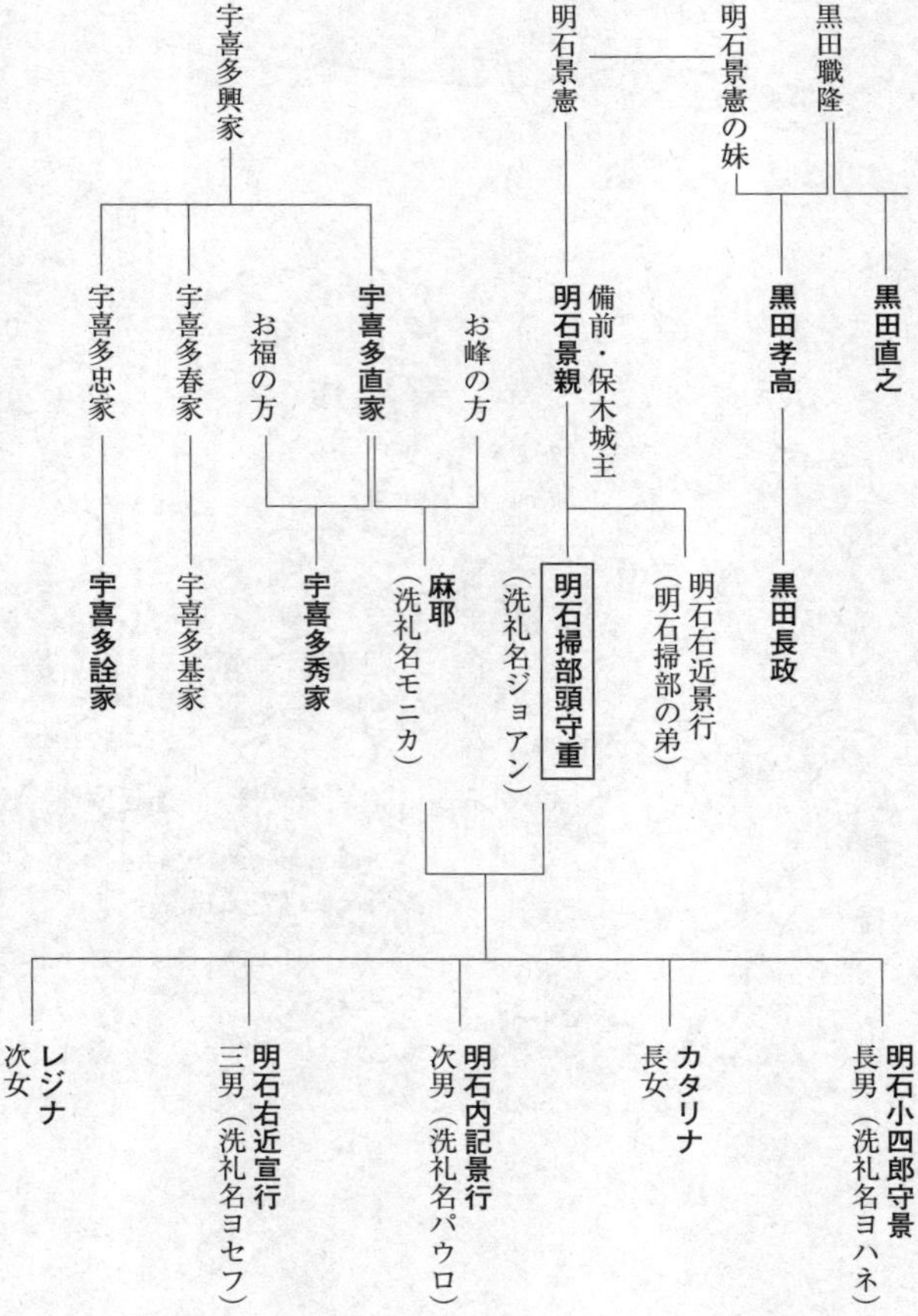
黒田職隆
明石景憲の妹
明石景憲
宇喜多興家
黒田直之
黒田孝高
備前・保木城主
明石景親
お峰の方
宇喜多直家
お福の方
宇喜多春家
宇喜多忠家
黒田長政
明石右近景行（明石掃部の弟）
明石掃部頭守重
（洗礼名ジョアン）
麻耶（洗礼名モニカ）
宇喜多秀家
宇喜多基家
宇喜多詮家
明石小四郎守景
長男（洗礼名ヨハネ）
カタリナ
長女
明石内記景行
次男（洗礼名パウロ）
明石右近宣行
三男（洗礼名ヨセフ）
レジナ
次女

目次

序章　あの十字の旗印は誰だ……9
第一章　秀吉が高く買った才智……15
第二章　「南蛮」という名の衝撃……48
第三章　われ、戦国の世を神のもとで……74
第四章　友よ、死を笑顔で迎えん……98
第五章　宇喜多家の執政となって……124
第六章　見よ、この鉄砲と長槍を……152
第七章　いざ、関ヶ原に激戦する……182

第八章　流転、中国・九州に逼塞する……211
第九章　大坂の役に勇戦する……241
第十章　家族・家臣、その生死を語らず……274
第十一章　逃亡、長崎からルソンへ……302
第十二章　故郷の備前忘れがたく……334
終　章　――あとがきにかえて……367
明石掃部関係年表……375
主な参考史料・文献……383

明石掃部

序章　あの十字の旗印は誰だ

昨夜からの雨が、なお降り続いていた。まだ、辺りは暗く、いつになく霧も深い。その降り続く雨と深い霧のなかで、決戦の時が迫っていた。

慶長《けいちょう》五年（一六〇〇年）九月十五日未明、美濃・関ケ原――

東軍・徳川家康方のおびただしい数の人馬が、大挙して西へと進んでいた。その数は総勢およそ七万人。家康を守る三百騎とそれを取り巻く徒歩《かち》の者二千人を要に、全部隊を扇型に展開し、一挙にこの要地を突き破ろうとしていた。

家康は、この日の決戦に際し、駕籠《かご》から馬に乗り換えたのだが、肥満のため尻が重く、いかにも乗り心地が悪い。しかも、昨夜からの寝不足のせいか、顔色が悪く、何となく足腰もだるい、と感じていた。

だが、長年戦塵にまみれてきたこの男は、不機嫌さをおくびにも出さず、むしろ笑顔を繕いながら馬を進めた。

やがて、夜がしらみ始め雨も止んだ。家康は、将兵をさらに西へ進めながら、生来の大きなまなこで、じっと敵陣を眺めた。

「この霧では、まだ何も見えぬ。者ども行け！」

その一声で、おびただしい数の物見が、家康の足元から駆け出していった。霧はまだ深く、ほとんど先が見えない。前方で盛んに、先陣の馬のいななきがして、それが不気味に家康の耳を叩いた。

そのころ、西軍・石田三成《みつなり》方は、騎馬、鉄砲、長槍などから成る総勢五万人が半里（二キロ）にも及ぶ鶴翼《かくよく》の陣を張り、ほぼ万全の迎撃態勢を整えていた。

ようやく霧が緩み始め、戦場を囲む山々の緑が見え始めた。家康は、さらに本陣を進め、西軍を半里先に望むはずの丘陵・桃配山《ももくばりやま》の一角に立った。

手の者が次々に帰って来ては、敵陣の様子を報告した。

「どの山も、おびただしい数の人馬で溢れております。昨夜からの雨で、将兵ともどもずぶ濡れになったため、甲冑《かっちゅう》を脱ぎ、火を焚いている者もおりました」

「鉄砲や長槍の者どもは、かねてより準備していた木柵《もくさく》や塹壕《ざんごう》に身を並べ、それぞれ飯を食ったり、火縄や槍の手入れをしたりしているようでございます」

家康は、いちいち頷きながら、西軍それぞれの部隊で、実際に先鋒の指揮を執っているのは誰かを考えた。

向かって最右翼にあたる笹尾山の石田三成隊六千七百人では、勇将の誉れ高い嶋左《しまさ》近《こん》と蒲生備中《がもうびっちゅう》が、最左翼の山中村に陣を張る大谷吉継《よしつぐ》隊とその与力衆六千人では、豪将・平塚為広《ためひろ》と戸田重政が、それぞれ部隊の先鋒を務めている。

では、西軍の主力として、関ヶ原の中央・天満《てんま》山に陣を張る宇喜多秀家《うきたひでいえ》隊一万七千人では、その先鋒を采配しているのは誰なのか？　家康は、側近の者どもに尋ねたが、誰もそれを知らなかった。

「急ぎ、それを探れ。戦いは前の者（先鋒）同士の撃ち合いで決まる。宇喜多の先鋒をこそ突き破らねば、この関ヶ原を突破することはできぬ」

まもなく、また物見の者があわただしく帰ってきた。その報告によると、西軍中央・宇喜多隊の前列の柵は、すでにおびただしい数の鉄砲で埋め尽くされているという。

「しかも、やや奇妙な旗を翻《ひるがえ》しております」

「なに、奇妙な旗というか」

「はい、色とりどりの布地に、墨のようなもので、十字をしつらえております」

「なに！　それは誠か。とすれば、宇喜多隊の先鋒の指揮を執るのは、あの明石掃部《あかしかもん》だというか……」

「どうやら、そのようでございます」

「うーむ、これはまずい」

家康はそこで、この男には珍しい仕草をした。いかにも不愉快そうに顔をゆがめたあと、急に湧き起こった不機嫌を隠すように、左手の爪を噛んだ。

明石掃部はこのとき、備前《びぜん》、備中、美作《みまさか》三か国の太守・宇喜多秀家の執政にして筆頭家老。秀家が所領する五十七万四千石のうち、備前・保木《ほぎ》で三万三千石を食《は》んでいた。しかも当時、西国ではその名が知れ渡るキリシタン武将であった。

このとき明石掃部は、宇喜多隊の先鋒およそ四千人を率いて、天満山東麓一帯に陣を張っていた。騎馬の者五百騎、鉄砲の者三千人、長槍の者五百人ばかりだったが、そのうち何と三千人の将兵がキリシタンだったという。

これに対し、東軍のなかで宇喜多勢に向かい合おうとしていたのは、藤堂高虎隊の二千五百人、京極高知《きょうごくたかとも》隊の三千人、寺沢広高隊の二千四百人などであった。

「これはいかん。明石掃部の戦さ上手は天下に聞こえている。このままでは、宇喜多の堅陣を破ることはできぬ……」

家康は、こう呟いたあと、急ぎ重臣の井伊直政《なおまさ》を本陣に呼びつけた。

「そなたはどう思うぞ。宇喜多隊の先鋒・明石掃部を打ち破るには、藤堂隊や京極隊では無理だ」

直政が、なにか言おうとすると、家康はすかさずそれを制して続けた。

「ここは、あの豪の者をぶつけるしかあるまい」

「左衛門大夫殿でございますか」

「そうじゃ、明石掃部の堅陣を突き破れるのは、この男しかあるまい……」

「かしこまりました。すぐに手配にかかりましょう」

家康が言う「豪の者」とは、尾張《おわり》・清洲《きよす》二十万石の城主・福島正則《まさのり》のことである。

福島隊六千人は、東軍の事実上の先鋒として、すでに関ヶ原の敵陣近くまで進んでいたが、布陣の地は南部を流れる関の藤川沿いで、このときは西軍・大谷隊とその与力衆六千人と向かい合っていた。ここを突破して中山道《なかせんどう》を進み、いち早く三成の居城・佐和山へ向かうためであった。

やがて、霧が晴れた。東西両軍はすでに数百メートルの地点で向かい合い、不気味なほどの沈黙を守り合っていた。

午前八時、突然のことである。関ヶ原の中央部で小刻みに、だが激しい数発の銃声がした――

東軍のほぼ真ん中に控え、西軍・小西行長《ゆきなが》隊六千人と対峙していたはずの井伊直政と家康の四男・松平忠吉《ただよし》配下のおよそ三十騎が、物見と称して藤堂・京極隊の前を駆け抜けた。さらに福島隊の前にまで来て右に転じ、西軍の主力・宇喜多隊に近づいた。そして、その先鋒・明石隊に向かって銃火を浴びせたのである。

家康が直政に授けた密命で、福島正則隊に戦端を開かせるための挑発行動だった。これを見て正則は大いに驚き、そして怒った。直ちに先鋒の騎馬と銃卒など八百人を率いて宇喜多隊に向かい、しゃにむに襲いかかったのである。

こうして、家康が策した通りに戦いの火蓋《ひぶた》が切られたのだが、その思惑はまもなくはずれた。

これまで「百戦して一度たりとも負けたことがない」と豪語してきた福島隊が、明石掃部の鉄砲隊と長槍隊の前に打ち破られた。陣列を整えて何度攻めても惨々に撃退され、そのたびに多数の死傷者を出したのである。

この明石掃部とは、いったいどんな男だったのだろうか？

第一章　秀吉が高く買った才智

明石掃部は、永禄《えいろく》九年（一五六六年）ごろ、山陽道の要衝・備前《びぜん》（岡山県）に生まれた。

父親は、東備前の要衝・保木城（岡山市瀬戸町万富）の城主・明石景親《かげちか》である。母親も同じ備前の有力国人の家柄と思われるが、その名や出自についてはよく分からない。

明石掃部が生まれた永禄年間は、全国的に群雄割拠し、下克上による大争乱の時期であった。

ここ備前でも、守護代の浦上《うらがみ》氏が守護の赤松氏を追い出したあと、安芸《あき》（広島県）に興《お》きた毛利氏や出雲《いずも》（島根県）に興きた尼子《あまご》氏の勢力も伸張。これら三つの勢力により、各地で城と土地を奪い合う合戦が繰り返された。

明石氏は、もともと播磨《はりま》（兵庫県）の明石地方に蟠踞《ばんきよ》する土豪だったが、その一族がいつの時期かに備前の児島に移り、この地の開鑿《かいさく》に尽くしたらしい。

明石掃部の父親・景親は、時の守護代・浦上宗景《むねかげ》が天神山城（岡山県和気町岩戸）に拠って、備前の支配を固めたときにそれを助け、若くして宗景の重臣となった。「長身、強躯にして知勇ともに備えた」豪将だったという。

また明石氏は「戦国の軍師・黒田官兵衛孝高《よしたか》」を出した黒田氏とは、歴代深い姻戚関係にあった。

黒田氏もまた、もとは播磨の明石地方に出自した国人で、明石掃部の父親・景親と黒田官兵衛とは、従兄弟の関係だったという。この事実は、明石掃部のその後に深い係わり合いを持ってくる。

ところで、ここ備前では永禄・天正《てんしょう》年間に、東部・吉井川下流域で勢力を培った国人・宇喜多氏が台頭する。

時の総領・宇喜多直家は、はじめは天神山城の宗景から吉井川河口の乙子《おとご》城（岡山市東区乙子）に、知行三百貫（およそ二四〇〇石）と足軽三十人を貰い受けただけの、まだ取るに足りない「浦上衆」の一人に過ぎなかった。

ところが、直家はこの永禄・天正年間に、近隣・周辺の国人諸豪を、時には暗殺、時には騙し討ちにするなど、謀略や策術によって次々に倒していった。

その成功には、直家の知略や野心の深さもあったが、備前守護代・浦上宗景の重臣で、東備前の実力者だった明石景親の助力も大きい。

明石景親が宇喜多直家に与力した最も大きな戦いは、備前の戦国史に名高い永禄十年（一五六七年）の明禅寺《みょうぜんじ》合戦である。

明石掃部が生まれた翌年のことだ。直家が備中《びっちゅう》守護代・三村家親《いえちか》を刺客を放って射殺したため、その子で備中・松山城（高梁市内山下）の三村元親《もとちか》が備中勢二万人をもって備前に攻め入ってきた。

これに対し直家は、三千人の兵しか持っていなかったため、天神山城の主君・浦上宗景に急を告げるとともに、自ら保木城を訪ね、言葉を尽くして明石景親に救援を求めた。

「飛騨守（景親）殿、どうか、それがしをお助けいただきたい。その御恩はいかようにもお返しする所存でございます」

「よかろう、備中の三村殿とは、いずれ戦わねばならぬ間柄。ここはそれがし、全力でお力添えいたそう」

景親は、自ら二千人を率いて応援に駆けつけた。こうして直家と景親は五千人の兵を五段に配置したうえ、三村元親の率いる備中勢二万人を、旭川下流の明禅寺城（岡山市沢田）あたりの山野で迎え撃った。

このとき直家と景親は、敵陣に対し盛んに偽りの情報をばら撒き、備中勢を自陣深くにおびき寄せた。そして、それまで隠し持っていたおよそ三百丁の鉄砲を、敵将に対して散々に撃ちかけ、逃げるところを追撃して討ち取った。三村方に壊滅的な打撃を与えて退散させたのである。

この一戦に明石景親は、自ら先鋒一千人を率いて奮戦し、しばしば宇喜多隊の窮地を救ったという。そのおかげで宇喜多直家は、この大きな戦いに勝利し、戦国大名として確固たる力をつけることになった。このときの直家と景親の協力が、その後の宇喜多氏と明石氏の絆となった。

さらに元亀《げんき》元年（一五七〇年）になると、宇喜多直家は備前の要衝・岡山城を摂収。ここに移って戦国城下町の建設を始めるのである。

直家は、確かに権謀術策の士であったが、不思議な魅力をも兼ね備えていたのだろう。この男のまわりには、異母弟の宇喜多春家や宇喜多忠家など一族や譜代の者ばかりか、新たに多くの将士が集まり命がけの働きをした。

特にそれまで直家をよく支えてきたのは、「宇喜多家の三老」と呼ばれた戸川肥前守秀安《ひでやす》、長船《おさふね》越中守貞親《さだちか》、岡豊前守利勝《としかつ》の三人である。いずれも、直家が乙子城の主になったころから近侍し、よくその創業を助けた。

宇喜多直家が、当時の備前で「優雅にして絶世の美女」としてうわさの高かったお福の方を、後妻に迎えたのはこのころのことだ。

お福の方は、鎌倉以来の由緒ある美作《みまさか》・高田城（岡山県真庭市勝山）の城主・三浦貞勝の夫人であった。ところが、夫・貞勝は永禄八年（一五六五年）、備中守護代・三村家親に攻められて自刃。お福の方はわずかな家臣に助けられて城を脱出し、備前のある小さな村に隠れた。

直家はそれを知ると、おびただしい贈物を届けるなどして三年がかりで口説き落とした。まもなく二人のあいだに誕生したのが八郎（後の秀家）である。

宇喜多直家がその本拠を岡山城に移し、備前の支配を固めようとしていたころ、山陽道をめぐる形勢は大きく変わろうとしていた。

安芸《あき》（広島県）の毛利氏は、尼子氏を下して石見《いわみ》、出雲（島根県）、伯耆《ほうき》、因幡《いなば》（鳥取県）を制圧。さらに美作、備中、備前にも侵蝕の手を伸ばしていた。

他方、京畿《けいき》からは織田氏が大兵をもって進出。その武将・羽柴秀吉が姫路城を拠点として、播磨（兵庫県）の制覇を成し遂げようとしていた。備前はいずれ、毛利氏と織田氏との争覇に晒《さら》されるはずであった。

そんなある日、明石景親がわずかな伴《とも》を連れて岡山城に直家を訪ねてきた。景親は本丸の書院で直家に向かい合うと、すぐに用件を切り出した。

「すでにお気づきかもしれぬが、われらが殿・宗景殿は、織田と誼《よしみ》を通じ、備前、美作、播磨の三か国に持っていた所領について、信長から安堵の朱印状を得たようでござる」

「なに、朱印状まで得たと申されるか」

「さよう、だがこれは西国の毛利と対峙するためではござらん」

「ではいったいなんのために」

「宗景殿は、われらがこれまで西備前や備中、美作の者どもと命がけで戦ってきた苦労を、何一つ認めぬばかりか、特に、自分を凌ぐほどの力をつけてきた貴殿に対しては、織田の力を借りて抑え込んでしまおうと考えている」

「なるほど……」

「和泉守（直家）殿よ、われらもそろそろ覚悟をしなければならぬ時がきたのかもしれぬ。織田も毛利も大勢力にて、このままでは潰れてしまう恐れがあろう」

「よく分かりました。いまの覚悟のひと言、肝に命じておきましょう」

それから三か月後のことである。直家は、景親の密かな了解を得たうえ、ある種の賭けともいうべき一策を実行した。このころ信長に追われ備後の鞆《とも》に仮寓していた前将軍・足利義昭のもとへ使者を送り、その仲介で毛利氏と和を結んだのである。

そのため山陽道は、毛利・宇喜多連合と織田氏との攻防の場となっていった。直家は、すかさず備中に攻め込み、毛利氏から織田方に寝返った長年の宿敵・三村氏を討ち滅ぼした。それにより備前のほぼ全域と備中、美作の大半を手中に収めた。

直家が主筋にあたる守護代・浦上宗景に刃を向けたのは、それから二年後のことである。

浦上宗景が本拠としていた天神山城は、備前東部を流れる吉井川中流の東岸にあって、標高は三百メートルほどの峻険な山頂一帯に築かれた連郭式山城であった。本城は南北に五百メートル、しかもさらに南五百メートルの断崖に出丸を設けていた。

宗景は、ここに兵五千人を籠め、重臣の明石景親、延原弾正、日笠頼房、大田原實時、服部主膳ら歴戦の者どもに采配させていた。攻めるに騎馬を登らせることはできず、鉄砲も届くはずがなかった。

ところが直家は、難攻不落と見られたこの城を、ある「攻城の奇策」をもって、一夜にして落としてしまうのである。

それは、天正四年（一五七六年）暮も迫ったある朝のことだった。直家は鷹狩りと称して吉井川流域を駆けたあと、わずかな伴を連れ保木城に明石景親を訪ねた。最近建てたという数寄屋で茶を飲んだうえで、人払いをして切り出した。

「飛騨守（景親）殿よ、このところの守護代・宗景殿のそれがしへの仕打ちは、誠に危なきことばかり」

「うむ、それがしには、そなたの悪口ばかり申しておる」

「何度も、天神山城へ参上せよ、との呼び出しが来ております」

「行けばおそらく、宗景殿は貴殿を斬るつもりでござろう。そのうえで、必ず備前に織田勢を引き込むにちがいない」

「それがしは、まだ死にとうはない。ましてや、まるで裏切り者か塵芥《ちりあくた》のように討ち滅ぼされることなど耐えがたいことでござる」

そのあと二人は、長い沈黙を守ったが、直家のほうが先に面《おもて》をあげて微笑した。景親もこれに応じて顔を崩すと、直家はなお相手の心のうちを探るように小声で言った。

「それがしに一計がござる……」

「うむ、やはりやる気でござるな」

「やむをえませぬ。やらねば、こちらが討たれます」

「なるほど……」

「本日は、その手筈について、ご相談に参ったしだいでござる」

直家が言うには、守護代を討つともなれば大義名分がいる。それには、かつて宗景と激しく争った実兄・浦上政宗の孫・久松が、播磨・小塩《おしお》城（兵庫県姫路市夢前町宮置）にいて九歳になっているから、これを立てて弔い合戦を仕立てあげようというのである。景親は苦笑しながらも同意した。

「うむ、いかにもそなたらしい。本気でやるというのなら、城のなかにも、それがしに同心してくれる者も多かろう」

「それはありがたい。どうかいま一度、この直家をお助けいただきたい。お返しは、貴殿のお望み次第ということで」

直家は早くから、いずれは守護代・宗景を討とうと考えていたし、景親にしてみれば、長年仕えてきた主君・宗景の行く末に愛想を尽かしていたのかもしれない。密議はこうして、案外簡単にまとまった。

明けて天正五年（一五七七年）二月、直家は、浦上久松の名で広く播磨、美作方面からも将士を募り、軍勢一万人をもって天神山城に押しかけた。城を囲んだ宇喜多方は、盛んに鉄砲を撃ちかけるなどして一夜を過ごした。ところが午前五時ごろのことだ、城内の各地で歓声が起き、激しい風のなか郭《くるわ》の一角が突如燃え始めた。防戦していたはずの明石景親や延原弾正ら大半の者が、裏切って城に火を放ち、宗景を城から追い出してしまったのである。

こうして直家は、天神山城を落とし、備前の全域を掌握した。明石景親を「客将」として陣営に迎え、味方してくれた宗景の将士の多くを自分の家臣に組み込んだ。ここでいう「客将」とは、俗に言う客分のことである。景親はその後も、直家と君臣関係を取り結んだわけではなく、たてまえのうえで身分対等な盟友・与力であり続けた。いわば、信長と家康のような関係だったといえよう。景親は、直家の無二の相談相手になり、外交や戦さなど大事なことは、まず二人が膝詰めの密談で決めたという。

その後しばらく山陽道では、織田氏と毛利氏が大軍をもって対峙し続けた。織田方は、秀吉を主将としては別所長治《べっしょながはる》の播磨・三木城（兵庫県三木市上の丸町）を囲み、毛利方はこれを救援すべく尽力していた。

直家はこのころまで、毛利氏と組んで播磨方面に兵を送り出していたのだが、密かに織田方への寝返りを考えるようになる。前後の事情から考えると、これも客将たる景親との密談のうえで決めたらしい。

宇喜多氏と織田方が和解をしようという話は、秀吉の側から持ちかけられた。景親のもとに密使としてやって来たのは、岡山城中にも出入りしていた堺の商人・小西隆佐《りゆうさ》とその子・弥九郎（のちの行長）であった。

小西親子は、織田方の膨大な兵力や財力について語ったうえで、これからの天下を考えた場合、毛利などとこのまま繋がっているより、信長や秀吉と組むほうがはるかに得策だと吹き込んだ。

「なるほど、堺の商人がそのようなことを申していたのでありますか」

直家が聞く気になっていることを見極めたうえで、景親は小声でたたみかけた。

「小西親子の申すところ、筑前守（秀吉）とやらは、なかなかの大器にて、同心あれば、備前、備中、美作の三か国も思いのままにされよ、とのことらしい。それに……」

「それに、何でござろうか」

「筑前守は、貴殿の嫡男・八郎殿がまだ幼きことも知っていて、万事怠りなくその後見を仕ろう、と申しているそうであります」

「それが、和議・同心の条件でござろうか」

「まあ、そういうことでありましょう。ここは早く決断されたほうがよかろう」

景親は笑顔をもって織田方への同心を勧めた。直家は、熟慮することなお数日にして、織田方への寝返りを決断した。

直家が秀吉を通じて信長への帰属を通知すると、山陽道の形勢は一挙に、大きく変節した。秀吉はまもなく、それまで二年にわたり包囲していた播磨・三木城を陥れて城主・別所長治を自害させた。

そして、鳥取城など因幡、伯耆の諸城をも落としたうえで、中国八か国に蟠踞《ばんきょ》する毛利氏との対決の道を進んだ。

ところが、そんな折に、宇喜多氏においては大事が出立する。直家が重い病いに伏せたのである。

宇喜多直家は、病いの床についてまもなく、明石景親を一人だけ枕辺に呼んだ。

「飛騨守(景親)殿よ、それがしは貴殿のご助力のおかげで、なんとか備前、備中、美作の三か国の大半を切り取ることができましたが、病いには勝てませぬ」

「なにを言われるか。貴殿の器量を見込んでの与力、貴殿の働きはまだこれからではございらんか」

だが景親は、その話しぶりなどから、直家がすでに余命いくばくもないことを感じ取った。直家は神妙な面持ちで言葉を選びながら言った。

「どうか、わが宇喜多家と八郎のことを、なにとぞよろしく、よろしくお願いしたい」

「よく分かっております。それがしの目の黒いうちは、われら宇喜多・明石の絆に緩みなどありませぬ」

「それはありがたきお言葉をいただいた。わが宇喜多家には、何かとうるさい一族や老臣どもも多いが、嫡男の八郎はあの通り幼いゆえ、どうか飛騨守殿よ、われ亡きあとは戦さのこと、領内の仕置きのこと、貴殿の思う通り存分に振る舞われよ」

直家は、声をふりしぼるように言った。あらゆる権謀と術策で備前一国を切り取っていったときのような覇気は、もはやどこにも見られなかった。目にはうっすらと涙さえ浮かべていた。

直家は、翌天正九年（一五八一年）二月、愛妻・お福の方や嫡男・八郎をはじめ一族・重臣らが見守るなか、激痛に顔をゆがめたまま息を引き取った。晩年には多量の血便に苦しんだというから、おそらく大腸か肛門の癌だったのだろう。ときに五十三歳だった。

備前の春の訪れは早い。遠くの山にはまだ雪が残っているのに、ここ吉井川のほとりでは、すでに春の七草が若葉を広げ、はなやかに堤を覆っていた。

直家が死去してひと月ほどが経ってからのことである。明石景親はひさしぶりに保木城に帰ってきたとき、自慢の数寄屋で、嫡男・掃部と向かい合った。

側には、一族で東備前・岩戸城主の明石景季《かげすえ》、同じく東備前・名黒山城主の明石右近、美作・三星城の城番・明石四郎兵衛、それに家老の沢原藤右衛門、島村半佐衛門など、おもだった明石家の一族・重臣が居並んでいた。

掃部は元服をすませ、「明石掃部頭守重《あかしかもんのかみもりしげ》」の名乗りを得て半年、このときすでに十五歳になっていた。景親にしては三十を過ぎてからの子であったため、深い期待をもって養育してきた。

「どうだ、掃部よ、宇喜多家では和泉守（直家）殿が身罷《みまか》られて、八郎殿が跡をお継ぎになることになった」

「はい、よくよく存じております」

「ならば、そなたに申しおきたいことがある。八郎殿はまだ八歳ながら、なかなか器量人にて才覚の持ち主。まるで駿馬《しゅんめ》のようなお方である。これからは、八郎殿をそなたが助け、ともども存分な働きができるよう心がけよ」

「父上、それはわれら明石家が、宇喜多家に臣下の礼を取るということでありましょうか」

「いや、そうではない。宇喜多と明石の絆を強めるということである。そして八郎殿とそなたとの働きしだいでは、ともども天下に望むことも夢ではない」

「天下に望むと……。よく分かりました」

明石掃部は、このときの父親の話を肝に銘じ胸にたたんだ。景親はさらに、面色を改めて続けた。

「ついてはいまひとつ、そなたに知らせておきたいことがある」

「はい、何でありましょうか」

「そなたは、和泉守殿に麻耶《まや》と申す姫君のいることを存じているか。八郎殿の姉上である」

「いいえ、いっこうに存じませぬ」

「そうか、実は和泉守殿は身罷られるまえに、このわしを枕辺に呼び、そなたとその麻耶殿をやがては夫婦《めおと》にしてほしい、と言われた」

「私の妻に、というのですか……」

掃部は困惑を隠すためにうつむいたが、一座のあいだからは大きなどよめきが起きた。直家は生前、妻妾とのあいだに四人の娘を設けていたが、長女は家臣の江原親次に、次女は西備前の守護代・松田元賢に、三女は毛利一族の吉川広家に嫁がせていた。直家は、その四女・麻耶を「掃部に娶《めと》ってほしい」と言って死んだのだという。ついでながら、明石掃部が麻耶を妻として迎えたのは、それから三、四年後のことである。麻耶は、肌艶やかできれいな女性だったという。掃部の優しさもあっただろう、いつも慎ましく夫に尽くし、戦さのさいにはよく留守を預かった。のちに掃部がキリシタンになったときには、ともに受礼して「モニカ」と名乗った。終生仲睦《なかむつ》まじく、二人のあいだに三男二女を設けている。


明けて天正十年（一五八二年）三月、秀吉はいよいよ毛利方との決戦を目指し、軍勢二万人を率いて姫路を発った。そして二日後には、宇喜多氏との作戦の摺り合わせのため、参謀の黒田官兵衛（孝高）らとともに岡山城に入城した。

宇喜多氏の側は、まだ八歳の八郎を馬上に立たせ、明石景親や直家の弟・宇喜多忠家をはじめ一族や重臣、それに直家未亡人のお福の方や女房衆らが、こぞって秀吉を城門に迎えたという。

対面の場で秀吉は、八郎と宇喜多氏の諸将を前に、これまで使ったこともないほどの丁重な言葉で挨拶をした。

「いよいよ、毛利との一戦に及ぼうとしておりますが、どうかこの筑前（秀吉）をお助けくだされ。われらの勝運は、ひとえに貴殿らのお働きにかかっております」

客将の景親が、咳払いをしたうえで応じた。

「筑前守殿、もはや何も案ずることはございません。われら一同、この八郎殿をたてて貴殿に与力し、総力をあげて戦いまする」

まもなく岡山城内での酒宴になって、秀吉と景親は大いに盃《さかずき》を交わした。

その日の夜のこと、まだ幼い八郎が、席を立ってしばらくしてからのことである。

秀吉は、隣に控える景親に囁《ささや》いた。

「飛騨守（景親）殿、先ほどまで、八郎殿のうしろの小姓衆の脇に控えていた背の高い、眉の厚い若者、あれは誰でござろうか」

「はい、あれは拙者の長男でございます。掃部頭守重と申し、十六歳になります」

「ほう、明石掃部と申されるか。そなたに似てなかなかの者とお見受けいたした」

「とんでもございませぬ」

「いやいや、それがしにひとつだけ得意があるとすれば、それは人を観る目でござる。今一度、ここへ呼び戻すわけにはまいりますまいか」

まもなく、控えの間から長身の若者が現れ、おもむろに秀吉の前に正座した。

「明石飛驒守が一子、明石掃部頭守重でございます」

そう言って面をあげると、秀吉は自ら立ち上がって段を降り、いきなり肩を抱きその両手を握った。

「そなたが、飛驒守殿の嫡男・掃部であるか。先ほどから気になっていたが、その凛《りん》とした風貌、優しげな目の輝き……、これは尋常ではない」

明石掃部はそれには答えず、着座のまま秀吉の目をじっと見上げた。秀吉は、そのあとやや唐突なことを言った。

「掃部よ、そなたは戦さをしたことがあるか」

「いいえ、父上の出陣のお手伝いや玉づくりなどをしたことは何度かございますが、騎馬による叩き合いや槍働きで敵の首を上げるようなことをしたことはありませぬ」

「うむ、まだ十六と聞いたが、いずれは八郎殿を助け、一軍の将として兵を采配せねばならないであろう」

「はい、左様に心得て、兵書などを読み漁《あさ》ってはおります」

「そうか、だが戦さのことは兵書など読んでいるだけではだめであろう」

秀吉はここで、また唐突なことを言った。

「そうだ、飛騨守殿。いかがでござろう、このたびの毛利との戦いに勝利した暁には、このご子息をそれがしにお預けいただけますまいか。教えようによっては、たいへんな戦さ上手にもなりましょう。そうすれば、八郎殿を補《たす》けるに、格好のことでござろう」

「拙者には異存はございませんが、掃部よ、そなたはどうであろう」

「はい、ありがたいお言葉をいただいたと心得ます」

明石掃部が、秀吉の目に止まり、世に出るきっかけになったのはこのときだったといってもいい。

秀吉の軍勢は、怒濤のごとく備中に進出。数日後、毛利方の清水宗治《むねはる》の籠る高松城（岡山市北区高松）など七城を攻囲した。

この戦いに宇喜多氏は、秀吉の与力として将士一万人を動員し、織田方の先鋒として働いた。騎馬と鉄砲、長槍からなる兵を五隊に分け、直家の弟の忠家と三老らが指揮を執った。

明石掃部が十六歳にして初陣を飾ったのはこのときであった。父親・景親は八郎を守って岡山城に留まったため、一族の明石景季《かげすえ》が明石隊一千人の指揮を執り、宇喜多勢とともに高松城の支城・冠山《かんむりやま》城（岡山市北区下足守）を落とした。

掃部はそのとき、二人の家老と八人の諸士に守られながら、宇喜多・明石連合軍による城攻めに加わり、銃卒とともに自ら何度も鉄砲の引き金を引いた。撃てばその音は耳をつんざくようで、的中して敵兵が倒れるときには、なぜか体中がそのたびに震えた。このとき明石掃部は槍や弓矢に比べ鉄砲のけたたましいほどの威力を思い知らされた。

また落城のあとには城へ乗り込み、討ち死にした城主以下百余人の将士の遺体検分にも立ち会い、はじめて戦さの恐怖と残酷さを体験させられた。

毛利方の主城・高松城への攻囲戦は、参謀の黒田官兵衛が策した水攻めなどにより、順調に進められたのだが、その最中に思わぬ事態が出立した。天正十年（一五八二年）六月、信長が京の本能寺で、重臣の明智光秀に斃《たお》されたのである。この事件を機に、天下の形勢は大きな転換を迎えることになる。

秀吉は、高松城の宗治らを切腹させることなどを条件に、毛利氏と巧みに和議を結び、宇喜多勢の大半を備えとして備前・備中の国境に残した。

そのうえで、光秀と戦うために京畿を目指したが、途中、側近の者どもだけを従え、夜になって岡山城に立ち寄った。

秀吉はこのときも、明石景親ら出迎えの諸将や女房衆らにねんごろに挨拶したうえ、城内で改めて八郎と対面した。

「このたびの備中での戦さの勝利は、宇喜多勢一万人の血のにじむほどの働きのたまものであります」

秀吉は、ここでいったん言葉を切って、一同をしげしげと見回したうえで、なぜか満面に笑みをたたえて続けた。

「それがしはこれから急ぎ上洛し、日向守（光秀）と一戦に及ぶ覚悟であります。もしも幸運を得て勝利した暁には、これまでの備前、美作に加え、このたび毛利から切り取った備中半国をもすべて宇喜多家の所領としたい。それゆえ、今後ともそれがしをお助けいただきたい」

秀吉は翌朝、急ぎ姫路へ向かうさいに、明石景親の嫡子・掃部と、筆頭重臣・戸川秀安の娘を同行させた。事実上、宇喜多家からの人質ともいえるが、明石掃部はその後、秀吉の薫陶を受けて軍才や仕置きの術《すべ》を磨いていくのである。

時の勢いであろう、秀吉の軍勢とその与力衆三万人は天正十年六月、光秀の軍勢一万二千人を、山城・山崎の野でわずか一日にして撃破。続いて翌年四月には、柴田勝家を近江・賤ヶ岳《しずがたけ》で破り、越前・北庄《きたのしょう》に滅ぼした。

その後、秀吉は小牧《こまき》・長久手《ながくて》の一戦を経て、東海の大勢力・徳川家康を屈服させるなどしたうえ、天正十三年（一五八五年）七月には、事実上の天下人たる関白に就任した。いわゆる豊臣政権は、このときをもって成立したと言えよう。

余談ながら、宇喜多直家未亡人であるお福の方は、のちに八郎を伴って上坂した。秀吉の愛妾となって大坂城内に屋敷をもらい「備前殿」と呼ばれるようになった。

秀吉は、八郎については、養子の一人にして秀家と名乗らせた。

秀吉はそれまで、信長の四男・秀勝、甥の秀次、秀勝、秀保、秀秋、それに家康の次男・秀康らを次々に養子にした。

このうち信長の四男・秀勝と甥の秀勝、秀保は若くして病死。甥の秀次は、のちに後継者として関白にまでしていながら、あらぬ疑いをかけて切腹させている。また、秀秋については毛利一族の小早川家に養子に出した。

だから、この秀家に対するほど生涯深い情愛を注ぎ続けた者はいなかったであろう。これには、八郎自身の才知と器量を見込んでのこともあっただろうが、秀吉の寵愛を受けた生母・お福の方が果たした役割も大きい。

　明石掃部はしばらく、姫路にあって在城・留守居衆の雑事を手伝って過ごしたが、まもなく秀吉が天下制覇の本拠とした大坂に移された。そこで掃部は、自分の父親の従兄弟にあたる黒田官兵衛（孝高）の知遇を得て、しばしば戦《いく》さの実際を学んだ。

　黒田官兵衛はこの時期、秀吉の天下制覇に最も尽力した軍師である。戦さにかけては謀略と策術の人であったが、官兵衛が嫡子・長政や掃部に説いた「必勝の術」は、実に明瞭であった。たとえば――

「謀略をもって必ず敵のなかに味方をつくれ」

「これからの戦さでは、鉄砲と長槍の者どもを先頭に押し立てよ」

「野戦においては、できうるかぎり川上に陣を敷き、夕日を背にして戦え」

「城攻めとは、つまるところ城方を飢えさせることである。まず城下の百姓どもを追い立て、城の中を人で膨らませてから攻めよ」

「騎馬も登れず鉄砲も届かぬ高き城は、水路（水脈）を探して水抜きをせよ。低き沼地の城は、水攻めにせよ」

　すべて地を這い、泥をかぶるような実戦の体験から出た言葉であろう。しかも、官兵衛はしばしば長政や掃部に対し、

「くれぐれも家臣を大切にし、これをいたわれ」と繰り返した。掃部らがそのわけを尋ねると、官兵衛は、実に真剣なまなざしで答えた――

「家臣は、いざ合戦となれば主君のために戦い、たいていは主君より先に死んでいく者どもである。だから彼らが抱く不平不満は、主君の怒りよりも恐ろしい」

「主君の怒りは、謝ればそれで済むことが多い。だが、家臣の不平不満には、いつも命と生活がかかっている。それほどのものを放っておけば、領国を滅ぼしてしまうだろう」

掃部は、これらのひと言ずつを胸の深くに収めた。

明石掃部はその後、秀吉の指示で上坂し、大坂城の修築工事に携わっている。宇喜多家を代表する工事奉行は三老の一人・長船越中守貞親で、およそ百人の将士が貞親を補佐して働いた。

掃部は貞親のもとで人夫手配や資材調達に当たったのだが、現場に出るとまず、親方衆ににこやかに挨拶をして回り、握り飯や水桶を積んだ荷車を自ら曳いた。

あるとき、坂道で押し上げていた大石が転倒し、人夫十数人が死傷するという事故が起きた。掃部は自ら石の下敷きになった者を助け出し、けがの手当てをしたばかりか、死亡した者の家族には、そのあばら家を訪ねて米と銀子を配った。

そうしたことは、すぐに秀吉の耳に届いたらしい。秀吉は、褒《ほ》め殺しの達人である。このときも、掃部の振る舞いを高く買って側近の者どもの前で言った。

「いかにも優しい振る舞いである。生来持って生まれたものか、日頃からの心掛けかは分からぬが、あの男は、将として兵を束ねるに一番大事なものを持っている」

また、秀吉はそのころ、機嫌のよいときには大身の諸将や子飼いの者どもを集めて、好物の南蛮酒（葡萄酒）などを振る舞い、武辺《ぶへん》話や寝屋の自慢話に花を咲かせることがあった。

明石掃部も何度かそうした席に呼ばれたが、そこで秀吉の話を聞き、側近の若き諸将と知り合った。福島正則や加藤清正、石田三成、大谷吉継、小西行長らいずれも掃部よりいくらか年上で、才智に長《た》けた武辺・辣腕《らつわん》の者どもである。

中でも、掃部が親交を深めていったのは、三成と吉継、それに行長だった。掃部にしてみれば、正則や清正のような武断の者より、時勢を冷静に語り合い、ときには南蛮や明の文化・文物について論じ合える三成や吉継、行長のほうが、親しみやすかったということであろう。

石田三成と大谷吉継はすでにこのころ、豊臣政権の五奉行の一人であった。三成はその抜けるような才覚を秀吉に買われ、全国の検地指導から諸大名の取次、葬祭、兵《へい》站《たん》のことまで、ありとあらゆる政務を裁いていた。

このころはまだ、二万石そこそこの小大名にすぎなかったが、やがて近江の要衝・佐和山《さわやま》で十九万四千石を所領することになる。

吉継もまた、若いながらも秀吉に将器を買われていたばかりか、よく諸将の信頼と期待を集めていた。のちに北国の要衝ともいうべき越前・敦賀《つるが》五万七千石の城主になる。

小西行長はそのころ、讃岐《さぬき》・小豆島《しょうどしま》を本拠として、瀬戸内海の東部にいる豊臣水軍の指揮に当たっていたが、すでに洗礼を受けキリシタンとして知られていた。のちに肥後・宇土《うと》で二十万石を所領する。

あるとき掃部は、石田三成が秀吉から山城の要衝・淀城を拝領したにもかかわらず、城をきれいに修復したあとこれを返上した、という話を聞いた。その理由が分からなかったために直接尋ねてみた。

「淀城を関白殿下にお返しになったのは、なぜでございましょう」

三成は問われて顔を崩し、さらりと答えた。

「それがしには大きな夢がござる。今は小さな城持ちなどになりたくはありませぬ」

「大きな夢とは、いったい何でありましょうか」

三成はそれには答えず、ただ笑顔を繕い続けた。備前あたりの将士のあいだでは、全く考えられないことであった。掃部は、三成の言う「大きな夢」の意味を考え、そのはつらつとした姿に魅かれた。

掃部は、これら若き諸将の言動から、彼らが、秀吉のために骨を刻むほどに働いていることに何度も驚かされ、改めて秀吉の大きさとしたたかさを思い知らされた。だが、秀吉側近の諸将はやがて、武断派といわれるグループと文治派といわれるグループにわかれ、秀吉の死後、豊臣政権の屋台骨を揺るがしてしまうとは、このときには全く及びもつかないことであった。

天正十七年（一五八九年）を迎えると、宇喜多家で大きな祝い事があった。秀家が十六歳にして豪姫を妻に迎えたのである。

豪姫はそのとき十四歳。秀吉の盟友・前田利家の四女として生まれたが、幼いころ秀吉の養女にされ秀吉の妻・北政所に愛育された。その名前からくるイメージとは異なり、端正にして可愛らしい女性だったという。

秀吉はこの縁結びで、最もお気に入りの養子と養女を夫婦にしたことになる。期待に反せず秀家との仲は睦まじく、二人のあいだに二男一女を設けた。だが、のちに彼女は時代の波に翻弄されたすえ、夫・子供との仲を引き裂かれ、悲劇的な生涯を送ることになる。

それから一年余りたった天正十八年（一五九〇年）八月、秀吉は小田原の北条氏を倒して、遂に天下を統一するにいたった。

秀家は、将兵一万人を動員して秀吉本隊の先陣を務め、小田原での攻城・攻囲戦では、鉄砲の者どもの働きで多くの戦功を上げた。そのため、備前と美作二か国のほか備中東部と播磨西部など合わせて五十七万四千石を領有することになった。

だが秀吉は、実にしたたかであった。宇喜多氏に対し極めて厚い処遇をしていながら、裏ではこの山陽道の大勢力がさらに強力になっていくことには一抹の危惧を感じていたらしい。

あるとき秀吉は、宇喜多氏の客将・明石景親を大坂城本丸の書院に呼んだ。

「飛驒守（景親）殿よ、いかがでござろう。貴殿が宇喜多の客将として果たした役割は計り知れぬ。そこで相談じゃが、これからは、ただ宇喜多のためばかりでなく、このわしをじかに助けてはくださらぬか」

「なんと仰せられました。直参の大名になれ、とのことでございましょうか」

「そうだ、とりあえず備前と播磨のあたりに十万石をさしあげたい」

「……」

　これは、秀吉にとっても景親にとっても極めて重大なことであった。後に秀吉は、たとえば毛利氏の柱石といわれた小早川隆景や上杉氏の重臣・直江兼続《かねつぐ》をおなじような直臣にしようとして大禄を与えている。また徳川氏や島津氏の譜代の者に対しても、自陣に取り込むために盛んに工作を重ねている。

　このとき秀吉は、景親の嫡男・掃部のことまで持ち出して口説いた。

「飛騨守殿よ、それにせがれの掃部、あれは感じていた通りなかなかの者だ。やがては貴殿の跡目となって明石家を継ぐのであろうが、よろしいか、あの男は十万の兵をも采配できる器量を持っている」

「なに十万と仰せられるか」

「そうだ、あの長身にして堂々たる風格、それでいて同僚との折り合いもよく、側仕えの者や目下の者どもへの優しさ、いたわりの気持ちも深い。飛騨守殿よ、あれは大物でありますぞ。宇喜多家においてはこれから、あの駿馬のような秀家を掃部が補佐して、その手綱を引いていけばよい」

「それは誠に、ありがたきお言葉をたまわります」

だが景親はこのとき、十万石を拝領して秀吉の直臣になることだけは丁重に辞退した。生前の直家との約束を守り通したかったし、宇喜多氏をたてることこそ、明石家の将来であると、固く信じてやまなかったからである。

明石掃部の父親・景親はその後も宇喜多氏の客将として、若い秀家を補けた。だが、天正《てんしょう》十八年（一五九〇年）八月の小田原の役のころから病いを発し、居城の備前・保木城に引き揚げた。前後の事情からして労咳《ろうがい》（肺結核）だったらしい。

そのころ、明石掃部は上方にあって、工事奉行の一人として大坂城の補修を続けていたのだが、「飛騨守危篤」の報に急ぎ岡山へ帰国した。

病床の景親は、別人かと思えるほどにやせ衰え、時に激しく咳き込んでは吐血していた。もはや自分一人では起き上がれないほどに弱り果てていたものの、掃部の姿に笑みを浮かべ、その手を取ってやや意外なことを言った。

「掃部よ、何も案ずることはない。人は誰も必ず死ぬ」

「なにを仰せられるか、気を確かにお持ちください」

「わしのことより、自分のこれからのことを考えよ。よいか、掃部」

「はい、何でございましょうか」

「宇喜多の総領・秀家殿は、駿馬のようなお方である」

「だから関白殿下も、その将来を宿望されていらっしゃる、と」

「そうだ。だが、それだけに放っておけばどこへ奔《はし》り出すか分からぬ」

「……」

「だからそなたが、客将として、また義兄として、その手綱を握り続けよ」

「父上が先代の直家様にしたように振る舞えと……」

「そうだ。わが明石はこれからも宇喜多とともにあるぞ。そのことを肝に銘じておけ」

「よく、心得ております。そのことなら何も案じられるな」

そのあと、景親は声を搾りながら付け加えた。

「よいか、掃部。よくよく考えねばならぬことは、豊臣の天下の行く末である」

「はい」

「関白殿下にはお子がおらぬ。そのため また乱れることになれば、そのときこそ……」

景親はここで言葉を切ったが、何を言おうとしているかは明らかだった。

「秀家殿を担いで、天下に望め、とおっしゃるのでしょうか」

「まあ、そういうことだ。それは直家殿とわしの見果てぬ夢でもあった……」

「いまのお言葉、胸のうちに深くしまっておきます」

まもなく景親は息を引き取った。掃部が二十四歳のときであった。宇喜多家の総領・秀家もすでに十八歳になっていて、豊臣政権の西方を押さえる山陽道の大身になっていた。

確かに宇喜多秀家は、母親に似てなかなかの好男子で、押し出しのよい青年武将であった。大坂や京に在勤し、秀吉の回りに控えることが多かったが、その振る舞いはいつもどこか華やかで、諸将のあいだでの評判もまずまずであった。

これに対し明石掃部は、常に秀家の補佐役たることを心がけた。秀家に比べ国許にいることが多かったが、宇喜多家の一族・重臣たちとの折り合いも極めてよかった。

掃部は特に、秀吉や黒田官兵衛から教えられたこととして鉄砲や長槍への知識と憧憬が深く、また大坂城の修築工事に参加した時期が長かっただけに、築城や堀割、井戸掘りなどの土木・水利について、さまざまな技術を身につけていた。

それだけに宇喜多領内での仕置きのことでも、秀家に代わりしばしば大きな指導力を発揮した。秀家の重臣たちが、たとえば鉄砲の買い付けや城の修復工事に掛かるさ

いには、必ずと言っていいほど「客将」たる掃部に意見を求め、また秀家に代わって
その決済を仰いだ。

第二章　「南蛮」という名の衝撃

天正十三年（一五八五年）春、秀吉が大軍をもって四国攻めにかかろうとしていたころのことだ。明石掃部は、秀吉の側近・大谷吉継を、京・伏見の大谷邸に訪ねた。吉継は、四国攻めの兵站のことに忙殺されていたが、わざわざ使いの者を寄越し「ぜひ会ってお見せしたいものがある」と言ってきたのである。二人は、しだれ桜の咲く庭を眺めながら書院の縁側で向かい合った。

「このたびの四国攻めのこと、誠に御苦労であります」

「なんのこれしきのこと。関白殿下の軍勢と長曾我部勢とでは鉄砲の数が違います。ひと月もすれば片付くでしょう」

「ほう、鉄砲の数がそれほど違う、と」

「さよう。長曾我部の兵は一領《いちりよう》具足《ぐそく》と申して、天下に聞こえた荒武者揃いではありますが、われらの一万丁にも及ぶ鉄砲の敵ではありませぬ」

吉継はいかにもにこやかに応えたうえで、最近、秀吉から拝領したという五丁の鉄砲を掃部の前に並べた。

これは、ポルトガル商人が秀吉に献上したという新式の銃で、銃身はそれまでのものより少し長いだけだが、銃床部の羽板金、火縄道、引き金などがより頑強・精巧にできているため、その射程（水平飛距離）はおよそ百間《けん》（約一八〇メートル）にも及ぶのだという。

「なるほど、これがうわさの百間筒でありますか……」

明石掃部は、そのまぶしいばかりの新式銃に目を凝らした。

振り返れば、ポルトガル人が種子島に漂着し日本に鉄砲をもたらしたのは、天文十二年（一五四三年）夏だった。以来、鉄砲はまたたく間に全国に普及し、それまでの騎馬を主力に槍や弓矢をもって戦う従来の戦法を一変させてしまった。言いかえれば、一騎駆けの荒武者や槍働きの豪傑どもを、まるで鳥や獣と同じようにいとも簡単に撃ち殺すようになった。

その点、信長が戦国争乱を有利に戦っていけたのは、ひとえに鉄砲の力だったし、秀吉が四国や九州で、あの強兵をもってなる長曾我部勢や島津勢をいとも簡単に打ち砕き、制圧・降伏させたのも、突き詰めれば鉄砲の力だったといえよう。

織田政権も豊臣の天下も、鉄砲によって樹《う》ち立てられたといっても過言ではない。

明石掃部は、大谷吉継が並べた新型銃の一丁ずつを手に取った。よくみると、銃手の形状や色合いは、それぞれわずかに異なっていたものの、まず、その軽さにびっくりし、これで撃てば少なくとも五十間（約九〇メートル）先の敵兵をも射殺できることに驚いた。

掃部がなお真剣に形状や引き金などに見入っていると、吉継はさりげなく言った。

「明石殿よ、このうちの二丁をぜひ貴殿にさしあげたい。どれでもお好きなものをお持ちくだされ」

「なんと、これをそれがしにくださると……」

「さよう、このたびの四国攻めでは、備前からたくさんの米や飼葉《かいば》をいただくなど、たいへんな世話になりました。これは、心ばかりのお礼でござる」

「ありがたく頂戴いたしましょう」

「貴殿はそれがしよりも鉄砲のことに詳しく、気に入ればすぐにも同じものをたくさんおつくりになるだろう」

「はい、備前にもすぐれた鍛冶の者がたくさんおります」

「もしもこれを大量につくらせることができれば、宇喜多の兵は鬼に金棒でござろう」

「これは、誠にありがたいものをいただきます」

明石掃部は、いつにない興奮を覚えながら、その足で城内の宇喜多邸を訪ね、ことの仔細を秀家に報告した。

「なに、刑部殿がそなたに新式の鉄砲をくれたと言われるか」

「はい、それがしはさっそく国許でこれをつくらせてみたいと考えております」

「それはおもしろい。すべてそなたにおまかせいたしたい」

数日後、明石掃部は急ぎ岡山へ下ると、城下の鍛冶の親方衆を集め、皆で工夫を重ね量産をはかるよう指示した。

このころ備前でも、良質の砂鉄が手に入るうえ、器用で優れた鍛冶がたくさんいたため、まもなく量産が始まった。大谷吉継に貰った二丁の新型銃は、後に宇喜多の将士が得意とした鉄砲＝備前筒の主力となって、朝鮮の役や関ヶ原の一戦で大きな役割を果たすことになる。

明石掃部は子供のころから、父親の景親やその家老・家宰らに、鉄砲を使った合戦の自慢話を何度も聞かされて育った。大坂に上がるようになってからも、遠縁の黒田官兵衛（孝高）らに、鉄砲隊を采配する術を学び、また秀吉側近の若き諸将と、その長所・短所について頻繁に意見を交わした。

これらの体験はのちに、明石掃部が卓抜した鉄砲隊の指揮者として才智を発揮するきっかけになった。

だがいまひとつ、この時代と明石掃部の将来を語るさいにどうしても避けて通れないものがある。それは信仰とキリシタンのことである。


明石掃部が、まだ大坂城の修築工事に携わっていたころのことである。黒田官兵衛から一夜、大坂城内の屋敷に招かれ、嫡男・長政や実弟・直之、それに在坂の重臣らと酒食をともにしたことがあった。

官兵衛はこのころ、京畿にやってきた宣教師や、キリシタン武将として勇名をはせていた高山右近との交流を通じて、この「新しい神の教え」に関心を深めていたらしい。掃部に対して、そのときこんなことを言った。

「そなたは、あのキリシタンの教えとやらを聞いたことがあるか」

「いいえ、うわさには耳にいたしておりますが、一度も聞いたことはございません」

「あれは、おもしろい教えだ。キリシタン神父たちは、なかなかの者どもである」

「なにが、でございましょうか」

すかさず掃部が尋ねると、官兵衛はこの男にしては珍しく、二、三度咳払いをしてから続けた。

「うむ。ある神父が先日、このわしに、たとえ戦さであろうと病いであろうと、死は神のお導きで心地よいことだから、何も恐れることはない、と言った……」

「死は神のお導きとは、どのようなことでございましょう」

「うむ、わしにもよく分からぬが、人は誰も下々のものであればあるほど、死の苦しみや悲しみを越えるために、いつも必死に何かを求めている」

「それを導くのがキリシタンのいう神であるということでありましょうか」

「どうも、そういうことらしい」

「信じれば、死も心地よいことだと……」

官兵衛はここでまた二、三度咳払いをしてから、やや声を落として言った。

「ただ、その神を信じるがゆえに死を恐れぬ者と、われらのようにいつもびくびくして死なずに済ませようと考えている者とが戦えば、どちらが勝つかは明らかであろう。そこのところがおもしろい……」

「……」

明石掃部は、それまで西国ばかりか京畿においても、イエズス会の宣教師らが盛んに布教活動を進めていることをうわさに聞いていた。だが、自分が師と仰ぐ遠縁の官兵衛から、身近に「おもしろい教えだ」と言われたのは初めてであった。その場が酒食の席であったため、それ以上尋ねることは控えたが、そのときの官兵衛の話は、その後長く掃部の耳に残った。そればかりか、のちにこの男がキリシタン武将として生きていく伏線になったといえよう。

ちなみに黒田官兵衛はその後、天正十三年（一五八五年）夏の四国攻めを終えてまもなく、勇将の誉れ高い高山右近に勧められ、大坂で洗礼を受けている。秀吉が最も高く買っていた希代の軍師ながら、キリシタンとしての信仰は終生変わらなかったようである。

ポルトガル語の「キリシタン」という言葉は、英語の「クリスチャン」のことで、キリスト教またはその信者を意味していた。当時の日本では「切支丹」「幾利紫旦」などと書いた。のちに徳川幕府がこれを禁止・迫害するようになってからは、「鬼理至端」「貴利死貧」など奇怪な当て字に変えたという。

キリスト教がはじめて日本に伝来したのは、鉄砲に遅れること六年。イエズス会の宣教師フランシスコ・ザビエルが、コスメ・デ・トルレス神父らとともに、ポルトガル貿易船で薩摩の鹿児島に上陸した天文十八年（一五四九年）七月である。

キリシタン伝来の当初、薩摩の人々をはじめ日本人の多くは、その教えを仏教の一派とみて、宣教師らを温かく、物珍しく迎えたらしい。その誤解が、宣教師らには大いに幸いしたといえよう。

ザビエルはその後、布教のために鹿児島から肥前・平戸、長門・山口を経て京に上り、再び山口を経て豊後・府内（大分市）に至った。もちろん、明石掃部が生まれる十数年も前のことであった。

その後、バルタザール・ガゴやガスパル・ビレラ、ルイス・フロイス、オルガンティノ、アレキサンドロ・ヴァリニャーノらの宣教師たちが、次々とポルトガル貿易船で来日。九州から山陽道、そして京畿へと、献身的でしかも命がけの布教活動を進めた。

当時の宣教師らが自国に送った報告などによると、彼らは、長年「神仏の教え」になじんできた日本の人々に対し、まず「唯一最高神たるデウス」の存在を主張し、「救世主キリストの誕生」など教義の基本的なことがらを力説した。

そして、入信するかその意志を示した者には、モーゼの故事にちなんだ「十戒」を示し、これを厳守するよう勧めた。そこでかれら宣教師は、「唯一最高の神たるデウス」への礼拝と、そのための「安息日」を厳守するよう説いた。

そして、親孝行を奨励するとともに、殺人、姦淫、盗み、讒言《ざんげん》、横恋慕、貪婪《どんらん》を罪悪としたばかりか、当時の日本では習慣にすらなっていた蓄妾《ちくしょう》（一夫多妻）や略奪婚、離婚、男色、堕胎、捨て子、人身売買などを厳禁し、さらに切腹や介錯《かいしゃく》をも罪悪と断じて、やめるよう主張したのである。

当時の日本では、常識的に受け入れがたいものばかりだった。しかも宣教師たちは、日本におけるあらゆる神仏を「悪魔」と呼んで排斥した。

当然のことながら、伝統的な仏教諸派や京の公家など守旧的な勢力から反発と批判が起きた。たとえば、天文二十年（一五五一年）七月、ザビエルが京からの帰りに再び山口に立ち寄ったとき、同行のトルレス神父は、時の守護・大内義隆のまえで、地元の禅僧とのあいだで激しい宗論（論争）を行なった——

禅僧は、いわゆる一夫一婦制と蓄妾の問題について皮肉を言った。

「デウスは、万物が増えるように、たくさんの子供を持つようにつくり給うたのであるならば、男が一人の女によって子供を得ることができないときに、ほかの女を持つことは罪ではない。したがって、当然第二の女を持つことができるのではないか」

これに対し、つば広帽子をかぶったトルレスは、泰然として答えた。

「子供はすべて、デウスが与えてくださるものである。そうでなければ、人間は自分だけの力で子供を得ることはできない。しかもデウスは、子供を一人の女によって授け給うであろう。もしも、与えようと思し召し給わぬときは、男がどんなにたくさんの女を持っていても、子供は得られないだろう」

地元の宗教界を代表する禅僧としては、ずいぶんくだらないことで喧嘩を売ったものだが、トルレス神父の堂々たる主張に、再び反論することはできなかったらしい。

イエズス会の宣教師らは、日本各地でのこうした仏教各派との宗論を通じて、「デウスの教え」を広めていった。諸書・文献によると、それは、広く千数百年にわたるキリスト教のどんな歴史にも見られなかったほど、激しく華々しいものであった。

しかも彼らは、ただ「デウスの教え」を広めようとしただけではない。当時としては実にもの珍しい西欧のあらゆる文化・文物を持ち込んできた。

それは、椅子、円卓、南蛮笠、彩色瓶、グラス、カステラ、葡萄《ぶどう》酒、煙草《たばこ》といった衣食住にかかわる物品ばかりではない。新式の大筒（大砲）や短銃、望遠鏡や眼鏡、色とりどりの南蛮屛風や絨緞、象や虎、孔雀《くじゃく》やインコ、さらには黒人奴隷まで連れてきて、信長や秀吉、各地の大名らに献上したのである。

たとえば、天文二十一年（一五五二年）夏に貿易商として肥前・平戸に来日したルイス・アルメイダというポルトガル人がいた。彼は、はじめはただ商いのことだけを考えていたが、自国宣教師たちの献身的な布教活動に深く心を打たれたらしい。

まもなく自分も修道士となって布教の道に入った。挙句には、多大な私財を投げ打ったうえで、豊後・府内に西欧式の病院をつくり、診察・投薬ばかりか、手術や縫合などを含む西欧式治療を始めたのである。

また、彼らはこの時代に、活字印刷機を持ち込んで聖書などの日本語の訳本をつくり、各地に西欧式の学校を建てて信徒らの教育に当たった。

さらに興味深いのは、誰かが話をしたあといっせいに拍手をしたり、親しい者同士が握手をするといった習慣も、このころ、ポルトガル人によって持ち込まれたものだという。

「南蛮」とは、それまで「南の野蛮人」を指す言葉だったが、こうした文化・文物に一番興味と関心を示したのは、信長であり秀吉であった。とても野蛮人などとは言えなくなってしまったことであろう。

宣教師らの教えとこれらの文化・文物は、その話を聞いた大名や諸将ばかりか、一般の民百姓らにとっても、実にもの珍しく興味をそそるものであった。

しかも、イエズス会の布教方針は実にしたたかだった。彼らは当時の封建的な日本社会の特殊性をよく調べあげていたので、どこへ行ってもまず将軍や大名など権力者に取り入り、彼らの布教許可を得たうえで教えを広めた。

イエズス会宣教師らによるこれらの活動を、信長は積極的に保護し、秀吉もまた、はじめは好意的であったため、信徒の数は主に西国の大名を中心に増え続けた。まずは貿易による膨大な利益に魅かれ、珍しい文物を伴った信仰の斬新さに引きつけられたからである。

当時、本国に送られた宣教師らの報告や書簡によれば、洗礼を受けた大名は、四十六家六十一人にのぼったという。その主な者をあげてみると――

大村純忠《すみただ》（＝丹後守、肥前・大村城主、洗礼名＝ドン・バルトロメウ）
有馬晴信（＝修理大夫、肥前・有馬城主、洗礼名＝ドン・プロタジオ）
天草鎮尚《しげひさ》（＝尾張守、肥後・天草河内浦城主、洗礼名＝ドン・ミゲル）
大友義鎮《よししげ》（＝宗麟、豊後・府内城主、洗礼名＝フランシスコ）
高山友照（＝飛騨守、大和・沢城主、洗礼名＝ダリヨ）
高山重友（＝右近、摂津・高槻城主、洗礼名＝ジュスト）

京極高吉（＝長門守、将軍・義輝の近習）
京極高知（＝丹後守、高吉の次男、丹後・宮津城主）
黒田孝高（＝官兵衛、如水、播磨・姫路城主で秀吉の参謀、洗礼名＝ドン・シメオン）
黒田直之（＝図書助、孝高の異母弟、のち筑前・秋月藩主、洗礼名＝ミゲル）
小西行長（＝摂津守、堺の豪商・小西隆佐の次男、のちに肥後・宇土城主、洗礼名＝アウグスティヌス）
田中吉政（＝筑後守、近江出身の秀吉家臣、のち筑後・柳河城主、洗礼名＝パルトロメヨ）
蒲生《がもう》氏郷《うじさと》（＝飛騨守、近江・日野城主、のちに会津・若松城主、洗礼名＝レオン）
結城《ゆうき》忠正（＝山城守、松永久秀の重臣、洗礼名＝アンリケ）
内藤忠俊（＝如安《じょあん》、丹波・八木城主、のちに小西行長の重臣となる、洗礼名＝ドン・ジョアン）
熊谷元直（＝豊前守、毛利輝元の重臣、洗礼名＝メルキヨル）
志岐鎮経《しげつね》（＝豊前守、肥後・天草の志岐城主で天草五人衆の一人、ポルトガルと

の貿易をめあてに受礼する、洗礼名＝ドン・ジュアン）

津軽信牧《のぶひら》（＝越中守、陸奥の豪勇・津軽為信の三男で陸奥・弘前城主、洗礼名＝ジョアン）

ほかに、武将ではないが当時最も著名な医師で、その弟子八百人といわれた曲直瀬《まなせ》道三《どうさん》も、時の正親町《おおぎまち》天皇の反対を押し切って京で洗礼を受けている。道三はそのとき宣教師たちに対し、「教会が日本の神を悪魔と呼ぶようなことがあるならば、それは控えなければならない」と忠告した。

イエズス会は、この力のある医師の受礼を、「関白（秀吉）がキリシタンになるより意義深い」と絶賛したほどであったが、道三のこのような忠告はほとんど無視した。日本の神々とはなんの妥協もしようとはしなかったため、これがのちの災いの一因になっていく。

また、洗礼を受けキリシタンになった女性としては、細川忠興の妻となった明智光秀の娘・玉子（洗礼名ガラシャ）や、前田利家の娘ながら秀吉の養女となり、宇喜多秀家の妻となった豪姫（洗礼名マリア）らが有名である。

黒田官兵衛が洗礼を受けてまもなくのことである。明石掃部は、大坂・備前島の屋敷で、明石家の在坂の諸将と、キリシタンのことについて語り合った。

そのとき、一族で明石家の若き家老の一人・明石八兵衛が、大坂城下の教会などで見聞きした話としてこんなことを言った。

「殿、これはもう、たいへんな増えようでございます。信長様の時代には、全国におよそ二万人しかいなかったキリシタンが、いまではその十倍にもなったそうでございます」

そして八兵衛は、いまや教会の数が全国で二百か所に及び、いわゆる神学校や教会付属の初等学校の数も三百校近くになっているらしい、と言った。

「なに、すると信者の数は二十万人にも及んでいると申すか、なぜであろう、伴天連《バテレン》（宣教師）の教えとやらは、それほど素晴らしいものであろうか」

「さあ、それがしにはよく分かりませんが、やはり死の苦しみや悲しみから逃れたいということではなかろうか、と思われます」

「なるほど。ならば、これまでのわが国の神仏でいいのではないのか」

「どうも、伴天連の話を熱心に聴いている者の様子を窺《うかが》いますと、自分を助けてくれる、なにかもっとはっきりしたものを求めているようでございます」

八兵衛の話によると、宣教師や熱心な信者たちは、教会などでただひたすら祈るばかりでなく、各地でぼろを纏った人々や見捨てられた病人、孤児、刑期を終えた囚人などの救済や保護にも当たっている、という。

「なるほど。だが、それにしてもそなたらも承知の通り、黒田殿にしろ小西殿にしろ、関白殿下の側近の方々まで洗礼を受けているのはどういうわけであろう……」

「殿、そこでございますよ。大名、諸将の入信のわけはさまざまでしょうが、それらの方々が洗礼を受けますと、一族、家臣、領民らのあいだに入信する者が多数出てくるのだそうでございます」

そのあと八兵衛は、それまで黙って聞いていた明石家の諸将を一瞥したうえ、何か密談でもするときのように小声で続けた。

「殿、それよりもっと大事なことがございます」

「大事なこと？　それはどんなことであろうか」

「はい、民百姓はともかく、われら士分の者が洗礼を受けてキリシタンになった場合、唯一神たるデウスの教えに従って生きるか、それとも現実の主君のために命がけで働くか、これはきわめて重大なことだと思われます」

「うむ、そなたはなかなか難しいことを言う」

「伴天連の話では、たとえば、主君から切腹を命じられたとき、デウスの教えによりそれを拒否して打ち首になった家臣もいるそうでございます」

「切腹と打ち首とでは、大きな違いがある……」

「それに……」

「それに、なんだ」

「殿にかぎってそのようなことはなかろうと信じておりますが、主君の女狂いを諫めて追放された家臣もいたとのことでございます」

「なに、女狂い、と申すか。妻を娶ったばかりのそれがしには無縁のことである」

掃部は真に受けて赤面したが、一座のあいだからはどっと笑いが起きた。


明石掃部が、大坂城の近くにあるイエズス会の大坂教会に足を運んだのは、それからまもなくのことである。黒田官兵衛にしばしば勧められていたため、妻・麻耶と数人の家臣とともに訪ねたのである。

掃部はすでにそのころ、備前の大名・宇喜多氏の客将・明石景親の嫡男であり、総領・秀家の義兄であることが知れ渡っていたから、教会も決しておろそかにはしなかった。

イエズス会の神父たちの話は、最初のひと言から分かりやすく実に丁寧で、しかも堂々としていた――

「明石殿よ、そなたはいま、どこに立っていらっしゃいますか。さよう、まぎれもなく両足で大地に立っていらっしゃる。ところが、この大地も山も海も、実は地球という丸い球《たま》のうえにあるのです」

「なに、丸い球のうえにあると……」

神父は「さよう、その証拠には……」と呟きながら大きな地球儀を片手で持ちあげ、それをくるくる回しながら棒の先である一点を指した。

「ここをご覧なさい。この米粒ほどの島、これが、あなた方が戦さをしている日本です」

「なに、これが日本とおっしゃるか」

「さよう、ここからこうして船で進んで行けば、この球をぐるりと回って、また必ずもとのところに帰ってきます」

「この地球をつくったのがデウスだと申されるか」

「そうです。地球ばかりではありません。あの雲も月も星空も、この地球に住む人や鳥獣、魚、虫けらまでも、すべて偉大な神デウスがおつくりになったのです」

神父はここまで、心を躍らせんばかりに一挙に語ったあと、ひと呼吸入れてさらに続けた。

「明石殿よ、自分の手をごらんなさい。なぜ私の手もあなたの手も自由自在に動くのでしょう。それは私やあなたが動かしているのではありません。息をする、物をみる、話をする、食べる、歩く、走る……、私たちのこうした日常の動作も、すべてデウスによって律せられているのです」

「生きることも、死ぬことも、でありますか」

「もちろんそうです。だから人は生きていることを神に感謝し、その死に対してさえも、神のお導きとして感謝しなければならないのです」

掃部にとって「最高神たるデウス」の話は、確かに新鮮で興味深いことだった。だが、どこまで本当なのか？　何かキツネにつままれたような感じがしないでもなかった。やはり一番分かりにくいのは、この最高神たるデウスが本当に自分のなかにも宿っているのかどうか、ということだった。

（自分の指先にデウスが宿っているとは、どういうことなのか。しかもその指を動かしているのは、自分ではなくデウスであると……）

掃部は、その後も何度か神父や修道士の話を聞いて、救世主たるキリストについても、その事績を詳しく知った。

（キリストはなぜそれほどの清貧に耐え、救世の道を生きることができたのか？　なぜそれほど泰然としてにこやかに十字架にかかることができたのか……）

掃部は、思い出しては考え続けた。それを語る神父らの生活も清楚で気品にあふれていることも分かってきた。それでも、しょせんずっと昔の話に過ぎないと思わざるを得なかった。だから、なかなか納得を得られないままにやり過ごした。

彼が洗礼を受けキリシタンとなるのは、さらに数年経ってからのことである。

ところで、秀吉は信長と同じように、イエズス会の活動を認めることによって、あれもこれも珍しい西欧の文化・文物を大いに取り入れ、また、ポルトガルなどとの南蛮貿易で巨大な利益を得ようとしていた。

ところが天正十五年（一五八七年）、島津討伐のため九州に出陣してみると、大友宗麟をはじめ与力した大名の多くがキリシタンで、海陸ともに十字の旗がたくさん立てられていた。聞くところによると信徒の数も、秀吉の想像をはるかに越えていた。

勘のいい秀吉は、「最高神デウスへの絶対的な信仰」を説くこの教えに、なにか異様な不快感を抱いたらしい。そのときはそれで済んだが、まもなくある事件が起きた。

秀吉が九州平定を終えて博多に赴いたこの年六月、イエズス会の日本準管区長ガスパル・コエリョが、祝意を述べるために教会所有の快速船・フスタ船で博多湾にやって来た。

秀吉は同船に乗り込んで宣教師らの歓待を受けた。ところが、そのフスタ船には、教会の船であるにもかかわらず、数門の大砲が搭載され、しかも船の百人を超える漕ぎ手の中に数人の日本人奴隷がいることが分かったのである。

秀吉は、好物の葡萄酒に酔い、大砲の試射などを行なって下船したのだが、内心ではある種の怒りと不審の念を抱いたらしい。同行の秀吉の侍医で元叡山僧侶であったキリシタン嫌いの施薬院《せやくいん》全宗《ぜんそう》に相談のうえ、何か条かの質問書をしたためてコエリョに送り、厳しく詰問した——

「宣教師らが、神社仏閣を破壊させているのはなぜか？」

「宣教師が大事な牛馬を食用にしているのはなぜか？」

「教会の船がなぜ大砲を積んでいるのか！」

「ポルトガル人が日本人を奴隷としているのはなぜか！」

コエリョは、びっくりして直ちに返書をしたため、たとえば神社仏閣については

「仏僧らが自発的に取り壊している」「大砲は自衛のためである」などと必死に弁明した。だが、秀吉の怒りは収まらず、ついにこの年六月二十日、「伴天連追放令」を公布することになった。

もっとも、宣教師ルイス・フロイスは、こうした突然の命令が出された裏には、もっと下世話な理由が絡んでいたことを、当時のイエズス会『日本報告』に書き綴っている。

それによると、秀吉は大坂城内に、正妻のほか多数の愛妾を置いていたが、さらに情欲をほしいままにするため、たとえ大名の姫君であっても無理に秀吉のもとに連れて来させていた。施薬院全宗はそうしたことの仲介者の一人だった。

全宗は島津討伐に際して、キリシタン大名・有馬氏の領内に出かけ、数人の美少女を物色したのだが、いずれも「神の教え」により出仕することを拒絶し、いずれかへ姿を隠してしまった。そのため全宗は秀吉に対し、とんでもない讒言《ざんげん》をしたのだという。

「信者らが、伴天連の教えに従い天下人に仕えることを拒むようでは、これを放置しておくわけにはまいりません」

フロイスの報告通りであれば、秀吉による最初のキリシタン迫害は、全く下劣で、ばかばかしい理由で始まったことになる。

伴天連とは、キリスト教の宣教師のことである。秀吉は彼らに対し二十日以内に日本から退去するよう命令し、また、傘下のキリシタン大名に対してはすみやかに改宗するよう指示した。

ところが、秀吉の命令を毅然として拒否し、大名身分と所領を投げ出した武将が一人だけいた。これが高山右近（重友）である。

高山右近は、父親・飛騨守（友照）が「戦国の梟雄《きょうゆう》」といわれた松永久秀に属し、大和・沢城（奈良県宇陀市榛原《はいばら》区澤）の城主だったころ、父親の招いた修道士ロレンソから洗礼を受けてキリシタンとなった。

右近はその後、信長に仕えて摂津《せっつ》・高槻《たかつき》四万四千石の城主となり、摂津・伊丹《いたみ》の豪将・荒木村重《むらしげ》に属した。本能寺の変のあと、あの山崎の一戦や賤ヶ岳の戦いでは、秀吉方の先鋒を務めたほどの歴戦の勇将である。

しかも、よく家臣・領民をいたわり、諸将の尊敬と信望を集めていた。また右近はその人柄も清廉で風雅を好み、茶道ではのちに「利休第一の門弟」といわれるまでになっている。

信仰の純粋性についても、多くの神父や修道士が認めるところであった。黒田官兵衛や蒲生氏郷、小西行長ら、当時、天下にその名を知られた武将たちが相次いでキリシタンになったのも、この右近に勧められたからだという。

だが、戦さのたびに何か心に思うことがあったのだろう。もしかしたら右近には、絶対的な神への信仰に比べれば、主君への忠誠や戦さの勝敗といったことが、どこか空しいものに思えてきたのかもしれない。年とともに心霊修行に打ち込むなど、むしろ世俗をさけようとする信仰を深めていったらしい。

秀吉が関白になってからは、摂津・高槻四万四千石から播磨・明石六万石の城主となり、九州の役には兵一千人を率いて参戦していた。

秀吉は、伴天連追放令を公布するにあたり、これから数多いキリシタン武将をどう処遇したらよいか思案したらしい。まず、高山家の筆頭家老・甘利八郎太夫を博多の陣所に呼び出して言った。

「そなたの主君にしかと伝えよ！　キリスト教を破棄するか、それとも大名としての身分や所領を放棄するか、どちらか一つを選ぶように」

秀吉にしてみれば、この最も熱心なキリシタンである右近に破棄させることができれば、ほかの大名どもはそれに倣《なら》うだろう、と踏んだのである。ところが右近は、秀吉の思惑通りには応じなかった。

右近は、一人で秀吉の陣屋に出かけ、まるで切腹でもするときのように土下座した。そして、おもむろに十字を切り、毅然として言い放った。

「それがしは、関白殿下のご命令より神の思し召しに従いたいと存じます」

「なに！　神の思し召しと言うか！」

「はい、その通りでございます」

「ならば、明石城と所領六万石は没収といたすぞ！」

「御意のままになされよ」

右近は秀吉の命令と期待をきっぱりと拒否したのである。その後右近は、明石で放り出された家臣や領民たちに詫びた末に、わずかな家族や側近とともに姿をくらましてしまった。

これは、秀吉にとって予想外で、最も不都合なことだったに違いない。だが、秀吉にしてみれば、右近を捕らえて斬ることはできなかった。そればかりか、秀吉はその後、諸将の入信や改宗について、あまりうるさいことを言えなくなってしまった。第二、第三の高山右近が出ることを恐れたのである。

事実、秀吉はたとえば黒田官兵衛や小西行長らに対しては、これといって信仰の破棄を迫るようなことは何もしなかった。そのため彼らは終生、胸に十字架をかけ続け、家臣や領民のなかに信徒を増やし続けている。

高山右近はその後、東瀬戸内海の水軍を采配していたキリシタンの小西行長を頼り、讃岐の小豆島に渡った。のちに行長が肥後・宇土二十万石の城主に栄転すると、行長に従って宇土へ行ったが、まもなく秀吉の盟友・前田利家の斡旋で加賀・金沢に移り、ここで利家から前田領内の一万二千石を食《は》んでいる。

しかも、小田原の役のあと、利家の取りなしで再び天下人・秀吉に拝し、その後は何度か茶会などにも招かれるようになった。だが、そこにはかつての歴戦の将としての面影はなく、右近はただ神に祈り、風雅を愛しながら北国に逼塞し続けた。

第三章　われ、戦国の世を神のもとで

この天下人には、飽くことのない大きな野望があった。

秀吉は、すでに関白になるまえから、明への出兵を本気で考えていたらしい。天正十五年（一五八七年）六月、九州の平定がすむとすぐに、対馬《つしま》の太守・宗義智《そうよしとし》に命じ、李氏朝鮮の国王の来朝と明への案内を求めさせた。

ところが、当時の朝鮮は明の属国であり、秀吉の言うことなど聞くわけがなかった。それから三年も経ってから、ようやく通信使を寄越してきたのだが、秀吉の要求をきっぱりと拒否した。

そのため秀吉は、「まず朝鮮を討つべし」との決意を固めたという。文禄《ぶんろく》元年（一五九二年）一月に始まったいわゆる朝鮮の役は、こうした子供じみた理由から始まったものだった。

だが、秀吉はひとたびこの大事を決意すると、全国の大名のほとんどを大坂城に集め、明・朝鮮討伐についてのとてつもない構想を明らかにした。

「第一陣は、秀家よ、そなたが総大将となって、西国の軍勢およそ二十五万人で朝鮮から明に踏み込め」

「かしこまりました」

宇喜多秀家はこのとき、ちょうど二十歳で血気盛んな年ごろだった。秀吉の命令に慶《よろこ》び、これを勇んで引き受けた。

「第二陣は、このわしが京畿の将兵十万人を率いて明に乗り込む……」

さらに第三陣として徳川家康や前田利家、上杉景勝、佐竹義宣《よしのぶ》、伊達政宗ら東国の軍勢十万人を続かせる、というものだった。

まもなく秀吉は、甥で養子の秀次に関白の位を譲り「太閤」と称した。国内の統治を秀次に任せ、自分は本気で朝鮮から明に討ち入るつもりだったらしい。

宇喜多秀家が、第一陣の総大将に充《あ》てられると、黒田官兵衛が「太閤の上司（名代）」として付き添い、増田長盛、石田三成、大谷吉継の三人が「太閤の奉行」として補佐することになった。

ところで、この朝鮮出兵について興味深いのは、第一陣の先鋒を預かることになった一番隊の編成である。

秀吉は、この先鋒＝一番隊一万八千七百人の指揮者に、肥後・宇土二十万石の城主でキリシタンの小西行長を充てた。
ところが、それに従うことになった諸大名も、宗義智（対馬・府中）十万石格、松浦鎮信《しげのぶ》（肥前・平戸）六万三千石、有馬晴信（肥前・日野江）三万石、大村喜前《よしあき》（肥前・大村）二万五千石、五島純玄《ごとうすみはる》（肥前・五島）一万四千石など、そのほとんどがキリシタンであった。

事実、小西行長の一番隊では、鉄砲の者どもが主力で、部隊のほとんどが十字架を染め抜いた旗印を掲げ、将士の多くが胸にロザリオをかけていた。しかも行長は、朝鮮のほとんど無力な実情をよく知っていたため、この年四月半ばに半島に上陸すると、わずか半日で南部の要衝・釜山《プサン》城を落とした。

小西隊はそのあとも怒濤の進撃を続けた。五月はじめには、キリシタン嫌いの加藤清正が率いる二番隊二万二千八百人と先陣争いをしながら、首都・漢城《ハンソン》（のちの京城＝ソウル）に無血入城。さらに、朝鮮国王が逃げ去ったあとの開城《ケソン》を抜き、ひと月もしないうちに北部の要衝・平壌《ピヨンヤン》をも制圧してしまうのである。

宇喜多秀家は、第一陣の総大将に充てられたことを受けて、将士一万人を率いて渡鮮し、先鋒の二千人の指揮を、明石掃部と従兄弟の宇喜多詮家《あきいえ》に託した。

宇喜多隊は、五月はじめに釜山に上陸すると、直ちに漢城に向かった。だが、掃部は兵を進めながら何度も驚かされた。山々はほとんど禿山《はげやま》で、田畑は荒れ放題。集落はどこも、いまにも潰れそうなあばら屋で、住んでいたはずの人の姿はすべて掻き消えていた。

明石掃部は、行軍の途中、秀家に馬を寄せて言った。

「とんでもないところへ来てしまったものですな。戦うべき敵など一兵たりともおりません」

「うむ、誠に見ると聞くとは大違い。だが、これからさらに明への千里の道で何が起こるかは分からない……」

秀家は特に勇んで朝鮮の地を踏んだだけに、掃部のまえでは、戸惑いを少しも隠そうとはしなかった。

宇喜多隊は、一戦も交えることなく高い城壁に囲まれた漢城に入城した。だがここでも掃部らを見る人々の眼は冷たく、物売りやぼろを纏った子供たちすら、近づいて来ようとはしなかった。

まもなく、秀家を中心に漢城で大軍議が開かれ、宇喜多隊一万人は、奉行や軍監らの軍勢一万人とともに漢城の守備についた。掃部らは、しばらくは大過なく陣を固め、前線に展開する諸隊への糧食支援や兵器調達に当たった。

ところが、その年の秋も深まってくると、大将・李如松《リルウスン》に率いられた明軍五万人が、国境の鴨緑江《ヤールーカン》を渡り、朝鮮の義兵ら八千人とともに平壌に攻めよせて来た。小西行長らの部隊が、兵の半分近くを失ってやむを得ず撤退すると、明・朝鮮軍はさらに開城《ケソン》に迫って来た。

日本側は、将兵五万余人をもって、これを漢城北方の宿泊地・碧諦館《ペクチュグアン》のあたりで迎え撃つことになった。

第一陣は小早川隆景の兵一万人と立花統虎《むねとら》、毛利秀包《ひでかね》、筑紫広門《ひろかど》ら与力の九州勢六千人、第二陣は宇喜多秀家の兵一万人と石田三成、大谷吉継ら奉行・軍監らの五千人、第三陣は黒田長政、島津義弘、福島正則、生駒親正らの兵二万人……。

明軍が騎兵を先頭に、横列の厚い陣形で迫ってきたのに対し、日本側は太い槍先のような縦列の陣形で構えた。どの部隊も鉄砲の者どもを前にたて、敵の主力・騎兵の壊滅を狙った。これが、激戦として知られる文禄二年（一五九三年）一月の碧諦館の戦いである。

明軍は予想した通り、その日早朝、まず後方から何発もの大砲を撃ち込んだうえで、主力の騎兵を次々に繰り出してきた。これに対し第一陣の小早川隊は、自陣での砲弾の炸裂を避けるために、三手に分かれて兵を前に進め、鉄砲を散々に撃ちまくった。敵勢が崩れると、騎馬と長槍を繰り出し、新たな騎兵が出てくると、また鉄砲を持って応じた。

まもなく小早川隊は、隆景自らが直属の精兵三千人を率いて、敵の本陣に突入。しばらく、敵味方も分からぬほどの乱戦となったが、長槍の者どもが大将・李如松に突きかかり手傷を負わせた。

そのころ、第二陣の宇喜多隊は、先鋒を二手に分け、一隊は宇喜多詮家が、もう一隊は明石掃部が、それぞれ一千人を率いて丘陵を迂回し、左右から鉄砲を撃ちかけながら敵陣に斬り込んだ。こちらも猛烈な乱戦の末に、やがて明軍が総崩れになって、北の開城方面に退却を始めた。

追撃戦はその後数時間にわたり、討ちとった首は六千に及んだという。こうして碧諦館の戦いは、日本側の大勝利に終わった。

だが、宇喜多隊では、兵の数百人を失ったうえに、大変なことが起きていた。先鋒の一千人を率いて明軍の左翼に斬り込んだ明石掃部が、明の騎兵に腕やわき腹を斬られて重傷を負い、その弟・景行も喉などを刺されて戦死したのである。

それだけではなかった。先鋒・掃部のあとに従っていた「宇喜多家三老」の一人・

岡豊前守（利勝）も、敵の大砲の砲弾を浴びて重傷を負い、まもなく主君・秀家に看取られながら陣中に没した。

（いったい、これは何のための戦いなのか……）

掃部はまもなく、家臣らに守られて漢城を引きあげ、帰国することになったのだが、戸板に横たわって傷の痛みに耐えながら、ずっとそのことを考え続けた。

思えば、掃部はこの一戦で弟・景行をはじめ多くの家臣を失ったが、それでいて、この戦さで得たものなど何もなかった。傷の痛みよりもむしろ、「あまり意味のない戦さをしたのではないか……」と、忸怩《じくじ》たる想いに苛まれた。

ところで、イエズス会の宣教師たちは、秀吉の朝鮮出兵とその後の和平交渉の行き詰まりのなかでも、西日本の各地で着々と布教活動を繰り広げていった。

しかも文禄二年（一五九三年）春には、スペイン系フランシスコ会の宣教師ペドロ・バプティスタがフィリピン使節として来日。肥前・名護屋の陣中で秀吉に拝し、ポルトガル系イエズス会の向こうを張って九州や京畿で布教を始めた。

毛利氏や宇喜多氏の支配する山陽道でも、信徒の数は増えていった。イエズス会の宣教師ルイス・フロイスらが天正年間に、九州から京へ上る途中、各地を細かく歩いためであろう。

この地では当時、「備前法華に安芸門徒」と言われたように、備前は日蓮宗の法華王国で、安芸では浄土真宗が盛んであった。ところが、戦国争乱のなかで生きる将士、民百姓にとっては、こうした既存の仏教に飽きたらず、救済の道を何か新しい教えに求めたいという願いがあったのではなかろうか。

特に備前では、将士のあいだで洗礼を受ける者が次々に出てきた。

当時のイエズス会『日本報告』などによると、備前の太守・宇喜多秀家は、のちのちまで「異教徒」(日蓮宗徒)であったが、妻の豪姫が「デウスの教え」に深い理解を示していたため、領内での活動には寛容だったという。

こうしたなか、宇喜多家の重臣のあいだでは、まず秀家の従兄弟に当たる豪将・宇喜多詮家(のちの坂崎出羽守)が、文禄四年(一五九五年)に朝鮮から帰国してまもなく、京・伏見の屋敷にオルガンティノ神父を招いて受礼し、洗礼名をパウロと称した。

詮家は、親しく付き合っていた小西行長に勧められたらしい。行長の紹介により、京や大坂の街でキリシタンの講話に参加するなどしたあと、「キリシタンの掟と洗礼を授かりたい」と決断したという。

受礼に際し、それまで詮家に「霊魂の存在」などを説き続けてきたある修道士が忠告した。

「左京亮（詮家）殿よ、あなた様は、備前中納言（秀家）様のご一族で高い身分の方でいらっしゃいます」

「それがなにか不都合なことだと」

「いいえ。そうではございませんが、太閤様の耳に入って危険が迫らないよう、受礼のことをすべて隠しておいていただきたい」

「なるほど、分かりました」

詮家はそのときは固く約束したのだが、いったん洗礼を受けると、わずか一日で約束を忘れたかのように、受礼したことを、驚くほど熱心に仲間たちに言い触らし始めた。

「おれは大名ではない、中納言（秀家）殿の家臣である」

秀吉が伴天連追放令を発し、大名のキリシタンたることを禁止していることに対しても、これを無視するかのようなことを言い、気が向けば大勢の家臣らを引き連れ、教会や信者の集まりに顔を出していた。

そればかりか、詮家は大坂・備前島の屋敷の前に公然と十字架を飾り、屋根瓦にも、家紋の代わりにわざわざ金箔の十字架を描かせた。さらにその屋敷を改修して、教会を真似た説教所をつくった。そこへ諸将や町人、庶子を集めては、イエズス会の神父や修道士を呼んで説教をさせたほどであった。

詮家は、備前・岡山へ帰ったときにも、自分がキリシタンであることを毎日喧伝《けんでん》した。ついには、「デウスの教え」を称賛するだけでは満足できなくなり、秀家の母親・お福の方が帰依《きえ》している一向宗に「邪悪な教え」だとの非難を浴びせた。

しかし人々は、詮家が秀家の従兄弟であり、歴戦の者であることを知っていたので、彼が熱く語る話に熱心に耳を傾けたという。

当然、詮家の振る舞いは大坂表でもうわさとなったものの、誰からも特に非難されるということはなかった。このころ秀吉からその将来を宿望されていた秀家が、これを黙認したからだろう。

宇喜多氏の家中では、多くの将士が岡山や大坂で洗礼を受けキリシタンになったという。それは男ばかりではなかった。秀家の妻・豪姫や掃部の妻・麻耶もときどき、神父や修道士の説教を聴きに通った。

あるとき明石掃部は、妻に尋ねたことがあった。

「伴天連の話は、おもしろいか」

すると、その答えはやや意外だった。

「おもしろいというより、ためになります。殿もぜひまた、神父さまのお話をお聞きになったらいかがかと思います」

「ほう、ためになると。それはどのようなことであろうか」

「はい、神父さまは、人々の邪悪な欲望を禁じ、貧しい者や恵まれない者を助けよとおっしゃっています。できることなら、こんな素晴らしいことはございません。それに……」

「それに、何であろうか」

「神父さまのお話は、自分を捨ててでも人を救おうとする教えです。そのためには、もうこれ以上、戦さなどをして人を苦しめたり、憎んだりしてはならないことも分かってきました」

掃部は、この新しい神の教えに対し、妻のほうがはるかに熱心に耳を傾けていることを知った。

とはいえ明石掃部は、洗礼を受けることにはなお慎重であった。

朝鮮の役で負傷し帰国してのち、掃部はしばらく備前の温泉などで療養したが、元気になると岡山、大坂を行き来して秀家を助けた。その間、詮家の話も聞いたし、朋輩らが洗礼を受けたことも知らされた。

だが、明石掃部は、「自分ほどの身分の者が、そう簡単に信じる神を変えることはできない」――「デウスによる教えの戒律をすべて守ることはできない」として引き延ばしてきた。

ところが、文禄四年（一五九五年）秋のことである。掃部は大坂の宇喜多詮家邸で、イエズス会のオルガンティノ神父を紹介された。詮家とは同じ秀家の一族であり、朝鮮の役ではともども宇喜多隊の先鋒を務めた仲であった。

そこでこの神父にこんなことを尋ねられたのである。

「明石殿よ、あなたはわれわれが、いつ難破するかもしれない小船で万里の波濤《はとう》を越え、はるばるこの小さな日本にやって来た理由をご存知でしょうか」

掃部は一瞬ためらったが、正直に答えた。

「よくは知りません」

と、オルガンティノ神父はさらにこう続けた。

「それは、この日本でもすべての人を救済したいからです」

「救済と言われるか」

「さよう、わが最高神たるデウスの教えは、突き詰めて考えればこの救済のひと言に尽きるでしょう。だから、デウスのただ一人の御子であるキリストは、あれほど貧しい家に生まれたにもかかわらず、常に自らを犠牲にして飢えた人にはパンを与え、悩みごとを抱えた人を慰め、病む人を癒してきました」

「分け隔てなく、そうされたというのですね」

「そうです、その結果は、この世のそれこそありとあらゆる人々の罪をご自分が背負って、それを取り除くために十字架にかけられました。だからのちに復活を遂げられて、その魂がわれらをこの日本にも送り給うたのです」

掃部はここで、神父に尋ねた。

「しかしながら、救済をおっしゃるなら、日本の仏僧らも同じようなことを申しております。キリストの救済と仏僧の言うそれとはどこが違うのでしょう」

「それはよいことをお尋ねになられた。仏教にもいろいろな教えがあるでしょうが、概して彼らは、先祖の供養と、自分たちが死んだあとの後世の幸せを祈るばかりです。それも確かに大切なことかもしれません。しかしながら……」

オルガンティノ神父はここで、やや声高に続けた。

「明石殿よ、われらが救済を本気で考えるならば、まず救われなければならないのは、いまこの世に生を受け、働き、子供を育て、悩み、苦しみ、そして行き場を失っている人々ではありませんか」

「確かにその通りでございましょう」

「この大坂でもどこでも同じです。街は一見、華やかに見えても、人々は皆、計りしれないほどの悩みごとを抱え、戦さや病いに苦しんでおります。しかも城下を一歩離れると、人々はぼろを纏《まと》ってあばら屋に住み、その日暮らしの飢えに苛《さいな》まれております。戦さがあれば、死んだ将士の遺体から金員や残り飯を奪い、年老いた親や幼い子供が邪魔になれば平気で捨てている……」

そうした現世の悲惨と不幸に対し、仏僧たちはあれだけ大きな寺を構え、たくさんのお布施《ふせ》を集めているのに、素知らぬ顔をして美食におぼれ、温かい布団にくるまっているではないか。それでいて極楽を語ることなど、全くもって許しがたいことである、と非難した。

オルガンティノ神父の話は、実に整然としていて、そのひと言ずつが胸に響いた。だが、それでも明石掃部は、その場で入信するとは言わなかった。なお、時には激しく時にはしつこく疑問をぶつけた。

オルガンティノ神父と二度目に会ったときのことだ。掃部は神父らがよく口にする「天国」について尋ねた。

「ところで、神父様のおっしゃる天国とは、仏僧らの言う極楽浄土と同じようなものでありましょうか」

「いえ、それは違います」

神父は毅然として否定したあと、咳払いをして続けた。

「仏僧の言う極楽浄土は、この俗世を安閑として過ごした凡夫が、なお己の死後の幸せのためだけに夢見る妄想です」

「極楽浄土は妄想である、と言われるか」

「そうです。これに対し、われらの言う天国は、まずはこの現世で、己を犠牲にし、他人を救おうとして闘った者だけが行きつく栄光であります」

「己を犠牲にせよ、天国は栄光である、と……」

「そうです。われらがキリストに倣《なら》おうとしているのは、まさしくこの一点でありま す。ですから、われらは天国に行くためにデウスの教えを守るのではありません。デウスの教えを守る信仰の結果として、天国に行くことができるのです」

「なるほど、神父さまのおっしゃることが分かってきました」

掃部はさらに踏み込んで、現世の掟と信仰の関係について尋ねた。実はこのことこそ、最も気にかかっていることであった。

「では、信仰に基づいて救済を重ねた挙句、それが太閤殿下のご禁制を犯し、成敗されたらどういうことになるのでしょうか」

「明石殿よ、よくお考えください。太閤さまのご禁制やご成敗はあくまで現世での一時的なこと。これに対し、われらの信仰は、現世も天国も地獄も含めた永遠の行ないであります」

「永遠の行ない、と……」

「さよう、私にとっての主君は、母国ポルトガルの国王ではありません。ましてや、この小さな日本を統治している者でもありません」

「では、デウスが主君であるとおっしゃるか」

「そうです、最高の神たるデウス一人だけです。だから、たとえこの世で成敗を受け捕縛、拷問、処刑の憂き目に遭っても、それは恐ろしいことではありません。まさしくキリストがそうだったように、進んで死にたいとは思いませんが、信仰のために殺されるならそれもやむを得ない。むしろ、喜んでご成敗に甘んじるでしょう」

そしてオルガンティノ神父はここで襟を正した。

「明石殿よ、そなたが太閤様や宰相様（秀家）のために命がけで働くのは武士として現世の栄誉でありましょう。だが、それよりさらに大きな栄誉は、現世の統治者よりはるかに高く広いところにいらっしゃるデウスの臣下となって、主君に限らずこの世に生きるどんな人々のためにも命を投げ出すことです」

「どんな人々のためにも命を投げ出せ、とおっしゃるのか」

「さよう、たとえそれが下々の領民であろうと罪を犯した者であろうと、救《たす》けなければならないときは、誰に対しても命を懸けねばなりません」

それが、デウスの言う「救済」であり、その覚悟こそが他人を救い自らをも救う「キリストの教え」だと言った。掃部は神父が何度もくりかえした「救済」という言葉に、なにか新しい光のようなものを感じた。

しかもオルガンティノ神父は、別れぎわに劇的な話をつけ加えた。

「明石殿よ、あなたは私たちの教えになぜあれほど多くの人々が耳を傾け、こぞって洗礼を受けようとしているかお考えでしょうか」

「なぜでございましょう」

「それはデウスのもとでは誰もが平等で、同じように救済されるからです」

「将士、民百姓のあいだに身分の差別もない、とおっしゃるのか」

「いいえ、私が申しあげているのは、現世の政治・社会上の身分のことではありません、魂のことです」

「魂のことと……」

「さよう、救済したい、救済されたい、という心には、地位や身分もありません。まして来世において、自分もまたいかなる人とも同じように神のもとに召され、幸せになることが分かれば、民百姓にとってもこれほどの喜びはないでしょう」

「だから、恵まれない者ほど神父さまの話に耳を傾ける、と」

「そうです、明石殿が現世において身分の高いお方であれば、そこのところをよくよく考えていただきたい」

その夜、掃部は大坂の屋敷で改めて妻の麻耶と向かい合った――

「いかがなものか、それがしは事ここに至れば洗礼とやらを受けてみようと考えるようになった」

「殿のご決断に異存はございません。どうか、御意のままにされてください」

「それは、ともども洗礼を受けてくれるということであろうか」

「そうです。及ばずながら殿について参りとうございます」

妻の麻耶はすでに夫の心の内を察し、自分もまた洗礼を受けようと考えていたため、いつになくにこやかに応じてくれた。掃部はその笑顔に感謝しながら、遂にキリシタンたることを決断した。これからの生き方を「デウスの教え」に求め、この戦国の世を新しい神のもとで生きることにしたのである。

それは、明石掃部にとって自ら身を切るような決断だった。もしかしたら太閤・秀吉の逆鱗に触れるかもしれず、宇喜多家の総領・秀家の批判に晒されるかもしれなかった。あるいは諸将のあいだでの評判を一挙に落としてしまうかもしれなかった。

だが、掃部の胸の内には、何か揚々とした希望が湧いていた。それは、なによりもまず、己の心のうちに、現世の主従関係や利害・打算を超えて、誰よりも清らかに生きる気構えをつくりあげることであった。

そして、たとえ士分の者であろうと民百姓であろうと、この世に生きとし生ける者のすべてを慈しみ、慰め、励まし、救けることであった。

数日後、明石掃部はオルガンティノ神父の導きで、妻子とともに洗礼を受けキリシタンになった。洗礼名は掃部がドン・ジョアン、妻・麻耶がモニカ、そしてまだ幼い長男がヨハネ、長女がカタリナであった。

さらに数日後のことである。明石掃部はすぐ向かいの宇喜多邸に秀家を訪ねた——

秀家は、朝鮮の役の疲れも見せずはつらつとしていた。二人で書院から、庭に積った雪を眺めるのは久しぶりのことだった。

「中納言（秀家）殿、本日は申し上げたきことがあって参りました」

「改まって、何でありましょうか」

「はい、それがしは、心に思うことがありまして、伴天連（宣教師）の教えに従ってみることにいたしました」

「そうでありましたか……」

秀家は、とりわけ驚いた様子も示さなかった。半年以上も前に、従兄弟の宇喜多詮家が洗礼を受け、妻の豪姫もこの教えに深い関心を寄せていたためであろう。しかも領国では、このところ信徒の数が増え続けていた。

「それにしても、なぜいまキリシタンたろうと決心されたのか」

秀家に尋ねられて、掃部は面色を改めた。

「あえて申しますならば、先日、ある伴天連の話を聞いて、救済という言葉の深い意味を悟ったからであります」

「救済、と言われるか」

「はい、それがしは、戦さや金員では人は救えぬ、誠の救済は、この新しい神を信じ、誰に対しても心の安らぎを与え、平穏な暮らしを支えてやることだと気づきました」

「なるほど。それがしにはよく分からぬが、そなたの信じる通りにされるのが一番でありましょう」

「はい。だからと言ってそれがしは、今後とも中納言殿を裏切るようなことはいたしませぬ」

「それはありがたい」

「それに、太閤殿下がこれからも、キリシタンに対し寛容で、新しき国と開かれた世をおつくりになるのであれば、それがしは中納言殿とともについてまいります」

「そなたの胸中、よく分かりました。何も案ずることはありませぬ」

明石掃部は秀家の温かい言葉に満足し、胸のうちで感謝の十字を切った。だが、掃部の大きな夢は、必ずしも願い通りにはならなかった。

明石掃部が洗礼を受けキリシタンになったといううわさは、宇喜多の家中ばかりか、人づてに領国の備前や美作でも、将士や領民たちのあいだに広まった。

このころ、秀家はほとんど京・大坂で秀吉のもとに詰めていたのに対し、明石掃部は、京・大坂と領国を行き来することが多かった。宇喜多家の奉行の一人として、大坂城の補修などに奉公するとともに、干拓など領国での仕置きをも手伝わねばならなかったからである。

明石掃部は入信後まもなく、領国で多くの喜捨（貧しい者への施し）や慈善事業を始めたうえで、事実上、イエズス会の本部となった長崎の教会を助けるために、多額の布施を行なった。

そして領内で、刃傷沙汰や火付け、強盗などを犯した重罪人が捕まると、自らどこへでも出かけて対面した。そのほとんどが、領内のやくざ者やごろつきたちで、稀に極貧や虐待に苦しめられた女子供もいた。

ある日、岡山城下で喧嘩のすえに仲間を撲殺してしまった若い石切り人夫を裁いたときのことだ——

明石掃部は男の縄目を解いたうえで言った。

「そなたはおそらく、斬首を逃れることはできないだろう」

「はい、覚悟いたしております」

「ならば、せめて己の深い罪を償うために、そなたが殺した者のために祈りなさい。そうすれば、地獄におちることもなかろう」

「神に祈れとおっしゃるのでしょうか」

「そうだ。いまそなたが、殺した者の霊を慰め己をも救うためには、こうして胸で十字を切り、ひたすら神に祈るしかない」

男はしばらく目を閉じていたが、掃部の優しい言葉に、やがて涙を流し始めた。掃部は、男に手ぬぐいを与えて涙をぬぐわせたうえで、「そなたはいまキリシタンたり得たのだ」と囁《ささや》き、死一等を免じたのである。

掃部の温かい配慮によって死罪を免れた者のなかには、そのことを生涯の恩義と考え、のちに腕や前頭部に十字の入れ墨をして、関ヶ原の一戦や大坂の陣で明石隊の一員として奮戦した者もいたという。

また、領内で士分の者や民百姓たちは、しばしば疫病に苛《さいな》まれ、戦さでの怪我や出産に際してのトラブルに苦しめられていた。

明石掃部は、そうした訴えや相談があると、ただちに家臣を奔《はし》らせ、重い者には自ら足を運んだり、修道士に来てもらったりした。

特に漢方の医師から不治の宣告を受けた者に対しては、その枕辺に寄り添い、額に手をあてたまま囁いた。

「祈りなさい。ただひたすら祈りなさい」

「私は、もうだめなのでありましょうか」

「いや、決してそんなことはない。人は誰もたくさんの罪を背負って生きている。だがいまは、自分が元気になることだけを願って祈りなさい」

この時代に、掃部ほどの大身の者が、名もなき領民の死にかけた女房のために、「元気になれ」と慰め続けた。その多くが、優しさに涙を流しながら息を引き取ったが、なかにはそのときの感激と興奮のため、病いに打ち克ち元気を取り戻した者もいたのだという。

その後、宇喜多氏の領国では、秀家の従兄弟・詮家に次いで明石掃部が入信したことにより、将士、領民たちの多くが修道士らの講話に集まり、やがて洗礼を受けキリシタンになった。その数は三千人を超えたという。

なかでも注目すべきは、宇喜多家三老の一人である長船越中守貞親の嫡子・紀伊守綱直が、掃部の勧めで入信したことであろう。綱直はその後まもなく、秀家の執政＝筆頭家老となって、宇喜多家五十七万四千石を取り仕切ることになるのである。

だが、このことはやがて、宇喜多家内紛の大きな火種となっていく。

第四章　友よ、死を笑顔で迎えん

ここ備前に、のどかな時が流れていた。

慶長元年（一五九六年）春、明石掃部は、キリシタンとなってはじめて、居城の保木城に帰った。

保木城は、備前東部を流れる吉井川西岸の小高い丘に築かれた連郭式山城である。北側に険しい山塊を背負い、その麓の一番高い丘に本丸が築かれていた。山城にとって最も大切な水の手（井戸）は、本丸裏の谷間に掘られていた。

本丸から、ゆるやかに南に下る丘陵には、大手門をはじめ二の丸、三の丸、物見櫓《やぐら》などが築かれ、それらを繋ぐ郭《くるわ》は頑丈な木柵で編まれていた。

さらにその南の谷あいには、家臣や出入り人の屋敷のほか長い馬止めなどがあって、商人らが商いをするための店も軒を並べていた。

この城は、掃部の父親・明石景親が、まだ備前守護代・浦上宗景に仕えていたころに築いたらしい。城地全体の広さは、東西がおよそ百五十間（約二七〇メートル）、南北が三百間（五四〇メートル）、備前の山城としてはかなり大きなほうであろう。

この地は、東西をつなぐ陸路・山陽道と、高瀬舟などによる吉井川河川航路が交叉する要衝である。城下には、丘陵のあいだにいくつもの盆地を抱え、古くから稲作や果樹栽培が盛んであった。

川の流れが青く澄み渡っているなかに、岸辺では、色とりどりの春の花が咲き乱れていた。とりわけ、春先から白色または淡紅色の可憐な色を見せる桃の花は、将士、領民を問わず人々の心を和ませた。

明石掃部はこのころ、七百人近い家臣を抱えていたが、そのほとんどが父親・景親以来の譜代の者どもで、しかもその多くが掃部に従うかのようにまもなくキリシタンになった。

明石掃部は本丸の書院に主だった重臣たちを集め、久しぶりに酒宴を開いた。従兄弟で家老の明石次郎兵衛や一族の明石半左衛門、明石八兵衛らのほか、譜代の池太郎右衛門（信勝）、沢原善兵衛とその弟・沢原忠次郎、島村九兵衛、黒岩彦右衛門らの面々である。

明石掃部は、改めて家臣たちを見遣った。そのほとんどが自分とほぼ同じ年頃で、面構えや腕などの傷が歴戦の者であることを表している。

「皆の者よ、朝鮮でのこともどうやら収まったゆえ、領内の仕置きに励むときが来た。この分では、今年も豊作であろう」

「誠に結構なことでござる。これもみな、神のお導きと殿のお力のたまものでありましょう」

「どうであろうか、付近でも入信の者がかなり増えたようだが、それがしはこの城の表に新しい棟《むね》を二つばかり上げ、礼拝の部屋と修道所、それに診療所と学校をつくりたいと考えている」

「われらに異見はござらん。どうか、殿の想いの通りになされよ」

明石掃部は数日後、側近の者らとともに岡山へ上ったが、城表に礼拝所や学校を建てる工事は留守の家臣らによって直ちに始められた。

岡山からなじみの縄張り人やたくさんの大工らが来てくれたうえ、領民どもがわれもわれもと手伝いに集まった。そのため工事は、わずか三か月で完了し、桃や米の収穫のころには、礼拝や病人・子供たちのために使えるはずであった。ところがまもなく、思わぬ事件が勃発。明石掃部もまた、その騒動に巻き込まれるのである。

この年慶長元年（一五九六年）八月半ばのことだった。土佐《とさ》（高知県）の海岸に一隻の大船が漂着した。スペインの貿易船サン・フェリーペ号という。同船は、積荷を満載してマニラからメキシコに向かっていた途中に嵐にあったらしい。

土佐の太守・長曾我部元親からの報告を受けた秀吉は、直ちに五奉行の一人・増田長盛を土佐に派遣した。長盛は、いちおう通訳らしき男を同道してはいたものの、ほとんど手振り身振りの面談ののち、積荷の金貨や生糸《きいと》、緞子《どんす》（文様入りの織物の一種）、ちりめんなど高価な品々をすべて押収した。

当然のことながら、サン・フェリーペ号の船長らは怒った。

「早く船を修理し、積荷を返してほしい」

「そうはならぬ。われらのほうでよくよく調べてからだ」

「なんということだ！」

長盛が応じようとしなかったために、船長はさらに怒りを込めて豪語した。

「よろしいか、わがスペイン帝国は、そなたらが考えているよりはるかに強大な国だ。われらは新大陸に対し、まず修道士らを送って宗教を説き、次に軍隊を送ってかの地の王国をすべて服従させた。そのことをよくよく考えられよ」

長盛はその年十月はじめに大坂へ帰り、秀吉に押収した積荷の目録を呈上するとともに、サン・フェリーペ号船長らの発言について報告した。合わせて、同船にはフランシスコ会というスペイン系布教団体の司祭をはじめたくさんのキリシタンが乗船していることや、大砲をはじめとする大量の武器が積まれていることなどを告げた。

秀吉はまず、なによりも長盛の押収した高価な積荷に驚いた。だが、そのことはおくびにも出さず激怒した。いや、激怒してみせた、と言ったほうが正しいかもしれない。

「スペインの者どもは、布教を禁止している予の掟を知らぬか！　いずれは大筒をもってわが国を攻めるつもりか！」

折しも明との交渉がうまくいかず、朝鮮再征の準備にかかっていた矢先だったため、いらいらしていたのか、それとも、何か脳や神経の病いに侵され始めていたのか、秀吉は、自分の吐いた怒りに酔い、さらに大きな激情に駆られた。長盛が差し押さえた同船の積荷をすべて没収させたうえ、当時、京畿で布教活動をはじめてまもないフランシスコ会の弾圧に乗り出したのである。

秀吉はのちに、ルソン総督に宛てた書簡で、没収したこれらの積荷について、「あまりにも高価であったため、紛失しないよう保管し、いずれはルソンに送り返すつも

り だった」と釈明している。

だが、これは真っ赤なうそであった。実際は、見知らぬ外国船が漂着したことを幸いに奪い取らせてしまったのである。フランシスコ会への激しい弾圧も、この悪事を隠すための芝居だったのかもしれない。

これも独裁者だからできたのか、芝居にしては実に大掛かりで残酷なことを、衆目のなかで始めたのである。

秀吉は十月半ば、五奉行の一人・石田三成を「佐吉！」と幼少のときの名で傍に呼びつけた。

「よいか！　京畿におけるフランシスコ会の司祭や信徒どもを、すべて探し出して縄を打て！」

「なぜでございましょう」

「あの者どもは、わが国を服従させようと企むスペインとやらの手先だ」

「それがしには、そのようには見えませぬが……」

「うるさい！　直ちに始めよ！」

「かしこまりました」

秀吉はさらに、直臣でキリシタンの事情に詳しい長谷川守知（美濃のうち一万石）に対し、捕縛すべきフランシスコ会司祭・信徒の名簿をつくるよう命じた。守知は、京の町衆から大名にのし上がった長谷川宗仁《そうにん》の嫡男である。いとも簡単に名簿をつくり、それを京で執行にあたる三成のもとに届けた。

ところが、守知は賄賂をとってフランシスコ会の布教を黙認していた張本人だったので、イエズス会系のキリシタンも含めて、三百人近いいい加減なリストを提出した。それを見て三成はびっくりした。

「これはなんだ！」

「なにがでございましょう」

「右近殿や玄以殿のご子息までがなぜ入っているのか！」

「……」

なんとそこには、すでに加賀・金沢で前田利家に召し抱えられ、一万二千石を食んでいる高山右近や、丹波・亀山五万石の城主で、まもなく五奉行の一人となる前田玄以の二人の息子も含まれていた。

彼らは確かに熱心なキリシタンではあったが、フランシスコ会とも今回の事件とも、全く無縁の人々だった。三成は、長谷川守知を怒鳴りつけたうえで彼らの名前を名簿から削除したという。

三成は、秀吉の側近のなかでも卓抜した能吏ではあったが、京畿でのキリシタンの細かな実態までも知っていたわけではない。結局、守知のつくったリストをもとに、多数の手の者（役人）を指揮して、京畿のフランシスコ会修道院やその信徒宅をことごとく包囲した。

そしてまず、スペインのルソン総督の使節として来日し、そのまま布教活動を行なっていたペドロ・バプチスタ司祭や、サン・フェリーペ号に乗船していたメキシコ人のフェリッペ・デ・ヘスス修道士を捕縛。宣教師や信徒などを手当たり次第に捕まえた。その数は、老若男女二百数十人に及んだという。

明石掃部が大坂で、宇喜多詮家とともにイエズス会の神父二人を救ったのはこのときである——

秀吉のキリシタン迫害が始まったとき、掃部は大坂・備前島の屋敷で雑事に忙殺されていた。と、そこへ知り合いのある信徒から危急の知らせが来た。

「明石様、大変でございます！」

「そのように血相を変えて、いったいどうしたというのだ」

「はい、ペドロ・ホレモン神父様とフランシスコ・ペレス神父様が、アンドレア邸に逃げ込んだまま、石田様の手の者に包囲されております」

「なに！　それは誠か」

ホレモン神父らは当時、イエズス会の指導的立場にいた。アンドレアとは、細川忠興の重臣でキリシタンの小笠原玄也のことである。掃部は急ぎ家臣数人を小笠原邸に奔らせた。すでに四方が三成配下の兵によって厳重に包囲されているという。

そこで掃部は、同じキリシタンの宇喜多詮家を訪ね、膝をすり合わせて一策を練った。

その翌日のことである、掃部と詮家は堂々たる馬に乗って、それぞれ家来どもに手綱をとらせながら小笠原邸を訪ねた。正面の門から入ろうとすると、采配役の役人が大声で二人を制止した。

「何者だ、何のためにこの屋敷に入られるか」

「われらは、備前中納言（秀家）殿の客将・明石掃部頭守重と中納言殿のご一族・宇喜多左京亮詮家である。小笠原殿に会いに来た。用向きなどをそなたにいちいち告げねばならぬか」

「ああ、これは失礼をいたした。どうぞ、お通りくだされ」

こうして、二人は堂々と小笠原邸に入り込んだ。なかでは二人の神父を囲み、十数人の信徒らが、緊張した面持ちで円座を組んでいた。

「神父さま、ここにいると危ない。急ぎ脱出し、安全なところへご案内いたしたい」

「いいえ、われらはここを動きません。すでに捕まることを覚悟しております」

二人とも、もはや逃げ隠れすることを望まなかった。

「何をおっしゃいますか。このままここにいれば、お二人とも殺されてしまいます」

「信仰を広めたために処刑されるのであれば本望です。友よ、われらは死を恐れてはおりません」

「お待ちくだされ。このたびの騒動はスペインとフランシスコ会のことであります。それゆえ、お二人までが騒動に巻き込まれて、命を落とすことはございません。どうか、お体をわれらにお預けください」

掃部は必死になって説得した。

「いまお二人が殺されるようなことにでもなれば、信徒やこれから洗礼を受けようとしている者が困ります。ここはぜひ、手前どもにおまかせください」

「なるほど……。それにしてもこの厳重な囲みから、果たして無事脱出するすべがありましょうか」

「われらに、よい手立てがございます。どうかおまかせください」

それから一刻（約三〇分）ほどたってからのことだ。掃部と詮家は来たときと同じように、家来どもに手綱をとらせながら小笠原邸を出て行った。外で監視していた役人どもは、道を開けたばかりか、この、馬上の二人に深々と頭をさげて敬意を示した。

だが、このとき掃部らは、二人の神父に、自分たちの衣服を着せるなどそっくりの格好をさせて馬に乗せ、自分たちは家来の姿になって手綱を引いた。包囲のなかを堂々と抜け出た。そのあと、折をみて長崎方面への船に乗せた。

こうして、誰に疑われることもなく二人の神父を、大坂から脱出させたのである。

秀吉は、なお怒り狂っていた。

「捕らえた者はまず、耳と鼻を削《そ》いでしまえ」

「全員磔《はりつけ》にしてしまえ」

などと吠えまくっていた。

ところが、このめちゃくちゃな仕置きを、五大老の一人で加賀の太守・前田利家が諌《いさ》めた。利家にしてみれば、高山右近など自分が事実上匿《かくま》っている何人かのキリシタンに、類が及ぶのを止めようとしたのだろう。

「ここは太閤殿下のお慈悲で……」

と、処罰を加える者の数を大幅に減らすよう懇願し、秀吉を説得したらしい。

三成もまた、関係者を処刑にまですることはなかろうと判断し、秀吉の気持ちも変わるだろうと期待していた。そのため、長谷川守知のつくった名簿から、中心的な役割を果たしている者を十二人だけ選んで沙汰を待った。

ところが、このときも秀吉は、キリシタン嫌いの侍医・施薬院全宗らの意見を入れ、その数を二十四人に増やし、かれら全員を長崎で処刑するよう命じた。

その対象となった外国人は六人。フランシスコ会のスペイン人司祭ペドロ・バプチスタをはじめ、スペイン人修道士三人とサン・フェリーペ号に乗っていたメキシコ人修道士、通訳を兼ねていたインド出身のポルトガル人修道士であった。

またこのとき一緒に処刑されることになった日本人は十八人で、さまざまな職階の修道士、説教師、伝道師、教会の同宿（雑用手伝い）らであった。なかには、伊勢の弓矢師ミゲル小崎の息子で十五歳のトマス小崎や、尾張の元武士・パウロ茨木の息子で十三歳のルイス茨木ら、少年四人も含まれていた。

さらに、備前のディエゴ喜斉《きさい》や大坂のパウロ三木のようなイエズス会修道士も含まれていた。彼らは取り調べのすえ、三成から

「おまえたちはかかわり合いがないから立ち去れ」

と言われたのに、それを拒否して処刑されることを選んだのだという。

彼らのことをキリシタンの側で「二十六聖人」と呼ぶのは、のちに一行の世話をしていた信徒二人も、みずから処刑されることを望んで加わったためである。

神を信じるということは、これほど確たるものなのだろうか。

そのときのイエズス会『日本報告』などによると、死刑を言い渡された二十四人は、誰もがその裁定を胸に十字を切って受け止め、それぞれに「神のご慈悲を」「神のお導きを」と呟いた。見物人らに罵られ唾を吐きかけられても平然としていた。

また、トマス小崎やルイス茨木は、父親とともに殺されることが分かったとき、笑みをもって「主の祈り」や「アベ・マリア」を唱え続けたという。

秀吉は、はたまた激怒した。死刑の裁定を受けた者どもの平然とした態度を、自分への挑戦とみたらしい。

「治部（三成）よ、実に憎らしい奴らだ。全員の鼻と両耳を削ぎ落してしまえ」

「鼻と両耳を、でございますか」

「そうだ。臆したか、治部」

「いいえ、そうではございませんが……」

「では、どうしたというのだ。なにか、このわしに不満でもあるのか」

「いいえ、鼻と両耳を削ぎ落とせば、皆、その場で死んでしまいます」

「うーむ、なかなか小癪《こしやく》なことを言う。では、両耳だけにいたせ」

「太閤殿下、それもなりません。なかにはまだ、十四、五歳の子供もおります」

「なかなか、しぶといことを言う。おぬしは、奴らを助けたいのだな。分かった、では片方の耳だけにいたせ」

三成にしてみれば、ここまでが精いっぱいの抵抗であった。結局、配下の者どもに片方の耳だけを削がせることにした。

耳を削ぐといっても、そう簡単にできることではない。係の役人が、司祭や信徒らを路上に座らせ、一人ずつその耳たぶを一気に削ぎ落とそうとしても、先のほうを半分くらいしか切れずにやり直すことも多々あった。

上司は、耳切りの腕前についてもじっと見ている。そのため係の役人は、自分の失敗を切られる者のせいにして、「動くな！」などと怒鳴りつけた。そして、もう少し太い鋭利な包丁などを持ち出し、耳の付け根のところから切り直した。

ところが、係の役人が、片耳を削いでも、不思議にも悲鳴をあげる者はほとんどいなかった。流れ出る血を拭おうともせずに、目をとじたままひたすら天を仰いだ。役人が切り取った耳たぶを捨てると、傍で見ていた信徒らは、争うようにそれを拾い合った。彼らにしてみれば、「殉教の証」として神父のもとに届けるためであった。

それだけではない、信徒らは耳から出た血に染まった着衣やそれを拭いた布を持ち帰った。また、大量の血ににじんだ砂を拾い、抱くようにして持ち去った。

耳を削がれた一行はそのあと、裸足のまま駄馬や荷車に乗せられ、大坂、堺で見せしめのため引き回された。

折しも季節は、冬のさなかである、顔中に容赦なく寒風が吹き付けた。それでも一行は汚れた手で傷口をおさえ、頭全体を凍らせてしまうほどの痛みに耐えた。見物人のあいだには、石を投げたり罵声を浴びせたりする者もいたが、なかには泣きながら祈り続ける者もいた。

一行が、堺の街を引き回されていたときのことである。群衆のあいだから一人の若い女が駆けだして来て、ペドロ・バプチスタ司祭の前にひざまずいた。そのあと、その足にしがみついて叫んだ。

「どうか私を身代わりに！」

「なにを言うか、早く立ち去れ！」

役人が何度蹴っても、女はその手を司祭の足から離そうとしなかった。そのため役人が、二人がかりで背中から槍で突き刺すと、女はその場で絶命したが、顔には不思議な笑みをたたえていた。刺し殺した役人のほうが、驚いて腰をぬかしてしまったという。

さらに、司祭や信徒らの一行は、衆目に晒されながら陸路、山陽道を下って、キリシタン布教の本拠ともいうべき長崎に連行され、かの地で見せしめのため磔《はりつけ》にされることになった。これが戦国期のキリシタン史に残る「二十六聖人殉教」事件である。

明石掃部は、秀家からの指示だったか、それとも自分から買って出たのか、播磨・赤穂から備中までのあいだ、宇喜多領内で一行の護送に当たることになった。

明石掃部はその日の朝から、赤穂の城下を流れる千種川の渡し場で、ペドロ・バプチスタ司祭らの一行を待った。

すでに、秀吉による京・大坂での虐待のうわさを耳にしていただけに、これまでには味わったこともない悲痛な気持ちだった。司祭らは打ちひしがれ、なかにはすでに死んでいる者もいるかもしれないと思っていた。

一行は、およそ百人の武装した警備の者どもに守られながら、昼すぎになってやって来た。渡し場を埋め尽くした見物人から「来たぞ！」「来たぞ！」と歓声や怒号が起きた。ところが、まもなく一行が到着すると、その異様な一団に恐れを感じたのか、渡し場は水を打ったような静けさに帰った。

彼らは、裸足のまま後ろ手に縛られ、今にも壊れそうな荷車に三人ずつ乗せられていた。全員が、白装束ながら全身泥だらけで、誰も切られた耳の手当てすらろくにしてはいなかったため、顔や着衣が血に染まっていた。なかには、見物人による投石で、顔などに新しい切り傷や打撲を負っている者もいた。

ところが、いざ迎えてみると、彼らは、まるでこれから戦さにでも旅立つときのように意気揚々としていた。なかには、まだ切られた耳の血が止まっていない者もいるのに、その痛みを訴える者もいなかった。

見物人のあいだから、また歓声や怒号が起きたが、それに動じる様子もなく、笑みをもってこれに応じた。明石掃部の胸にある衝撃が奔った。

（これはいったい何事だ、みな、気が触れてしまったのではあるまいか？　それとも、これが神を信じるということなのか？）

引渡しの手続きが済むと、明石掃部はまず、ペドロ・バプチスタ司祭らに十字を切って挨拶し、一行二十六人の縄を解いた。そして、全員に白湯などを与え、切られた耳の手当てをさせた。そのあと掃部は、その傷跡も痛々しい二人の少年、ルイス茨木とトマス小崎に語りかけた。

「どうだ、まだ痛いか」

「いいえ、痛くはありません」

「切り落とされた跡が、腫れ上がっているではないか」

「はい、何かいただこうとしても口が開かないほどです。目も片方は潰れたようによく見えません。でも……」

「でも、何であろうか」

「はい、これも神さまのお導きだと思います」

二人の少年は、終始にこやかに答え、そのあと目を閉じて天を仰ぎながら「主の祈り」を口ずさんだ。

（この笑顔を、自分はどのように理解したらいいのだろうか？　傷跡が痛くないはずはない。ただじっと我慢しているだけであろう。その我慢が神のお導きということなのだろうか……）

護送の一行はまもなく、播磨・赤穂の木生谷《きゅうのたに》から帆坂峠を越え、備前の宇喜多領内に入った。ここから西へ延びる沿道でも、どこにこれほどの人がいたのかと思うほどたくさんの領民が、護送の荷車をひと目見ようとして辻や橋のたもとなどに群がっていた。

明石掃部は、配下の者多数を先に送り、沿道の見物人たちに、投石や唾を吐きかけることを禁じさせた。さらに宿場などでは、鐘つき櫓《やぐら》や屋根の上にまで登っていた者たちをすべて路上に下ろさせた。

備前の領内に入ったその日は、片上の宿（岡山県備前市西片上）に投宿した。明石掃部はそこで一行を大きな宿に導き、望む者には湯を与えて体を清めさせた。そして、付近の医師や信徒らを呼び集め、切られた耳や手足の傷の手当てをさせた。

さらに一行に対し「もしも望むならば……」と、家族に手紙を書くことを勧めた。このようなことは、秀吉からいっさい禁じられている。秀吉が知れば、はたまた激怒するかもしれないことであったが、掃部は平然として紙をくばり、それぞれ親や妻子への筆を執らせた。

このとき十五歳のトマス小崎は、伊勢にひとり残っているはずの母親に宛てて、下手な字で短い手紙をしたためた。

「母上、この世に魂の救いほど大切なことはありません。どうかお願いいたします、そのことをよくお考えになり、父上と私が長崎で処刑されて、神に召されることをお喜びください。わたしは天国で、母上と、そしてこの世の恵まれないすべての人々を見守りながら、ずっと生きていたいと思います」

掃部はその手紙を預かって読んだとき、少年の透き通るような心の清らかさと温かさを感じた。だが、最後の「天国でずっと生きていたい」というひと言には、まだ幼くして死んで行く者の無念が、切々と刻みこまれている、と思った。

それらのことが終わって、一行が食膳に向かったときのことだ、ペドロ・バプチスタ司祭が、一同を見渡したうえで、何か呪文でも唱えるときのように言った。

「備前に入ってからは、ジョアン殿（明石掃部）の温かいおもてなしにより、私たちは心安らかなひとときを過ごすことができました。いまは、改めて神とジョアン殿に感謝するばかりです」

若きマルチノ修道士が、これに続けた。

「私たちは、縄目の辱めを受けたときから、喜びに満たされています。それは、神のため尽くすにふさわしいことだからです」

誰もが、これに応えるかのように頷き、また歓呼の声をあげた。掃部は思わず身を乗り出して司祭らに言った。

「ありがたいお言葉をいただきました。しかしながら、ご一同は、このままなら長崎で十字架にかかる定め。それが誠に残念でなりませぬ」

と、ペドロ・バプチスタ神父が毅然としてこれに応えた。その表情はいまにも笑いださんばかりに穏やかだったが、目の奥は激しく燃えているように感じられた。

「ジョアン殿よ、われらは、そのことをこそ喜びといたしております」

「磔になることを、喜びと申されるか」

「さよう。友よ、死を恐れてはなりませぬ。それこそ、神が与えてくださった最高の幸せであります」

「死が、最高の幸せ、と申されるか」

「はい、われらは処刑されることによって、ありがたくも神のもとに召されるのです」

「死は、神に召される最高の行ないである、と……」

このひと言に、明石掃部は信仰の何たるかを感じずにはいられなかった。同時に、これまでいまひとつ理解しがたかった死の意味を掴み、彼らの笑顔の謎が分かったような気がした。

このとき、隣の部屋や庭先には、ペドロ・バプチスタ司祭の話をひと言でも聞こうと、たくさんの信徒や手伝いの領民が詰めていた。司祭は、それらの人々にも聞かせようとしたのだろう。やや大きな声で続けた。

「もちろん私たちは、この世でなにもせず死ぬことだけを望んできたわけではありません。あの事件以来、事ここにいたってすでに全員が片耳を削がれ、次には十字架にかけられることが確実になりました。しかしながら……」

と、ここで司祭は軽く咳払いをして声を絞った。

「われらはこの世で罪を犯し太閤様に処罰されるのではありません。まさしくキリスト様がそうであったように、神に召されて天国に行くのです。だからたとえ、太閤様の処罰が磔であろうと打ち首であろうと、何を恐れることがありましょうや」

ペドロ・バプチスタ司祭にしてみれば、このひと言こそ、秀吉へのせめてもの批判であり、抵抗だったにちがいない。

「司祭さまのお言葉は、心のなかに深くしまっておきます」

掃部は、それ以上の返す言葉を失い、そのあとの水をうったような静寂に耐えた。

隣の部屋や庭先で聞き耳をたてていた信徒や手伝いの領民のあいだからは、盛んにすすり泣く声が漏れた。

そのあと掃部は、一行を岡山の城下から備中方面に護送し、翌日の夕刻、備中・川辺の渡し（倉敷市真備町川辺）で、毛利氏の手の者に引き渡した。司祭や信徒ら二十六人は、ここでふたたび手縄を掛けられたが、何度も天を仰ぎ、なお泰然としていた。折しもこのころ、正確には慶長二年（一五九七年）一月半ばのことであるが、秀吉は明との交渉が破綻したことから、朝鮮再征軍を肥前・名護屋から出発させた。総勢十二万余人で、右翼軍六万四千三百人の主将には、安芸・広島の毛利秀元が任じられ、左翼軍四万九千六百人の主将には、備前・岡山の宇喜多秀家が就いた。明石掃部はこのときには参戦せず、岡山にいて秀家の留守を預かったという。渡鮮した部隊は、占領中の朝鮮南岸諸城を守備していた諸将や船手衆七千二百人とともに、ふたたび半島深く攻め込もうとしたのだが、明・朝鮮軍の激しい抵抗のために惨々な目に遭ってしまうのである。

明石掃部の預かり知らぬことではあったが、この「二十六聖人殉教」事件には、後日談がある。

ペドロ・バプチスタ司祭らの一行はさらに、広島、下関からこの年一月末に博多に至り、唐津、彼杵《そのぎ》（長崎県東彼杵町）を経て、そのあとは海路で二月四日に長崎に至った。大坂からの護送にひと月以上もかけたのは、これがあくまで見せしめのためだったからであろう。

長崎は当時、布教の本場で五万人ものキリシタンがいたという。そのため、長崎奉行の寺沢志摩守（肥前・唐津城主）は、信徒らによる強奪や逃亡の恐れもあるとして、処刑の日までの管理に知恵を絞ったらしい。一族の寺沢半三郎という者を処刑執行の責任者に任じたうえ、それぞれの首に太い縄を打たせたまま、全員を湾内にある時津入江の船内に閉じ込めたのである。

二十六人が処刑されたのは、その年十二月であった。いわゆる磔の刑である。これもまた見せしめであったから、処刑の場所には、入江を望む西坂の丘の上が選ばれ、二十六本の大きな十字架が立てられた。

イエズス会宣教師ルイス・フロイスは、処刑に立ち会ったパシオ、ロドリゲス両神父の話をもとに、そのときの様子を詳しい報告書にしたためている。それは残虐にして凄惨を極めていた。

その報告書などをもとに、処刑の模様を紹介すると――

磔《はりつけ》にされる二十六人は、全員が足を引きずりながらも顔色ひとつ変えず、笑みをたたえて刑場に辿り着いた。

彼らを処刑するための十字架には、二本の横木があり、上の横木には両腕を、下の横木には両足を縄でくくったうえ鉄の輪で留めた。激痛と出血で死亡する恐れがあったため、手足を留めるのに釘は使われなかったという。

十字架にかけられると、ペドロ・バプチスタ司祭はじっと両眼を天に向け、マルチノ修道士は、目をとじたまままいくつかの詩篇を口ずさんだ。

このとき十九歳だった肥前・五島の伝道師ジョアン宗庵は、刑の執行を見届けに来ていた父親に向かって言った。

「父上、私は喜んで神のもとへ参ります。どうか微笑みをもって祝福して下さい」

これに父親もまた、大声で応えた。

「その通りだ、元気で行け。いずれおまえの父親も母親も、神のために命を捧げるつもりだ」

まもなく、両刃の剣のように尖った槍を構えて近づいた死刑執行人によって、彼らは次々に右側から力いっぱい胸を突かれ、左側の心臓を刺し貫かれた。また、ある者は、二人の執行人により左右から同時に胸を突き刺され、槍を十字に交差させられたところで絶命した。

それでも死なない場合には、正面からもう一度槍を突き立てた。なかには、処刑寸前になってもなお、歌を謳い続けたため、槍でまず口のなかを突き潰され、そのうえで胸をえぐられた者もいた。

こうして二十六人は、執行人らのなすがままに、だが毅然として死んでいった。刑場では、見物人に混じってたくさんのキリシタンも磔の執行を見守っていた。彼らは、受刑者の体から槍が抜き去られるたびに、いっせいに遺体にとりついた。そして十字架から流れ落ちる血を、持参した手ぬぐいなどに染み込ませたり、遺体から血のついた衣類の一部をちぎり取ったりした。

誰もが「死の証」を仲間に見せ、後の人々に伝えるためだったという。

第五章　宇喜多家の執政となって

明石掃部はその後も岡山にあって、長崎での「二十六聖人」の処刑を悲痛な気持ちで伝え聞いた。

（太閤殿下は、残酷なお人である）

と、思わざるを得ない。だが、同時に処刑された神父や信徒らのことを考えると、改めて不思議な気分に襲われた。

（彼らは、死＝処刑をまったく恐れず、終始笑みをたたえていた）

はじめは、理解の仕様がなかったが、やがて、これこそ現世のありとあらゆる苦悩や恐怖、煩悩や欲得を、神への帰依《きえ》によって乗り越えた姿だろうと思うようになった。そのせいか、掃部はこの事件を機に、備前や美作での布教に、いっそう力をいれることになる。

少し後のことになるが、関ヶ原合戦前年の慶長四年（一五九九年）に、ヴァジリアーノ神父が長崎からイエズス会本部に送った手紙には、明石掃部のことを高く評価して、次のように書いている——

「都の近くの備前の国では、キリスト教の教化が非常に進んでいる。それは、備前ほか二つの国を治めている領主（宇喜多秀家）の義兄弟であるジョアン明石掃部という武将の力に預かるところが大きい。ジョアンは受礼してからまだ三年であるが、神のことを実に深く理解している。

ジョアン明石掃部は、自分が信者であることを堂々と示し、彼の説得で領内の主な将士が相次いで洗礼を受けた」

別の報告では、このころ備前、備中、美作の三か国だけで、一年間に二千人もの受礼者がいたという。そのため、イエズス会の神父たちのあいだでは、「ジョアン明石掃部は、われわれの会の修道士のようだ」と評価されたほどであった。

この「デウスの教え」に対しては、当主・秀家夫妻の理解も深く、明石掃部は神父らの期待通りさらに布教の手助けや信者の保護に力を発揮するはずであった。

ところがまもなく、この宇喜多家中で、客将・明石掃部の運命をも変えてしまうほどの大きな騒動が起きた。以前からくすぶり続けていた重臣たちの内紛がエスカレート。それはやがて、先代・直家以来の譜代の者どもの多くが、宇喜多家を退去するまでの事件に発展してしまうのである。

この騒動は、長年にわたるやや複雑な経緯をたどり、その原因が何であったかについても諸説がある。

当時の備前のことを記した『備前軍記』などによると、宇喜多家では先代・直家の晩年から、戸川肥前守秀安、長船越中守貞親、岡豊前守利勝の三老（三人の重臣）が、軍務や領内の仕置きを取り仕切ってきた。いずれも、二万石を超える大身にして歴戦の者であった。

天正九年（一五八一年）に直家が死去し、嫡子・秀家が八歳で家督を継いだころは、戸川秀安が筆頭家老として万事を采配していた。秀安は、若き秀家に対しても忠義を尽くしていたが、天正十年（一五八二年）、本能寺の変から山崎の一戦、賤ケ岳の戦いがあったころに病いに倒れ、居城・常山城（岡山県玉野市藤木）近くの草庵に「友林」と号して隠棲した。

そのころ、秀安の嫡子の助七郎逵安《みちやす》はまだ若年であったので、宇喜多氏の国政は三老の一人、長船貞親《さだちか》がみることになった。貞親は、ほかの重臣らの反対を押さえ、検地を徹底し諸役を厳正にすることで国政の改革を目指した。ところが、数年後に居城の虎倉《こくら》城（岡山市御津虎倉）で妹婿に殺害されてしまうのである。

この殺害事件は、さまざまな点で実に謎めいていた――

貞親は、とくに宇喜多家の執政となってからは、もっぱら岡山や大坂にいて国政に当たり、居城・虎倉城の仕置きを、妹婿で組頭の石原新太郎という者にまかせていた。

天正十六年（一五八八年）閏《うるう》正月のことだ。貞親は新太郎から祝い事の連絡を受けた。

「新年のお祝に馳走をいたしたい。ご長男の紀伊守殿（綱直）ともどもお帰りください」

「それは上々、さすがはわが妹婿、よく城を守り気配りをしてくれる」

貞親は、嫡男の紀伊守綱直《つななお》が日ごろから新太郎とは不仲で、病いと称して招待を断ったため、弟・源五郎や組頭ら数人を伴って虎倉城に帰った。その夜は、一族集っての賑やかな酒宴となって、貞親は久しぶりに熟睡した。

その翌朝午前十時ごろのことだった、貞親は本丸の書院で、自分の末子や弟・源五郎の子供たちが碁を打っているのを見物していたところ、突如、櫓《やぐら》に登って待ち構えていた新太郎から鉄砲の銃弾を浴びた。

「新太郎よ！　何をするか！」

だが、それには何の返答もなかった。貞親は眉間を撃ち抜かれ、まもなく絶命したという。さらに、そばにいた弟・源五郎も、新太郎の嫡男で十八歳になる新介に、一刀のもとに斬り殺された。

それだけではない、次には新太郎の妻が長刀《なぎなた》を持ち出し、兄である貞親にとどめを刺し、碁をしていた子供たちをすべて斬り殺してしまったのである。

駆けつけた貞親の家臣らは、その場で新介を討ち取ったが、新太郎夫婦は別の櫓にたて籠った。

「新太郎殿！　出て来られよ！」

「……」

「そなたらは何をされたのか、自分で分かっておられるのか！」

貞親や新太郎の家臣らは、必死に叫びながら櫓戸をこじ開けようとしたものの、なんの応答もなく、まもなく火を放って自害してしまった。一人逃げ出した新太郎の家宰・石原相馬も村の寺で自ら命を絶った。これで、事件の関係者がすべて死んでしまったのである。

父親の死を知らされた貞親の嫡子・綱直は、取るものもとりあえず、鞍《くら》もつけぬ裸馬に跨《また》って駆け出した。夕刻には、相当の人数となって虎倉城に到着したのだが、城は完全に焼け落ちてしまっていた。

綱直は生き残りの者どもから事情を聞いたものの、新太郎一家がすべて死んでしまい、家臣らもそのわけを全く知らされてはいなかったために、事件の真相は闇に葬られてしまった。

貞親からみれば、妹婿の新太郎と嫡男の綱直とは不仲だったというから、長船家の跡目をめぐって深刻な争いがあったのだろう。あるいは、検地や諸役を厳正にした貞親の国政改革に恨みを持つ者が、新太郎を抱き込んで仕向けた謀略だったのかもしれない。

それにしても、新太郎の妻が、長刀を持ち出し、兄である貞親にとどめを刺し、碁をしていた子供たちをすべて斬り殺してしまったとは、全くもって理解しがたい不思議な出来事だった。

貞親の死により、長船家の家督は綱直が継いだが、国政はもう一人の三老・岡豊前守利勝《としかつ》に引き継がれた。

岡豊前守利勝は、四年余にわたり主君・秀家をよく補佐したものの、文禄二年（一五九三年）一月、朝鮮・碧蹄館の戦いで負った傷がもとでまもなく死亡した。利勝は自分が死んだあとの宇喜多家の仕置きについて深く憂慮していたらしい。その末期に及んで秀家が陣中に見舞いに来たとき、この若き主君の手を取って言上し た。

「それがしがここで相果てたのちは、定めし国のまつりごとは長船紀伊守（綱直）一人が承り、一手に握るものと存じます」

「それでは何か不都合なことがあるのだろうか」

「はい、それは決して殿のお為によろしいことではござらん」

「なぜであろうか」

「あの者は、戦さの苦労も知らなければ、民百姓の難儀もほとんど分かってはおりませぬ……」

あのような者に国の仕置きを任せれば、将士・領民から年貢を搾り取るだけで、やがて国は滅びる。くれぐれも、ほかの家老どもをおろそかにして、紀伊守を重用してはならない、と言った。

「その方の申し分、誠にもっともである。決しておろそかにはいたさぬ」

秀家がこう答えると、利勝も安堵の胸をなでおろし、翌日に息を引き取ったという。そのため秀家は、戸川秀安の子・肥後守逵安《みちやす》を執政＝筆頭家老として国政を預けることにした。

このころの記録（『宇喜多家分限帳』）によると、この天正・文禄・慶長年間における宇喜多家の重臣たちの知行高は、ほぼ次の通りであった——

明石掃部頭守重（客将）　三万三一一〇石
戸川肥後守逵安（直家の三老の一人・肥前守秀安の嫡男）　二万五六〇〇石
長船紀伊守綱直（直家の三老の一人・越中守貞親の嫡男）　二万四〇八四石
宇喜多左京亮詮家（直家の異母弟・忠家の嫡男）　二万四〇七九石
岡越前守家利《いえとし》（直家の三老の一人・豊前守利勝の嫡男）　二万三三〇〇石
河本源三兵衛《げんさべえ》（河本対馬守の子、宇喜多姓を許される）　二万二四〇〇石
花房志摩守正成（越後守正幸の嫡男）　一万四八六〇石

一族の主だった者も三老もほとんど代替りして、掃部とほぼ同じ世代の諸将が名を並べている。大名クラスの大身の者がひしめくなかで、明石掃部は客将として彼らを差し置き、その確固たる地位と抜群の知行を維持し続けた。

だが、執政職はまもなく、長船貞親の子・紀伊守綱直に替えられてしまった。

綱直は、関白・秀吉が伏見城を築いたとき、父親・貞親のあとを継いで宇喜多勢の普請奉行を務め、若いながらもてきぱきと工事を進めた。秀吉はその仕事ぶりや立ち振る舞いが気にいったらしい。あるとき、なにか話のついでに秀家に対して言った。

「あれは、なかなかの男じゃ、国政はあの長船（綱直）とやらにまかせるがいい」

「はあ、長船を、でございますか、かしこまりました」

まさしく鶴の一声であった。こうして綱直は、秀吉の指示で宇喜多家の執政となったのである。

だが、綱直は、決して愚か者ではなかった。なかなかの美男であったうえに、築城や干拓、街割りなどの知識も豊かで、たしかに若手のあいだでは切れ者として通っていた。しかも明石掃部の勧めで、早々とキリシタンになった男である。

ただ、綱直は、家中では改革派の急先鋒として知られていたため、国許では大きな反発を招いて多くの敵もつくった。

特に、これといった理由も告げられずに解任された戸川逵安からは、深い恨みを買うことになった。だが、執政・綱直は、毅然として国政人事の刷新や宇喜多家の財政の建て直しに着手した。

まず人事では、金沢からやって来た豪姫付きの用人・中村次郎兵衛（二〇〇〇石）や、秀家の遠縁に当たる浮田太郎左衛門（一六〇〇石）らを国政に参加させた。いずれも以前から綱直と親しいキリシタンで、また財務などに明るい能吏であった。

また綱直は、朝鮮の役などで疲弊した財政を立て直すため、所領の全域で新たな検地を断行した。家臣たちの領分を半分近く取り上げ、寺社の領地なども大幅に削り取った。これで、およそ二十万石相当の増収を得たのだが、領内の将士のあいだには、これまでになかったほどの不満が募った。

特に中村次郎兵衛は辣腕《らつわん》の士で、財政にも明るいうえに、南蛮の数学や土木技術にも精通していた。綱直の指示を受けるや着実に検地や徴税を進め、違反する者には厳罰をもって臨んだ。これが、守旧的な国許の重臣や将士の気持ちを逆なでしたらしい。

「われら譜代の者を差し置いて、いったいあの男は何をしようとしているのだ」

「もしも備前へ下ってくれば、塩漬けにでもしてしまおうぞ」

しかもこのころ、もうひとつ悪いことが重なった。秀家の正室・豪姫が高熱を伴う病いに倒れた。秀家は、その平癒祈禱《へいゆきとう》を日蓮宗の僧侶に命じたのだが、何をしてもいっこうに効果がなかった。そのため怒った秀家が、家臣らに対し日蓮宗を破棄するよう命じたのである。

「主君は何を血迷われたか。祈禱などで病いが治ると本気で考えておられたのか」

「いや、これはキリシタンである紀伊守（綱直）が策したことであろう」

備前は日蓮宗が盛んなところで、譜代の重臣らの多くもその信徒だった。豪姫の病いはまもなく癒えたが、命令に従わなかった将士らは、これをキリシタンである執政・綱直らの策略であると受け止め、さらに大きな反発と批判の輪を広げた。

遂に、公然たる批判の火の手が、家老の一人・花房《はなぶさ》志摩守正成《まさなり》から上がった。正成もまた先代・直家以来の歴戦の者で、このころは、あの備中・高松城（岡山市北区高松）を預かっていた。自分からみれば息子ほどの主君・秀家に対し、乱暴な言葉で厳しく諌めた。

「八郎殿は、いったいなにを考えておられるのか。国を傾ける悪党どもに好き勝手をやらせて、将士、領民の苦しみが分からないのでござるか！」

「悪党どもとは誰のことだ」

「それすら分からずに、八郎殿は能や蹴鞠《けまり》に興じておられるのか」

「なに！　もう一度申してみよ」

正成は、秀家をふたたび「八郎殿」と呼び声を荒げた。

「おお！　何度でも申し上げよう。紀伊守（綱直）や次郎兵衛ごときのために、皆が厳しい税の取り立てに苦しんでおるのでござる」

「言いたいことはそれだけか！」

「いや、まだたくさんござる。一度、国許へ帰り将士、領民の暮らしをご覧なされ」

「そなたは、主君たるそれがしに指図をするつもりか」

「指図などしてはおりませぬ。ただ……」

「うるさい！　下がれ！　追って沙汰するまで謹慎しておれ！」

そのころの秀家は、二十歳にして朝鮮の役の総司令官を務めたあとで、秀吉の覚えもめでたく、気分的にも増長していたのだろう。正成の諫めに怒り、親子ともども閉門のうえ切腹を命じた。

だが、正成はそれに従おうとはしなかった。正成は「豪勇の士」として秀吉の覚えもめでたく、朝鮮の役での軍功も抜群であったため、五奉行の一人・石田三成を通じて、秀家の非を訴え出たのである。

ところが秀吉は、それほど大きな問題とは考えなかったらしい。すぐに秀家を呼んで子供を諭すようにたしなめた。

「八郎（秀家）よ、その切腹まかりならぬ。志摩守（正成）とその子二人は、しばらく水戸の侍従（佐竹義宣）の屋敷にでも預けておけ」

「太閤殿下がおっしゃるのであれば、そのようにいたします」

折しも慶長二年（一五九七年）一月、朝鮮再征に秀家もまた出陣を命じられ、戸川逵安や花房正成をはじめ重臣・将士の多くがこれに従った。そのため家中の不和は、いったん収められたかのように見えた。

ところが、翌慶長三年（一五九八年）八月には、秀吉が病いのために京の伏見城で死去した。まもなく秀家らも朝鮮から引き上げてくると、くすぶり続けていた対立が一挙に再燃した。

戸川逵安や花房正成、それに秀家の従兄弟にあたる宇喜多詮家らは、長船綱直がなお執政の地位にあり、中村次郎兵衛や浮田太郎左衛門らが国政を牛耳《ぎゅうじ》り続けていることに怒りを募らせた。

それからまもなくのことである、逵安や正成らは、執政の綱直が所用あって岡山へ帰ってきたとき、城内で盛大な酒宴を開いて歓迎した。誰もが上機嫌で朝鮮の役の自慢話に花を咲かせた。

ところが、酒宴も終わり皆が酔いつぶれて寝入ってしまったころ、急に綱直が寝所で苦しみ始め、何かを吐き出したあと息を引き取ってしまったのである。明らかに国許の反対派による毒殺で、これを聞いた秀家は怒り狂って次郎兵衛らに命じた。

「すぐにも下手人を探し出し、連座の者もすべて処分せよ」

「かしこまりました。さっそく奉行の者どもに探索させましょう。どうも殺害に、草毒（トリカブト）が使われた疑いがございます」

「なに、草毒というか……」

「はい、その見立てのできる者を上方より送ります」

ところが、誰を調べようにも証拠がなく、下手人探しは、まもなくうやむやにされてしまった。

その後、国許の岡山では、戸川逵安が再び国政をみることになったが、大坂や伏見では相変わらず中村次郎兵衛らが、常に秀家のそば近くに仕え、いろいろと国許に指図を続けた。

一番の問題は、税＝年貢の取立てであった。秀家はこの年も将士の全員に対し、与えていた禄高の半分を徴収しようとした。

国許派の重臣たちは、これもまた中村次郎兵衛らの仕組んだ策謀とみて、遂に血判の署名を連ねた。戸川逵安と花房正成、それに宇喜田詮家、岡家利、さらに組頭の楢村《ならむら》監物（三一〇〇石）、中吉《なかぎり》与兵衛（一〇〇〇石）、角南如慶《すなみじょけい》（一〇〇〇石）らであった。

彼らはまず、中村次郎兵衛が国許に派遣していた寺内道作という用人を血祭りに上げるべく、ある剣の使い手に岡山城内で斬り殺させた。そして、「奸臣《かんしん》の私曲《しきょく》、罪状」を並べた訴状をしたためたうえ、三百人ほどの兵を率いて堂々と上坂したのである。

国許の重臣たちの暴挙に、秀家は内心驚いたらしい。たまたま大坂に来ていた客将の明石掃部に事を収めてくれるよう頼んだ。

「彼らは、いったいなにをそんなに騒ぎたてようとしているのでありましょうか」

「うむ、どうも、それがしが諸事を任せている次郎兵衛が気に入らぬらしい。届けられた書状には、切腹させるか、斬り殺せ、としたためてある……」

「それはただごとではございませんな」

掃部は勇んで仲裁を引き受けることにした。相手方には親友の宇喜多詮家もおり、話をすれば分かるだろう、と考えたからだ。

明石掃部は直ちに、大坂・玉造の詮家邸に乗り込んだ。ところが、なんとそこで彼らは、表門と裏門を固めたうえで庭に篝火《かがりび》を焚き、鉄砲や長槍を並べて討手が来るのを待ち構えていた。そのものものしさは、まるで戦さの前夜のようだった。

掃部は、対面のため出てきた戸川逵安と宇喜多詮家をまえに声を張り上げた。

「そなたらは、何をされるおつもりか！」

長年の戦友ともいうべき宇喜多家の重臣を、初めて大声で怒鳴りつけた。だが、ふたりは動じなかった。逵安が意外にも小声で答えた。

「いや、われらは君側《くんそく》の奸《かん》を除きたいだけでござる」

「中村次郎兵衛ごときが、それほどに憎いと申されるか」

「どうか、宇喜多家と領国を思う気持ちをご理解いただき、主君たる中納言殿（秀家）に、よしなにお伝えいただきたい」

「その気持ち、分からぬわけではござらんが、とにかく兵を引かれよ。ここ大坂は天下の大道ではござらんか」

「そのことも、よく心得ております。ただ、このたびのことは、われらも命がけのこと。もしも中納言殿におかれてお聞き入れいただかねば、一同ここで腹をかっさばいて死ぬ気でござる」

「たった一人の君側の奸を除くのに、三百人もの将士が、腹をかっさばくのでござるか」

　逵安がなにか言おうとすると、今度は、詮家がそれを制して答えた。

「明石殿よ、よく聞いていただきたい。なぜわれらが次郎兵衛ごときをこれほどまでに憎むのか？　それは、国許で将士・民百姓どもが重税に苦しみ、暮らしに困っているからでござる」

「それは分かる。だが、それは次郎兵衛だけのせいではなかろう」

「確かに明石殿のおっしゃる通りでござろう。だが、朝鮮のことでは誰も蓄えを使い果たし、将士も領民も疲れきっております。だが、上方の者どもは、相変わらず茶の湯や能・蹴鞠などにうつつをぬかし、贅沢三昧に明け暮れている……」

「それも、次郎兵衛のせいだと申されるか」

　逵安や詮家らは、それには答えず意味ありげに苦笑した。このとき掃部は、彼らの憤懣《ふんまん》がただ用人の次郎兵衛だけではなく、主君・秀家その人に向かっていることに気づいた。なぜなら、社交上、秀吉や大身の諸将、京の公家らと茶の湯や能・蹴鞠などをしているのは主君・秀家以外にはいないからである。とすれば、事は考えていた以上に重大であった。

「なるほど、そなたらの言い分にも一理はある。そのことは改めて中納言殿に申し上げるが、必ず門を閉じて篝火を消されよ。このことが、大老や奉行衆の耳にでも入れば、どういうことになるかも、しかと考えられよ」

逵安と詮家は、なお苦笑しながら頷いたものの、事を収めるための行動を取ろうとはしなかった。

明石掃部は、それだけをきつく申し渡して引き上げた。だが、秀家は全く要求を聞き入れようとはしなかった。逵安や詮家らも篝火を消そうとはせず、兵を引こうともしなかった。掃部の調停は、失敗したのである。

宇喜多氏の家中で、何やら大きな騒動が起きているとのうわさは、たちまちのうちに大坂や伏見の街に広がった。

それを案じて調停に乗り出してきた部将がいた。つい先日まで豊臣政権の五奉行を務めていた越前・敦賀の城主・大谷吉継である。長年、秀吉のそば近くに仕えて勇将の誉れ高く、よく諸将の尊敬と信頼を集めていた。

吉継はそのころ、病いのために伏見に逼塞《ひっそく》していたのだが、話を聞いて自ら調停を買って出たのである。

「中納言殿、もしも迷惑でなければ、それがしが調停の労を取ろうと考えております」

「まことに恥ずかしいことで、面目ない。どうかよろしくお願いしたい」

吉継は、病いを押して下坂すると、かねて親交のあった家康の重臣・榊原康政に、事の次第を打ち明けた。協力が得られれば、「家康の意向」をもちらつかせながら、騒動を収められるとの計算もあった。

「なにしろ、前例のないややこしい騒動にて、それがし一人ではおぼつかなく、ぜひお力をお貸しいただきたい」

「よく分かりました。われら二人が力を合わせれば何とかなりましょう」

康政はただちに、しかも気持ちよく協力を約束してくれた。

ところがそのころ、秀家は、全く別の策を考えてそれを実行に移そうとしていた。密かに首謀者たる戸川逵安の殺害を計画し、逵安が吉継に呼び出されて大坂の大谷邸へやって来るとき、討手を差し向けて討ち取ろうとしたのである。

それとは知らず逵安は、夜の八時ころに大谷邸に向かったのだが、暗殺の密謀を詮家に知らせてくれる者がいたため、急ぎ引き返し危うく難を逃れたという。当然、この一件で事はさらにこじれた。

そのあと、吉継と康政のほうから詮家邸に赴き、逵安や詮家、正成らに会ったものの、取りつく島もなかった。「とにかく矛《ほこ》をおさめられよ」と必死に説得をしたのだが、これもまた徒労に終わった。

　その間、秀家は伏見に上り、この男なりに善処しようとしたらしい。国許の重臣どもが目の仇にしている用人・中村次郎兵衛を、夜を待って女駕籠に押し込め、密かに屋敷から脱出させた。

　宇喜多家にとって、しょせんよそ者にすぎなかったこの男は、よほどの恐怖に駆られたのだろう、そのまま、自国の加賀にまで落ち延びている。

　ところが、次郎兵衛の逃亡が知れると、さらに騒動はエスカレートした。戸川逵安や花房正成らは、兵を率いて上京。伏見城下のある空き屋敷の要所に櫓を組み、逆茂《さかも》木《ぎ》（棘《とげ》のある木の枝を束ねた柵）を重ねた。そして今度は主君・秀家に対し「われらの前に出て来て謝罪をされたし」と要求し始めたのである。

　これには秀家も本気で怒った。伏見・宇喜多邸内の全将士を武装させるとともに、明石掃部にも応援を求めてきた。

「中納言殿は、重臣の者どもと一戦をされるつもりか」

「やむを得ぬ、わが宇喜多家の名誉のためにも全員を成敗いたす覚悟である」

「だが、ここは天下の大道、しかも帝《みかど》もいらっしゃる京の伏見の城下でありますぞ」

「それも分かっている。だから、それがしも命がけで事に当たるつもりだ」

よく見ると、秀家の目が涙で光っていた。事ここに及んで、明石掃部も覚悟を決めた。誰に対しても私怨はないし、詮家のようなキリシタン仲間もいる。だが、ここは秀家に加勢して、何としても宇喜多家を守らなければならないと思った。

「相分かった、それほどまでに覚悟を決めてのことなら、それがしもお味方仕ろう」

明石掃部も在京・在坂の家臣らを、すべて伏見の宇喜多邸に集めて武装させた。とはいえ、さすがに双方とも簡単に踏み出すことはできず、対峙すること、その後ひと月に及んだ。当然、城内・街中の話題をさらい、宇喜多邸も重臣らが立て籠る屋敷も、連日終夜、野次馬でごった返した。

ところが、このときになって事態が一変した。豊臣政権の筆頭大老たる家康が城下に多数の兵を繰り出したうえ、自ら決裁に乗り出してきたのである。

家康は、したたかに振る舞った。

まず、戸川逵安や花房正成ら国許派の者どもを徳川邸に呼びつけて叱りつけた。

「たとえどんな理由があれ、伏見の城下で、家臣らが主君に弓を引くなどもってのほかである。もしもわが徳川家で同じようなことが起こっていたら、それがしは直ちに兵を繰り出し、すべてを逆臣として成敗していたであろう」

国許派の者どもは、恐縮してこれといった弁解もせず沙汰を待った。

ところが家康は、この宇喜多家の騒動に対し、実に寛大な裁定をした。

リーダー格の戸川逵安親子と花房正成、それに切り込み隊の指揮に当たった組頭の中吉与兵衛を、家康自らの預かりとしたものの、宇喜多詮家や岡家利、楢村監物、角南如慶らに対しては「お構いなし」として、国許へ帰りしばらく謹慎するように命じたのである。

秀家に対しては何のとがめもなかった。逆に使者をもって、「中納言殿がよく我慢をされたため、事が丸く収まりました」といたわりの言葉を届けた。

とはいえ秀家にも明石掃部にも、家康のあまりにも甘い裁定には、大きな疑問と何とも言えぬわだかまりが残った。それは、砂でも嚙まされたときのような不快な想いであった。

案の定、それから数日が経ってからのことである。良からぬ話が掃部の耳に届いた。家康が、詮家や家利ら帰国することになった重臣らを、伏見の自分の屋敷に立ち寄らせ、酒食を振る舞った、というのである。

そのとき家康は、「貴殿らが怒った気持ちは分かる」などと言ったうえで、「中村次郎兵衛のような輩《やから》はどこにでもいるが、上に立つ者が気をきかして取り除かねばならないことだ」と、暗に秀家を非難した。さらに詮家や家利らに対し、「そこもとたちも、いずれ折をみて許される日が来るだろう」と激励したのだという。

「なるほど、そういうことであったか……」

秀家は、邸内の書院で明石掃部からその話を聞くと、両手を硬く握り締めて怒りをこらえた。それを慰めるように掃部は言った。

「中納言殿よ、先般、治部少輔（石田三成）殿が突如、近江・佐和山へ引退されたことをお考えいただきたい」

「うむ、あれは、不可解なことであった」

「治部少輔殿が肥後守殿（加藤清正）や清洲侍従殿（福島正則）と大喧嘩をしたためとなっておりますが、先に大騒ぎした肥後守殿や清洲侍従殿には何のおとがめもありませぬ」

「治部少輔殿を追い落とすための、内府（家康）の策謀であろう。少なくとも治部少輔殿に非はない」

「さらにその後、内府が加賀の前田家に対してやったこと、あれも策略でありました」

「そうかもしれぬ」

「ありもしない謀反のうわさを口実に、戦さを仕掛けようとして屈服させ、芳春院様（当主・利長の母）を人質として江戸へ取ってしまったわけでございますから」

「うむ、確かに、そなたの言う通りであろう」

「とすれば……」

「とすれば、何であろうか」

明石掃部はここでいったん言葉を切り、秀家が自分の話を冷静に聞く気になっているかどうかを確かめてから続けた。

「中納言殿よ、とすれば、このたびの重臣どもの騒ぎようも、宇喜多家の力を削り取るための内府の巧みな策謀だったと思わざるを得ませぬ」

「なるほど……。内府は、このところわが宇喜多家中で国政への不平、不満が起きていることに目を付け、重臣どもをたきつけたとでも申されるか」

「はい、重臣どもが、どんなに武断の者とはいえ、内府の暗黙の了解でもなければ、この大坂、伏見で、あれほどの馬鹿騒ぎを思い立ち、事に及ぶはずがありませぬ」

「なるほど、そなたの申す通りかもしれぬ」

「とすれば、問題はむしろこれからでありましょう。内府に預けられた肥後守（戸川逵安）や志摩守（花房正成）は申すまでもありませぬ。国許で謹慎を命じられた者どもも、いずれは、内府のもとへ奔るかもしれませぬ」

「うーん、そなたの言う通りであれば、それは困ったことである……」

事実、宇喜多氏の家中は、二人が心配した通りになった。彼らは、いったん帰国したものの、「主君に弓を引いた」ということで引き続き秀家に仕えることはできなかったのだろう、次々に宇喜多家を辞し岡山を去った。

その数は、将士二百数十人。彼らがそれまで受けていた禄高に換算すると、およそ二十万石相当に及んだという。宇喜多氏の軍備《いくさそな》えの、何と三分の一ほどが削がれたことになる。

家康預かりとなった戸川逵安はその後、佐竹義宣（常陸・水戸城主）に、花房正成は増田《ました》長盛（大和・郡山城主）に預けられ、それぞれの伏見屋敷に謹慎させられたが、まもなく放免されている。

彼らの多くは、家康に深い恩義を感じたのか、それともはじめから家康とのあいだに暗黙の約束ができていたのか、のちに関ヶ原の一戦では東軍に奔って奮戦した。さらにその後、徳川氏の直参として大名や旗本に取りたてられている。

この騒動をもって秀家は、三老をはじめ譜代の重臣・将士の多くを失ってしまった。これから、いったい誰がこの大国を仕置きしていくのか、誰が戦さを采配していくのか……。

相談すべき秀吉も今はなく、秀家も内心は困惑したにちがいない。そこでそのお鉢が明石掃部のところに回ってきたのである。

明けて慶長五年（一六〇〇年）を迎えた。ある寒い雪の日、秀家は掃部を伏見・宇喜多邸の書院に呼んだ。

「本日は義兄上《あにうえ》に、たってのお願いがあります」

このときばかりは掃部を「義兄上」と呼んだ。そして、かつて秀吉に何度もかしずいたときのように、どこか甘えるような小声で懇願した。

「わが家中のこと、すでにご存知の通りです。そこで、いかがでござろう、義兄上にぜひとも執政となっていただき、この宇喜多家と所領の五十七万四千石を取り仕切っていただきたいのであります」

「執政になれと申されるか、そして取り仕切れと……」

「はい、領内の仕置きのことも、戦さのこともすべて義兄上におまかせしたい」

秀家は、決して暗愚な大名ではなかった。たとえば当時の毛利家の当主・輝元や上杉家の当主・景勝と比べても、はるかに教養豊かで、軍事、財務や築城、検地などのどれをとっても、ひとかどの見識と経験を積んでいた。

だが、それまで義兄にして宇喜多家の客将だった明石掃部を、執政＝筆頭家老として迎えるためには「すべてをお任せしたい」と言わざるを得なかった。それほど切迫した宇喜多家の事情と秀家の困惑が、明石掃部には痛いほどよく分かった。

（ここは、義弟たる秀家を助けるほかなかろう。これも神が思し召しになった己の命運であろう。もしも、自分が断れば……）

宇喜多家はじわじわと、音もなく崩れてしまうかもしれない、とも思った。それもただ崩れるのではない。

（それは、明らかに次の天下を狙っている内府の思う壺でもある）

明石掃部は、しばらくの沈黙のあと、襟を正して答えた。

「中納言殿、そのこと、しかとお引き受けいたしましょう。それがし、これからは中納言殿のもと、命がけで働きましょう」

「お引き受けくださるか、それはありがたい」

秀家はそういって面をあげたが、目には涙が光っていた。時に宇喜多秀家二十七歳、明石掃部三十三歳であった。この日から二人は、君臣相照らして大きな戦いに突き進むことになる。

天下はすでに、徳川家康と石田三成を軸に大きく揺れていた。関ヶ原の一戦が半年後に迫っていた。

第六章　見よ、この鉄砲と長槍を

明石掃部が宇喜多家の執政になったことは、秀家の一族ばかりか、備前など三か国の領内の将士・民百姓に、概して好意的に受け止められた。

特に、このころ備前や美作で増え続けていたキリシタン領民たちは、掃部の執政就任を歓迎した。

「あのドン・ジョアン様が執政になられた」

「あんなに家臣や領民をいたわるお方が、仕置きに当たることになったのは、神の思し召しである」

すでに天下人・秀吉はこの世になく、「伴天連追放令」などもなきに等しいものになっていた。

掃部は、自らがキリシタンであることを誇り、将士、領民に会えば、まず十字を切って挨拶した。人殺しや泥棒など捕縛された罪人を検分するときですら、ひたすら天を仰いで祈り、神にまず許しを請うことを勧めた。

ところで、明石掃部は執政になってから、戸川逵安ら重臣たちがいなくなったあとの、家中の新たな人事を決済した。先代・直家以来の歴戦の者のなかから、辣腕の将士を抜擢するとともに、広く京畿に人材を募り、多数の若い将士を採用した。その主な重臣たちを以下に並べると――

長船吉兵衛貞行（二万四〇八四石）

国許派に毒殺された執政・長船綱直の弟である。兄が毒殺されたあと遺領を継ぎ、与力の将士九十一人を預かった。明石掃部の勧めでキリシタン（洗礼名＝ビンセンシオ）となったが、秀家からの信頼は厚く、大坂や伏見にあって長年、戸川逵安らの国許派と闘い続けた。

河本源三兵衛（二万二六〇〇石）

先代・直家の重臣だった河本対馬守光利の次男で、秀家とは従兄弟の関係だったため、宇喜多姓を名乗ることを許され、与力の将士三十三人を預かる。熱心なキリシタン（洗礼名＝ヨハネ）で、のちに「休閑」と名乗り、関ヶ原の一戦ののちは加賀の前田家に保護される。

浮田太郎左衛門（一万九五一六石）

先代・直家の従兄弟で、長年、宇喜多家の足軽大将として戦塵を踏んだ。熱心なキリシタンで財務などにも明るく、長船綱直のもと国許派と闘い続けた。

本多政重（一万石）
家康の謀臣といわれた本多正信の次男。故あって徳川家を逐電し、京で浪人をしていたときに掃部に見出された。のちには上杉家や前田家に高禄をもって仕えたが、家康の密命によるものだったとの指摘もある。

延原土佐守家次（六〇〇〇石）
掃部の父親・景親とともに守護代・浦上氏を見限り、先代・直家を助けた延原弾正の子。歴戦の将にして熱心なキリシタンだった。

新参の本多政重をのぞき、重臣の全員がキリシタンであったことは注目に値する。しかもかれらのほとんどは、明石掃部の勧めで洗礼を受けた者どもであった。掃部が日ごろから、宇喜多家の将士と折り合いがよく、キリシタンの教えをていねいに説いたとはいえ、極めて異例のことであろう。

ほかに稲葉助之進（五〇〇〇石）、不破内匠（五〇〇〇石）、岡本権之丞秀広（三二〇〇石）、浅香右馬（二〇〇〇石）、飯尾勘太夫（二〇〇〇石）らが、若手の侍大将、徒歩頭《かちがしら》として頭角を現した。

その日は、岡山でも朝から雪が降っていた。

明石掃部は、執政となってまもないある日、久しぶりに帰国した宇喜多秀家と岡山城本丸の書院で向かい合い、これからの「宇喜多の軍備え」について語り合った。長船貞行や河本源三兵衛、浮田太郎左衛門、延原家次ら若き家老衆のほか、鉄砲隊や長槍隊の指揮に当たる大身の者どもがほとんどそばに控えていた。まず話題になったのは、やはり鉄砲のことであった。

掃部は、主君・秀家に向かって言った。

「殿、わが宇喜多家にはすでに四千丁ほどの鉄砲がありますが、さらに一千丁ほど増やし、新しい扱いの訓練をいたしたい」

「なに、新しい扱いと申すか」

「はい、われら宇喜多の鉄砲隊はこれまで三人をひと組として、腕利きの者を前に並べ、撃てば後ろの者が火の付いた火縄を渡してきました」

「そのようなやり方では、なにか差し障りがあるとでも申すのか」

「はい、腕利きの者がもし撃たれれば、その組は崩れて逃げるほかありません」

「では、どのようにしようと」

「はい、これからは七人をひと組として、いざ戦いとなれば、二人が防護の竹柵を支え、五人が、荷車の車輪がゆっくりと廻るように、順次、途切れることなく撃てるよう兵を鍛えようと考えております」

「なるほど。特に先鋒の者においては、そのほうがよいかもしれぬ」

宇喜多氏は、先代・直家のころから、その豊かな財力により、岡山城下に集めた多数の商人を通じて、堺や博多から鉄砲を買い集めてきた。それは当時から「備前筒」と呼ばれ、周辺の諸将に恐れられた。

「鉄砲は野戦においても城を守るさいにも、敵を二十間（約三六メートル）ばかり引き付けてから撃て」

これがまず、鉄砲を使うさいの直家の時代からの鉄則であった。秀家の時代になって、鉄砲の数はさらに増えたが、これには、明石掃部の大きな貢献があった。

掃部は、若いころから鉄砲に造詣が深く、ポルトガル商人や親交のあった諸将から次々に新しい銃を手に入れては、領内の鍛冶たちに量産をさせてきた。備前筒は銃身が少し長く、飛距離八十間（約一四四メートル）、殺傷距離四十間（約七二メートル）を誇った。

秀吉の天下取りや朝鮮の役に、宇喜多の将士がほとんど常に先陣で活躍できたのは、ひとえにこの鉄砲隊のおかげだったと言ってもいい。特に朝鮮の役にさいしては、諸将のあいだで「宇喜多の火縄（鉄砲）はよく飛ぶ」と評判だったのである。

明石掃部はさらに、大きなどんぐりの実のようなものを秀家の前に並べた。

「殿、よくご覧いただきたい。これが、先日できたばかりの新しい玉薬（弾丸）でございます」

「ほう、おもしろい形をしている」

弾丸については、このころまではほとんど直径一・二センチほどの鉛玉（丸玉）だったが、掃部は、成分としての上質の塩硝と硫黄の量をやや多くしたうえ、その形状をどんぐりのような楕円形のものにしたのである。

「この玉薬をもってすれば、さらに遠くの敵をも倒せることになるでしょう」

「うむ、どれほどの敵を倒せることになるのだろうか」

「はい、敵兵ならば、五十間（約九〇メートル）、馬なら三十間（約五四メートル）くらいでありましょうか」

「三十間先まで迫って来た騎馬の者を、武者も馬も撃ち倒せるというか」

「さようでございます」

そのあと明石掃部は、家老や大身の者どものほうに向かって言った。

「よいか、六人では働けない、八人では多すぎる、必ず七人をひと組とせよ。それぞれに組頭をおいたうえで、十組七十人ばかりを一隊として、おのおの方が采配せよ」

そして掃部は、さらに十隊七百人の指揮を家老の者どもや上級の侍大将らに託した。それは、近代的な軍隊にも似た極めて合理的な編成であった。

明石掃部は、再び主君・秀家のほうに向き直ると、改めて言上した。

「鉄砲にも大きな欠点がございます」

「そなたの言う欠点とは何であろうか」

「はい、一人の銃卒が五、六発も撃てば、筒のなかが焼け付くなどして銃器が傷んでくることは、中納言殿もご存じのことと思います」

「それは承知している」

「これでは、長時間の戦闘に耐えられませぬ。また、敵勢に包囲されたり、横合いからの奇襲を受けたりした場合も、うまく対応できませせぬ」

「では、どうしたらよいと考えるか」

「はい、槍の者、それも長槍の者を増やし、鉄砲の者どもがひと働きしたあとを補いましょう」

「なるほど、すべてそなたの分別にまかせたい」

この時代、「宇喜多の槍」は、槍身が五十センチくらいで槍柄が三メートルほどの長槍であった。しかも槍身には南蛮・西欧式の十文字槍を取り入れたり、槍身と槍柄を繋ぐ口金のあたりに南蛮製の斧を付けたりしていた。

明石掃部は、家老どもや組頭に向かいこの長槍の戦法についても、長年考えてきたことを整然として語った。

「槍の者については、長槍二人と短槍一人の三人をひと組として槍組をつくりたい」

「三人ひと組でございますか」

「さよう、いざ戦うときには必ず三人がかりで、まず敵将の馬を槍で刺し、落馬したところを突き殺すように訓練いたしたい」

「敵将を、でございますね」

「雑兵を深追いしてはならない。それらのことを心して兵を練《きた》えてほしい」

これがのちに「集団戦法」と呼ばれた宇喜多長槍隊の戦い方であった。

明石掃部が長年考えた末に編み出したこの戦法は、後の関ヶ原の一戦や大坂の役で大いに役に立った。

また、明石掃部は、兵の増員にも戦闘力の強化にも心を砕いた——

宇喜多氏はそれまで、備前・備中・美作の三か国に五十七万四千石を所領し、およそ一万五千人の兵力を誇ってきたが、それは先般の騒動で大幅に削がれていた。

そのため掃部は、領国の村や谷あいの集落に手の者を派遣。民百姓のあいだに屈強な若者がいれば、身分や職分の隔てなく、次々に召し抱えて禄を与えた。しかもキリシタンたることを望む者には、すみやかに洗礼を受けさせた。

そして、その一人一人に言い含めた。

「よいか、それがしの見るところ、近々必ず、豊臣の世を守る戦さになる」

「豊臣の世を守るとはどのような意味でございますか」

「われらが主君・秀家殿らが考えている開かれた世を育て、またわれらキリシタンの安穏な暮らしを守る戦いである。そのときには命がけで働いてほしい」

「私は、神の思し召しで命を投げ出すことに、何の恐れも抱いてはおりません」

この時期、明石掃部がキリシタン将士を特に重用したのは、やはりいざとなれば、自分と同じ信仰に生きようとする者こそ、一番頼りになると感じていたからである。後の戦いをみると、これもまた事実であった。

折しも雪が消えて、ここ備前・岡山でも桃の花の匂う暖かい春を迎えた。城下ばかりか広く領国の各地で、練兵や玉づくりのことが、なぜかあわただしく行なわれるようになった。

関ヶ原にいたる大きな戦いが、すでに始まろうとしていたからである。

関ヶ原の戦いは、確かに戦国末期の天下を分けた決戦であった。言いかえれば、秀吉の死後、天下を簒奪《さんだつ》しようとした大老筆頭の徳川家康に対し、五奉行の筆頭だった石田三成が、知恵の限りを尽くしてこれを阻もうとした戦いであった。

慶長五年（一六〇〇年）三月、家康が会津の「上杉討伐」を言い出したとき、かねてより上杉氏とともに事を構えようとしていた三成は、これこそ「内府討滅」の好機ととらえ、密かに戦さの準備に取り掛かった。だが家康もそれは承知のうえで、あえて会津攻めのために東下した。

その点、家康の東下を見極めたところで挙兵した三成の決断と、三成の挙兵を見越したうえで東下した家康の計算とでは、天下を賭けた互角の駆け引きだったといえよう。

家康が、福島正則ら秀吉子飼いの諸将を抱き込み、大兵を関東から会津方面に集めると、三成は、越前・敦賀の城主・大谷吉継らと謀ったうえで、それまでの豊臣政権の五奉行筆頭としての実績をもとに、西国大名の大半を味方につけた。

家康が「上杉征伐」と称して大坂を発ったとき、秀家はすでに宇喜多家を離脱し大坂で謹慎していた従兄弟の詮家に頼み、兵一千人ばかりを従わせた。

それからまもなくのことだ。秀家は、大坂・備前島の宇喜多邸で、執政の明石掃部と久しぶりに茶をたしなんだあと、やや神妙に膝を突き合わせた。

「内府（家康）が会津を攻めれば、天下の形勢はどのようなことになるのだろうか」

「中納言殿、内府の天下を横取りしようとする下心は明らかであります」

「うむ、天下の横取りと申すか」

「さよう。内府は、すでに策をもって加賀の前田を屈服させました。このたびのことで上杉を討とうとすれば、上杉は本気でこれに応じるでしょう」

「なるほど、そうであろう」

「それぱかりではございません。治部少輔（三成）殿も必ず起ちましょう。そうなればわれらも、高みの見物というわけにはいかなくなります」

「となれば、われらも石田や上杉とともに戦わねばならぬということであろうか」

「そういうことになりましょう。いまさら、内府に従うことなどありえませぬ」

「それはそうだ。内府ごときに天下を委ねるわけにはいかない……」

秀家は、五大老の一角を占める大身で、今は亡き太閤・秀吉の養子であったから、秀頼の義兄になる。それだけに、自分こそ秀吉に最も大事にされ、その才を高く買われてきたという確固たる誇りがある。

しかも「宇喜多騒動」といわれた内紛により多数の重臣たちが宇喜多家を去ったのは、もちろん自分の責任ではあるが、家康が裏にいて家中分断を策したことも明らか。そのことは胸のうちに、深いわだかまりとしてくすぶり続けていた。

明石掃部においても、想いは同じであった。家康の策謀で、宇喜多家が人事的に打撃を蒙り、戦力を削がれたことは、誰よりも強く感じていた。

しかも掃部には、もうひとつ重大な危惧があった。

（太閤殿下も晩年は、キリシタンに対し冷たいあしらいをされたが、もしも家康が天下を壟断《ろうだん》することになれば、もっと厳しく、残酷な仕置きに出るだろう）

明石掃部は、キリシタンの深い神への信仰と救済・慈善の心を守るためにも、天下をこの男に委ねるわけにはいかない、との想いを強くした。

（三成に加勢して、もしも家康の野望を打ち砕くことができれば……）

と、掃部はさらに思案した。まだ、幼い秀頼を補佐していくのは三成ではない。ましてや安芸の太守・毛利輝元でもなければ、会津の上杉景勝でもない。

(それはほかならぬ主君であり義弟でもある秀家であろう)

そうなれば自分もまた、秀家をたてながら、必ずや天下を采配する一翼を担っていくことになるだろう、と確信した。

三成の老臣・嶋左近が大坂にいた秀家に会いに来たのは、それから数日後のことである。左近は、天下に聞こえた戦さ師である。すでにこのころ六十歳を超えていたが、長身にして豊かな髭を蓄えた姿は若々しく、いかにも堂々としていた。

その左近が小声で、しかもていねいに天下の形勢と挙兵のいきさつを述べたうえで、一歩身を乗り出して言った。

「中納言(秀家)殿、どうかお助けいただきたい。わが主君・治部少輔殿(三成)には、なんの下心もございません。ひとえに豊臣の世の安泰のためでございます」

秀家は、まるで三成の使者を待っていたかのようににこやかに応えた。左近の話を聞き終えると、おもむろに立ちあがって即答した。

「嶋殿、分かりました。それがしはすでに、豊臣の世を守り抜く覚悟を決めております。あとは申されなくとも、われら全軍をあげて同心したい」

「それはありがたいお言葉をいただきました」

「すでにご存じと思うが、われらはわれらなりに、内府には恨みがあります」

「なるほど、あの戸川殿や花房殿らの一件ですな」

「さよう、事ここに至り、まさかわれらが内府にお味方するわけにも参りますまい」

秀家はさらに声を高くして何かを言おうとしたが、脇に控えていた明石掃部がそれを制した。

「嶋殿、何はともあれ戦うことを決めたからには、肝心なことは軍備えでありましょう。総大将には誰をたてることになりましょうか」

「はい、その一件では、すでにあの高僧にお頼みし、安芸中納言殿をたてられればと考えております」

「それは上々！」

「そして備前中納言殿には、ぜひとも副将をお引き受けいただきたい」

左近が「あの高僧」といったのは、毛利家の使僧で伊予のうちに六万石を食《は》む安国寺恵瓊《えけい》のことで、安芸中納言とは、大老・毛利輝元のことである。秀家は大きく頷き、自らは副将たることを引き受けた。

明石掃部にも異存はなかった。そればかりか掃部は、すでに国許にいる重臣の長船貞行や河本源三兵衛らに近々必ず戦さになることを示し、抜かりなく準備にかかるよう伝えていた。

密使たる嶋左近の説明によると、すでに三成の下には、京畿、西国を中心に五十将を超える大名たちが味方していて、さらにその数は増え続けているという。

「殿、事は急いだほうがよろしいかと思います」

「うむ、そなたの申す通りだ。急ぎ岡山へ帰り、戦さ仕度にかかってほしい。采配のことは、すべてそなたにおまかせしたい」

「かしこまりました。おそらく大戦さとなります。備前、備中、美作の兵をすべて大坂に上げましょう」

翌々日、明石掃部は岡山に帰ると、秀家の一族、重臣、侍大将らの主だったもの五十余人を城内大手の広場に集めた。

「すでに早馬の知らせにより聞き及んでいると思うが、このたびのことは、太閤殿下亡きあとの天下を分ける戦いになる。急ぎ宇喜多の全軍を挙げて上坂したい。ただちにその準備にかかっていただきたい」

聞いていた者のあいだから、割れるような歓声が起きた。

明石掃部がそのとき編成した宇喜多の軍勢は、騎馬の者およそ二千騎とこれに従う徒歩の者四千人、鉄砲の者五千人、長槍の者三千人、短槍・弓・薙刀の者二千人、船手（水軍）一千人など一万七千人に及び、それに輜重《しちょう》（軍需品の運搬）・荷駄《にだ》の者三千人が続くことになった。

掃部はその軍勢を五段に分けて、第一段（先鋒）の四千人を自ら指揮することにした。騎馬五百騎、鉄砲二千人、長槍一千人などで先陣を組んだが、いざとなれば自分と一緒に、死をも恐れず戦う精強な部隊にするため、侍大将や組頭のほとんどをキリシタンの将士で固めたのである。


宇喜多隊の先鋒は七月十日、水陸から大坂に到着した。

大坂には、西軍＝三成方に加担する畿内・西国の大名たちが、配下の将士を引き連れ次々に集参していた。そのため大坂城から天満川（淀川）沿いにかけての諸将の屋敷まわりは、どこも兵馬や荷車で溢れていた。

まもなく、西軍の総大将たることを引き受けた大老・毛利輝元が、将兵二万人を連れて上坂した。輝元は直ちに大坂城に入城し、六歳の世子・秀就《ひでなり》に重臣二人を付けて本丸の秀頼に仕えさせた。そして自分は西の丸に陣取り、ここを西軍の本拠とした。

その日、正確には七月十六日夜のことである。輝元が陣取った西の丸の奥書院に、家康の討滅を目指す西軍の主な諸将が集まった――

総大将の毛利輝元と分家の総領・吉川広家、輝元の使僧・安国寺恵瓊、副将の宇喜多秀家とその執政・明石掃部、主謀者の石田三成と老臣・嶋左近、小西行長とその家老・小西主殿介《ぬいのすけ》、大谷吉継と家老・蜂屋右京進、それに増田《ました》長盛、長束《なつか》正家、前田玄以ら豊臣政権の奉行衆とその家老どもであった。

時候の挨拶がすんで本題に入ると、すかさず大谷吉継が、それまで三成とのあいだで温めてきた戦略を、輝元と秀家に言上した。

「僭越《せんえつ》ながら申しあげたい。われらこうして集まったからには、速やかに京畿を制したうえで、全軍をもって濃尾、東海へ打って出ましょう」

「それは当然のことであろう」

輝元が機嫌よく頷くと、吉継はさらに続けた。

「とはいえ、敵勢もまた大なるを思えば、まず戦いの場は東海の野となるでしょう。ならば兵を三段に別《わ》け、第一陣三万ほどを、尾張と三河の国境《くにざかい》を流れる矢作《やはぎ》川の辺りに送り、騎馬の者一万騎と鉄砲の二万丁ほどをもって構えさせましょう」

「なるほど。で、第二陣はどのあたりで……」

今度は、秀家が小声で尋ねると、吉継はさらに続けた。

「さよう、第二陣は、岐阜と大垣の両城を結ぶ山野に、騎馬一万騎と鉄砲二万丁。さらに第三陣は、治部（三成）殿の佐和山城から関ヶ原のあたりに、ここにも騎馬一万騎と鉄砲二万丁をもって構えましょう」

吉継の出した大まかな軍備えに、誰も異議を差し挟む者はいなかった。嶋左近がこれを受けて発言した。

「刑部（吉継）殿の申された戦策、誠に結構なご思案と存じます。ならば、第一陣の先鋒にはぜひ、われらの石田隊をご指名くだされ。われら必ず……」

「待たれよ」

秀家が左近を遮るように言った。秀家は掃部のほうを一目見たあと、やや声高に言い放った。

「治部少輔（三成）殿の精鋭六千は全軍の要として、関ヶ原のあたりに控えられよ。ここはぜひわれら宇喜多の者どもにこそ第一陣をまかせていただきたい」

「なるほど、宇喜多殿の鉄砲をもって、内府方の先鋒を撃ち砕かれると言われるか」

総大将の輝元も、秀家に賛同した。実際の戦いでは、家康方の西上があまりにも早かったことなど、さまざまな事情から関ヶ原での一戦に至るのだが、このときは吉継の出した積極策が当たりまえのことのように受け入れられた。

明石掃部は、終始黙って軍議の様に聞き入っていたが、もしもこの戦策通りに事が進めば、第一陣を承るのはまちがいなく宇喜多隊一万七千人とその与力衆であろうと思った。

（とすれば、自分こそがまず、その先陣を預かり内府方とぶつかることになる……）

掃部は、なにか胸躍るような気持ちになった。それは自分の練えた宇喜多の鉄砲隊と長槍隊こそが、家康の野望を打ち破るという、歴戦の者としての卓抜した自信でもあった。

（やはり、思った通りだ。自分はこれからの戦いで、ただ宇喜多隊の指揮に預かるだけでなく、西軍全体の先鋒として命を懸けなければならない……）

そして、先鋒として内府方に大きな打撃を与えれば、われら宇喜多の軍勢こそが戦局を動かし、主君・秀家こそが天下の形勢を握ることになる、と思った。

それは、数々の戦場を踏んできた掃部の確たる、胸の内から湧き出てくるような想いであった。同時に掃部は、これも神が自分に与えてくれた命運だろうと心が弾み、改めて胸の内で十字を切った。

西軍＝三成方が、公に宣戦布告をしたのは、翌日の十七日朝、増田長盛らの奉行衆が、家康への弾劾状「内府違いの条々」を全国のすべての大名に送ったときであろう。これは前夜までに三成と吉継が奉行らとつくったもので、そこには、秀吉なきあとの家康の所業が実に生々しく暴かれている。その主な内容を紹介すると――

一、五人の大老、五人の奉行が太閤様に誓紙・連判をしていくらもたっていないのに、このうち石田三成と浅野長政の二人を追放してしまったこと

一、五大老の一人羽柴肥前守（前田利長）につけ込んで誓紙を出させ、すでに身の潔白が明らかになっているのに、利長の母親（芳春院）を人質として江戸に取り籠めたこと

一、上杉景勝には何の科《とが》もないのに、誓紙の趣旨を違え、また太閤様の遺言にも背き、討ち果たそうとしていること。奉行らがさまざまに理を尽くして諌めたが、ついにこれを受け入れず出馬したこと

一、伏見城には太閤様が定めた留守居がいたのに、これを追い出し自分の配下の人数を入れたこと

一、五大老、五奉行のほかは誓紙を交換しないと太閤様に誓ったのに、数多くの者と誓紙のやり取りをしたこと

一、北政所様は大坂城西の丸にいらっしゃるべきであるのに、これを京都に追い

やって西の丸を占拠したうえ、ここにも本丸のような天守をつくったこと
一、諸将との縁組では、ご法度《はっと》に背き、二度と違反はしないと誓紙に書きなが
ら、またもや多くの縁組を交わしたこと

西軍にはすでに、畿内・西国のおよそ八十人の大名が加担し、将兵の数にして十万人近くに及んでいた。

宇喜多の兵一万七千人は、大坂・備前島の屋敷のまわりに屯《たむろ》した。夜になっても篝火を焚き続けて命令を待った。

明石掃部は、長船貞行や延原家次らの家老衆とともに、騎馬でしばしば兵のあいだを一巡し、鉄砲や長槍の手入れに余念のない者どもの姿をうれしく思った。士気が極めて高く、兵のあいだで歓声や笑い声が絶えないことにも満足した。

「これからの戦いは、これまでにない大戦さである。ひたすら神に祈り、心してかかるように」

宇喜多隊には実に多くのキリシタンがいた。ときどき掃部が下馬して声をかけると、なかには額の真中に十字の入れ墨をした徒歩頭もいたが、そういう者でもいったん目を閉じ、胸で十字を切って応えた。

西軍＝三成方はその後、家康の家臣・鳥居忠元ら一千八百余人の籠る伏見城を攻囲した。この堅城を一週間かけて落とすと、丹後・田辺城（京都府舞鶴市南田辺）など東軍＝家康方に付いている二、三の城に押さえを出したうえで、大兵を東国に向けて展開することになった――

一、総大将・毛利輝元は、奉行の増田長盛や前田玄以らとともに、将兵二万人をもって大坂城を守る

二、副将・宇喜多秀家は、毛利一族や長曾我部盛親、鍋島勝茂、長束正家らとともに将兵四万人をもって、急ぎ伊勢路より尾張方面に進撃する

三、石田三成は、小西行長や島津維新《いしん》、小早川秀秋らとともに将兵三万人をもって近江から美濃方面に東下する

四、美濃の与力衆三万人は、岐阜と大垣を固め、両城を結ぶ山野に騎馬、鉄砲の者どもを結集する

五、大谷吉継は、与力の将兵二万人を従えて北国方面を計略し、前田勢に備える

六、家康が西上すれば、輝元も将兵二万人をもって大坂を出陣する

七、さらに決戦ともなれば、秀頼君自らが傘下の精兵三万人を率いて出陣する

明石掃部は八月半ば、宇喜多隊の先鋒として伊勢路を進み、北伊勢の要衝・亀山城（三重県亀山市本丸町）に入った。ここは三成と親しい岡本良勝（二万二〇〇〇石）の居城である。西軍はここにいったん兵を集めたうえで、伊勢（三重県）の諸城の攻略にかかった。

伊勢は、西部に鈴鹿の山塊を背負い、東部は伊勢湾から熊野灘に囲まれている。古来より稲作・漁労ともに盛んで、東海と京畿を結ぶ運輸交通の要衝でもあった。

秀吉は晩年、この地を大身の者にまかせず、子飼いの小大名十人ほどを置いていた。亀山城の岡本良勝のほか、阿濃津《あのつ》城の富田信高（五万石）、松坂城の古田重勝（三万四〇〇〇石）、岩出城の稲葉道通《みちとお》（二万六〇〇〇石）、桑名城の氏家行広（二万五〇〇〇石）、神戸《かんべ》城の滝川雄利《かつとし》（二万石）らである。

その多くは西軍＝三成方に従ったものの、かつて三成らに冷遇されたことを恨みに思っていた富田信高ら二、三の者は家康方に付いた。彼らは上杉攻めの途中から引き返し、将兵一千七百余人をもって要衝・阿濃津城（三重県津市安濃町）に籠城した。

西軍は八月半ば、この城を三万人以上の大兵をもって囲んだ。四方からの力攻めの末に仏僧二人を送り込んで降伏させ、城将の信高らを高野山に追い出した。

そのころ、宇喜多の陣中に、福島正則ら東軍の先鋒が急ぎ東海道を西上しているとの知らせが入った。そのため西軍は、全軍をあげて尾張方面に押し出すことになった。

そんな矢先のことである。明石掃部のもとへ意外な男から書面が届いた。戸川逵安からの密書であった。

かつて宇喜多家にあって、三老の筆頭であった戸川逵安は、あの宇喜多騒動で家康の処分を受け、常陸・水戸城主の佐竹氏に預けられたが、すぐに許されて手勢を集め、家康のもとに参じていた。

逵安は密書で、自分が家康のもとに奔った理由を語り、また旧主・秀家の将来を深く憂えていることを長々と書いてきた――

「貴殿とはこのたび、敵味方に分かれることになって是非もないが、貴殿に対しては何の恨みもない。われらは内府様のご厚恩を受けたからには、備前に残してきた妻子が、今どこにいようと、どうなろうと、内府様のために忠を尽くす所存であります」

「秀家殿のご身上は、このたびの戦さで滅亡すると存じます。このことを貴殿はどう考えていられるのか。侍従殿（秀家の嫡子・孫九郎）が、早く内府様のお孫さまの婿になって、お家が続くようになるかどうかは、ひとえに貴殿の分別次第であります」

逵安は、まだ幼い秀家の嫡男と家康の孫娘の婚姻話まで持ち出した挙句、秀家と掃部に対し暗に寝返りを勧めてきたのである。

明石掃部は、これこそ家康一流の謀略であることをすぐに見抜いた。そして、丁重な、だが毅然たる内容の書状を返した――

「それがしも、このたびの不慮の出来事で、貴殿と敵味方に分かれたことを是非もないことと考えております。貴殿は内府様の先手衆に加えられ、ここまでおいでなされた由、近々、武をもって事の決着をつけることになろうかと存じます」

「貴殿らの退去により、わがほうの力が削がれたことは事実ですが、上方などで世によく知られた武勇の将士を数多く召し抱えましたので、どうかご安心ください。貴殿のご家族についても、いまは大和・郡山でご健在でございます」

「主君・秀家様と嫡男・孫九郎君のこと、ご心配いただいているのはありがたいことですが、どうかこれ以上案じられるな。それより貴殿のご武運を祈るばかりです」

明石掃部は、この書面だけでは意を尽くせないと考えた。そのため使者を一人添えて書状を返し、礼を尽くして説明させた。そして、このような手紙は

「二度と出さないほうが身のためでありましょう」

と伝えさせたという。

だが、戸川逵安の誘いは執拗であった、家康かその側近の者がそうさせたのだろう。宇喜多勢一万七千人は、その後まもなく美濃・大垣にいたり、八月二十三日には三成らの軍勢と合流したのだが、その前後にも使者二人がまた逵安からの書状を届けてきた。

そこには、同じキリシタンとして明石掃部と親しかった宇喜多詮家の添え状も付けられていて、より露骨に寝返りのことがしたためられていた――

「返り忠（寝返り）の暁には、中納言殿の所領は安堵。貴殿には西国のいずれかに十万石を進呈いたしたい。これは、内府様のご意向でございます」

明石掃部は内心、にがにがしい気持ちになった。

（俺はたかだか十万石か……）

との想いもあったが、それよりもこの決戦を前にした陣中に、利をもって寝返りを勧めてくる家康の魂胆が憎らしかった。

（おそらく内府は、治部（三成）以外の西軍のすべての諸将に、同じような工作をしているにちがいない……）

書状を主君・秀家に見せると、唇を噛みしめて怒った。そして「二度とこのようなことを言ってくれば、使者二人の首を切り落とす」と言い遣った。ところが逵安と詮家のほうもじつにしつこい。今度は、その秀家宛にまた書状を届けてきた。

「中納言殿の仰せはごもっともでありますが、佞人《ねいじん》の石田に従われてその家を滅ぼしてしまわれるのは、ご本意ではございますまい。どうか、今一度お考え直しいただきたい」

使者の二人は、切られることも覚悟で書状を渡したのだが、秀家はなぜか今度は少しも怒らなかった。

「肥後守（逵安）、左京亮（詮家）の両名が昔のよしみで、重ねて意見をしてくれたことは祝着《しゅうちゃく》であるが、いまさらなにを言うか。八幡大菩薩もご照覧されたうえで、内府には属さぬことを誓ったのだ。よくよく申し聞かせて両人に合点させよ」

秀家はそのとき、腰の刀を抜いて使者に与えたという。明石掃部も詮家に対し、ある感慨をこめて書状をしたためた――

「左京亮殿よ、貴殿は、かつてそれがしを新しい神のもとに導いてくれた恩人として、いまでもそのことを懐かしく、またありがたく思っている。それなのに、いま目の前の利におぼれて寝返りを策すなど、いかにも貴殿らしくない。われらが敵味方に分かれて戦うことになったのは、これもまた神の思し召しである。貴殿もまた決戦をまえに、ひたすら神に祈られよ」

「神に祈られよ」との最後のひと言が、殺し文句になったらしい。その後、逵安や詮家からの誘いはいっさい途絶えたという。

さて、この年も九月になると、両軍は美濃に大兵を集め、いよいよ決戦の時を迎えようとしていた。

大垣城とその周辺に結集した西軍はおよそ八万人。大いに士気も上がったが、東軍もまた尾張から美濃に進み、大垣城より北方一里半（約六キロ）の赤坂台（岐阜県大垣市赤坂）に兵四万人を集めていた。

その間、西軍の陣営では、再三にわたり軍議での激しいやり取りがあった。

東軍の先鋒が西上して三河から尾張に至ったとき、島津維新とその甥・豊久《とよひさ》は、福島正則の尾張・清洲城に対し「先制攻撃をかけ、決戦に挑むべし」と計画した。これには、賛成の者も多かったが、早期決戦を避けた三成の反対で、実行にまではいたらなかった。

次には東軍が、西軍方の岐阜城を攻めたときのことだ。島津維新らは、「大挙して城に籠る織田秀信を支援すべし」と主張。だが、このときも決定に時間がかかり、将兵一万人が救援に向かったときには、落城してしまっていた。

さらに、東軍の大将・家康が赤坂台に到着した夜のことだ。またもや島津維新らが「精兵五千人をもって夜襲をかけよう」と主張したが、このときも、「大義を抱いた大軍のやることではない」として三成の反対にあった。

翌朝、正確には九月十四日朝のことである。三成の老臣・嶋左近が城内の明石掃部の陣所を訪ねてきた。

「いかがでござろう。われらはこれほどの大軍をここに集めていながら、いまだ一戦にも及ばず、これでは士気にもかかわります」

「なるほど。では、ひと当ていたしますか」

「さよう。それがしが、杭瀬《くいせ》川のあたりで敵陣に罠をしかけますので、明石殿におかれてはぜひ鉄砲をもってご支援いただきたい」

「おびきだして叩く、と。承知いたした」

これには、三成も秀家も反対できなかったらしい。嶋左近は、石田隊で同じ先鋒を務める蒲生備中とともに、それぞれ兵五百人ずつで大垣城を出撃した。掃部もまた鉄砲の者五百人を率いて後続した。

杭瀬川は、その幅およそ二十メートル。揖斐《いび》川の支流で、大垣城と赤坂台のあいだをほぼ南北に流れていた。左近は兵の大半を自陣のほうの集落や葦の林に伏せ、鉄砲の者二百人ばかりで川を渡った。そして、連れてきた地元の百姓ら二、三十に、大声で歌を唄わせながら稲刈りを始めさせたのである。

東軍側にいたのは、中村一忠隊四千三百人。しばらく稲刈りの様子を凝視していたが、そのうち騎馬や槍隊をもって一挙に攻めかかってきた。左近は鉄砲で反撃しつつも、巧みに川べりまで退却。さらに杭瀬川を自陣のほうへ逃げ渡った。

中村隊は、家康をはじめ味方の多くが遠望していたため、功名をあせっていたらしい。敵は泥棒にも等しい雑兵とみて、われ先にと川の深場・浅瀬を押し渡ってきた。騎馬隊を先頭に、その数およそ一千人。それをめがけて、川べりに伏せていた左近の銃隊がいっせいに火を噴いた。中村隊は川のなかでばたばたと倒れた。

見ていた東軍の有馬豊氏《とようじ》隊七百人が救援に駆けつけたものの、これもやや上流に伏せていた明石掃部の鉄砲隊の砲火に晒された。見ていた家康は、すっかり機嫌をそこねた挙句、側近の本多忠勝に命じて中村・有馬隊の収拾に当たらせた。

このときの戦いで、西軍が討ち取った兜首《かぶとくび》はおよそ百人、平首二百人、倒した馬の数は三百頭にも及んだ。中村隊や有馬隊の将士のなかには、散々に敗れたために泣き出す者もいたという。

西軍の士気は、この戦いで一挙にあがった。

第七章　いざ、関ヶ原に激戦する

決戦の時が迫っていた――

秋の山野がどんよりとした霧に覆われると、辺りは暗くてなにも見えないばかりか、手足がかじかむほどに冷たい。しかも、昨夜降った雨が、見渡すかぎりの丘陵の窪地や田畑をまるでぬかるみのようにしていた。

その暗闇のなかで、おびただしい数の将兵が、昨日からほとんど一睡もせず、陣地づくりのために手探りの作業を急いだ。幸いなことに、まもなく雨は止んだが、辺りはまだ真っ暗で、穴を掘るにも柵を組むにも、いつもの何倍も手間がかかった。

だが誰もが、夜明けとともに何が始まるかを肝に銘じており、込みあげてくる緊張に肩を震わせていた。

慶長五年（一六〇〇年）九月十五日未明のことだ。西軍＝石田三成方の将兵およそ八万人は、南北半里（二キロ）にわたる関ヶ原での布陣を終えた。それまでのいきさつはどうあれ、その布陣の様は、東軍を迎撃するにほぼ盤石の態勢だった――

笹尾山東麓　石田三成隊六七〇〇人
　先鋒＝嶋左近一〇〇〇人と蒲生備中一〇〇〇人
北国街道沿い　秀頼直属の鉄砲隊一〇〇〇人
伊藤盛正・岸田忠氏隊一二〇〇人
天満山北麓　島津義弘・豊久隊一六〇〇人
小西行長隊六〇〇〇人
　先鋒＝小西主殿介二〇〇〇人
天満山中央　宇喜多秀家隊一万七〇〇〇人
　先鋒＝明石掃部四〇〇〇人
中山道沿い　大谷吉継隊二六〇〇人
　先鋒＝平塚為広七〇〇人と戸田重政七〇〇人
脇坂安治《やすはる》・小川祐忠・朽木元綱・赤座直保《なおやす》隊などの与力衆四三〇〇人
松尾山東麓　小早川秀秋隊一万五〇〇〇人
　先鋒＝松尾主馬一〇〇〇人
南宮山東麓　吉川広家、毛利秀元、長束正家、安国寺恵瓊、長曾我部盛親ら総

勢二万六〇〇〇人

大垣城守備　福原長堯《ながたか》、高橋元種《もとたね》ら四九〇〇人

しかもこのとき、西軍でそれぞれ先鋒の指揮を託された諸将は、当時、天下にその名が知れ渡った歴戦の者どもであった。

宇喜多勢が陣を張った天満山は、標高およそ三百メートル、南北に七百メートルほど長く伸びる丘陵で、中央部には大きな池を抱え、そこから川も流れ出ている。そのため二、三の集落もあったが、すでにひと月前から無人の台地となっていた。

宇喜多隊は、前夜の大垣城における軍議で「関ヶ原でのいっせい布陣」が決まったとき、敢えてこの天満山の丘陵を選んだ。そのとき明石掃部は、改めて秀家に言上した。

「殿、いかがでありましょうか。明日の決戦では、必ず内府のお命をこそ頂戴せねばなりませぬ。そのためには、前衛の指揮をすべてそれがしにおまかせいただきたい」

「うむ、そなたには、傍にいてもらい助けてほしいという気持ちもあるが……」

「要はこの戦さに勝つことであります。そのためには、鉄砲の者三千人ばかりを、そ

れがしにお預けくだされ」

「なるほど、明日の戦さは、鉄砲の撃ち合いになると踏んだか。分かった、そなたの信じる通りにされよ」

「ありがたいお言葉であります。さっそく陣立てにかかりとうございます。殿のお傍《そば》には、騎馬の者を中心に三千人ばかりをお付けしましょう」

その関ヶ原の一帯はすでにひと月近く前から、三成の指示で陣づくりが進められてきたところだが、掃部は、陣地が決まるとそこにいち早く工兵らを送り、急ぎ鉄砲を使うための木柵と塹壕をつくらせた。

決戦の朝を迎えると、掃部は、それもまだ夜明け前に、宇喜多隊の一万七千人を四隊に分けて配置した。

前衛	明石掃部	四〇〇〇人
右翼	長船貞行	四〇〇〇人
本隊右備え	不破内匠ら	一〇〇〇人
本隊	宇喜多秀家	三〇〇〇人
本隊左備え	本多政重ら	一〇〇〇人

左翼　　河本源三兵衛　四〇〇〇人

前衛の明石隊には、浮田太郎左衛門や延原家次らキリシタン将士のほとんどが顔を並べたほか、岡本秀広、浅香右馬、飯尾勘太夫ら歴戦の者多数が鉄砲大将、徒歩頭として加わった。

明石掃部はこれを、天満山の山稜に沿って、南北三百メートルほどの長い陣に付け、最前列に鉄砲の者三千人を、それぞれ七人ひと組として三段に構えさせた。

秀家の本陣は、天満山の山頂に近い古社の一角に設けられた。右翼・長船貞行隊は、大谷隊に近い南麓に、左翼・河本源三兵衛隊は、小西隊と並ぶように北麓に陣を張った。この広大な丘陵全体が黒くみえたほど兵馬に溢れたという。

特に前衛の明石隊においては、前方におびただしい数の花クルス（十字）の旗印が並び、兵の多くが首にロザリオを下げていた。

明石掃部は、指揮を執る中央の台座の周りに、浮田太郎左衛門や延原家次をはじめとする主な将士を集めた。

「よいか、鉄砲の者は必ず七人ひと組となって戦うことを忘れるな。長槍の者も、必ず三人ひと組で離れずに戦え」

「騎馬の者にもひと言申しておきたい。そなたらが撃って出るのは、敵勢がたじろぎ、決戦にかかる時である。それまでは、どんなに辛くとも、それがしが命じるまでは堪えに堪えよ」

聞いていた将士のあいだからは、割れるような歓声が起きた。掃部はさらに声を張り上げて続けた。

「敵はまず火縄を撃ちまくったうえで、必ず、騎馬をもって襲い掛かって来る。その際にはまず十分に引きつけてから馬を倒し、敵将を撃て」

「敵は、手柄と恩賞ばかりを当てにして掛かって来るであろう。だから将士ともども死なずにすまそうと思っている。だが、これこそ敵の弱味でもある。われらが死を決して迎え撃てば、命が惜しいと思いながら向かってくる輩に負けるはずはない」

これを受けて傍に控える浮田太郎左衛門や延原家次が声高に応じた。

「明石殿、よく承知いたしております。なにも案ずることはござらん」

明石掃部はなお朗々と決戦に当たっての決意を述べようとしたが、その声をかき消すかのように陣中からはさらに大きな歓声が上がった。

太郎左衛門も家次も、誇り高く胸で十字を切ったが、掃部はさらに念を押すように付け加えた。

「これからの一戦では、死を恐れずに、命を投げ出すつもりで戦おう。死は神がわれらに与え給うた最も高い名誉と恩賞である。だが、われらは神の教え通り、いかなることがあっても自ら腹を切るようなことをしてはならない」

掃部は、特にキリシタン将士に対して自決を禁じ、討たれるまで戦うことを誓わせたのである。

午前六時――

折しも、夜明けとともにわずかながら風が起きて、厚い霧が晴れ始めた。

明石掃部は、昨夜からの雨が止んだことを確かめて「しめた!」と思った。これで得意の鉄砲を使うことに、改めて大きな自信を得たからである。

物見の者どもの報告によると、敵勢は半里ほど先で兵を南北に散開させ、並ぶようにほぼ横列を組んで前進しているという。

午前七時――

東軍=家康方の諸隊も、大垣城や南宮山への備えを残し、総勢およそ七万五千人が、西軍とは四半里(約一キロ)近く離れて、関ヶ原での布陣を終えた。

東軍の最前線に立っているのは福島正則隊六千人で、宇喜多隊右翼と大谷隊のあいだ辺りに兵を結集していた。

（そのまま進んで、中山道を突破しようとしているのだろうか……）

明石掃部は台座から敵陣を眺め、改めて自信を深めた。今日の戦さは、全戦線にわたる鉄砲の撃ちあいになる、と思った。

自陣に目をそそぐと、先鋒の将士四千人はほぼ朝飯を終え、鉄砲の者どもも、その多くがすでに最前列の木柵に銃を並べ始めていた。掃部の指示通り七人ひと組となって、二人が防護の竹柵を支え、五人が交互に撃つ準備に入っていた。

（いよいよだな……）

このときを待ち望んでいたと言ってもいい。明石掃部は、さすがに胸が熱くなるのを抑えるために大きく息を吸った。

午前八時――

前方四半里のあたりで突如、馬の大きな嘶《いなな》きがした。東軍の総大将・家康が、先鋒の福島隊に対し、西軍主力・宇喜多隊に掛からせるべく挑発を仕掛けたのである。

家康の密命をおびた重臣・井伊直政と四男・松平忠吉のおよそ三十騎が、「物見」と称して藤堂高虎隊や京極高知隊の前を横切り、福島隊の前面に出た。そして、宇喜多隊に向かって、鉄砲数発を撃ち掛けた。

そのとき福島隊は、豪将・可児《かに》才蔵の八百人を先鋒に、福島丹波、福島伯耆《ほうき》、尾関石見、長尾隼人らの侍大将が、それぞれ兵一千人ずつを率いて、縦に長い五段の陣を敷いていたのだが、直政らの振る舞いに、陣中どよめきが起きた。

「いったい何の抜け駆けか！　どこに掛かるも、われらこそ先陣を仕る」

福島正則は怒った。そして自ら先鋒の八百人とともに、宇喜多隊への突撃を開始した。二段、三段の者もこれに続いた。こうして遂に、関ヶ原の一戦の戦端が開かれたのである。

「来たか……」

東軍・福島隊が大挙してやって来たとき、明石掃部は最前列を固めるキリシタンの将士に対して言った。

「深く息を吸い、そしていま一度、神に祈ろう」

福島隊は、騎馬の者どもおよそ四百騎を先頭に押しかけて来た。それまでやや北のほうにいた井伊隊や松平隊のおよそ五千人もこれに続いた。

その時をもって、関ヶ原の全戦線で戦いが始まった。家康方の東軍が、敵をすっかり侮っていたのか、騎馬を先頭に大挙して襲いかかってきたのに対し、三成方の西軍は、おびただしい数の鉄砲をもって応じた。

「逸《はや》るな、敵兵を目の前にまで引きつけてから撃て！」

明石掃部は、ここで三たび前線の将士に命じた。その指示は徹底して、なお数分、陣中には凍るような緊張と沈黙が続いた。

敵の騎馬隊は、百メートルほどにまで迫ったところで脚を止め、いよいよ突入を示す横列を組んだ。そのあいだから多数の銃卒の者どもが出てきて、盛んに射撃を始めた。

明石掃部はそれでもなお、敵勢がさらに近づいてくるのを待った。敵の銃弾のため味方に負傷する者が出てもなお応戦の命令を控えた。案の定、福島隊は、騎馬も銃隊も槍の者どもも、われ先にと突撃して来た。

午前九時——

向かいあうこと、四、五十メートルまでになったときのことだ。明石掃部は、側近の者に鐘を激しく叩かせた。「撃て！　撃て！　撃て！」という合図である。

木柵で耐えていた迎撃の鉄砲が、いっせいに火を噴いた。それは、一度に五百丁近くにも及び、関ヶ原の全域に響きわたるほどであった。しかも数秒後、さらに次の五百丁が火を噴いた。

突撃を試みた福島隊の先鋒は一挙に崩れた。騎馬の者どもは、肝心の馬を撃たれ、まるで「将棋倒し」のようにばたばたと倒れた。明石隊の後方に控える宇喜多本隊から、割れるような喚声が起きた。

福島正則はこれまで、百戦してほとんど敗れたことのない歴戦の豪将であった。だが、このときばかりは、宇喜多隊を甘くみていたのだろう、撃たれてもなかなか兵を引こうとしなかったために、さらに多くの犠牲者を出し、辺りの田畑に死体の山を築いた。

「撃ち方、止《や》めい！」

明石掃部は、敵勢がいったん退却を始めると、すかさず長槍の者五百人を繰り出し、背後から散々に突きまくらせた。だが、正則の家老・福島丹波の指揮する第二段一千人が新たに寄せて来ると、長槍の者をすべて木柵の中に引き入れ、ふたたび鉄砲をもって撃退した。

福島隊も一千丁近い鉄砲を持ってはいたが、その殺傷距離はせいぜい四、五十メートル。それが六、七十メートルの宇喜多隊の鉄砲にはとても及ばなかった。近づけば、まだ玉込めもしないうちに撃たれ、ばたばたと倒れた。

午前十時——

全戦線で激戦が繰り広げられた。東軍は次々に新手を前に出して敵陣突破を企てたが、西軍もこれをよく跳ね返した。

石田隊では、先鋒の嶋左近が黒田隊の銃弾に倒れたものの、第二陣、三陣がよくこれを補い、逆襲して敵陣深く兵を進めた。また、大谷隊では、攻めかかって来た敵勢を、藤川の川べりによく引きつけて鉄砲で撃ち取るなど、巧妙な戦いを進めていた。

だが、北国街道の南に陣を張っていた島津隊は、この激戦のなかでも兵を動かさず、戦局をじっと静観していた。それまで提言してきた夜襲策などがすべて三成らに退けられたことなどへの不満から、事ここに及んで参戦を拒んだらしい。

明石掃部は、福島隊の第三段一千人をも退けると、遂に騎馬の者一千騎に出撃を命じ、長槍の者もすべて出動させた。福島隊を大方突き崩せば、右翼の長船隊四千人、左翼の河本源三兵衛隊四千人をも前に進めさせるつもりだった。

明石隊は、長槍の者による三人ひと組の集団戦法で、敵の騎馬隊を次々に襲った。だが、福島隊もよく踏みとどまり、討たれてはまた馬陣を整え、槍を合わせてきた。

『慶長記』などによると、その激戦の様は——

「敵味方に押し分けて鉄砲放ち、矢たけびの声、天に響き、地を動かし、黒煙立ちて、日中も暗闇となる。敵も味方も入り合い、干戈《かんか》（槍、刀などの武器）を抜き持ち、追いつまくりつ攻め戦う」

「敵味方入り乱れ、互いの旗指物絡み合い、進退ままならず」

明石掃部の采配は冷静であった。ひとたび騎馬隊が敵勢とぶつかり合うと、すばやく引かせて長槍隊を繰り出し、次には鉄砲の者どもに撃たせた。敵が退却を始めると、ふたたび騎馬隊を前に進めた。

双方に多数の死傷者を出したものの、明石隊は長い接近戦を制して、福島隊を四半里（一キロ）近くも退却させたのである。

午前十一時――

そのころである、笹尾山の石田三成は、事ここに至って「西軍総攻撃」の狼煙《のろし》を上げさせた。

これは、前日の約束で、松尾山に陣を張る小早川秀秋隊一万五千人や、南宮山の毛利一族・長曾我部隊二万六千人に対して、出陣を促す合図だった。三成は、この大軍が山を降り参戦してくれれば、西軍の勝利は間違いなしと期待した。ところが、松尾山でも南宮山でも兵馬に何の動きもなく、大軍はなお深い沈黙を守り続けた。

「これはおかしい。いったい昨日の約束はどうなったのだ」

「どうも、日和見《ひよりみ》を決め込んでいるようでございます」

後になって分かったことだが、このとき松尾山の小早川秀秋は、まだいずれに付くか去就を決めかねており、南宮山では、西軍の最前列にいた吉川広家が、家康に通じて兵を動かさなかったのだという。

三成はなお狼煙を上げ続け、大谷吉継は秀秋の陣に急使を送るなどして、再三にわたり参戦を促した。家康もまた、果たして密約通り寝返ってくれるのかどうか分からなかったために、大いに苛立っていたらしい。

だがまもなく、関ヶ原の中央部で、また、天をも突き刺すほどの大きな喚声が起きた。明石隊が、福島隊の主力を激闘のすえ遂に撃ち崩し、多くの死体を残して退却させたのである。それだけではない。西軍全体が優勢に戦って敵勢を退け、木柵を張った自陣から大きく前方へ押し出していた。

散々に敗れた福島隊には、直ちに反撃する力はなかった。だが、明石掃部はなお戦局を台座から見渡した。巧みな采配で、東軍の先鋒・福島隊を撃退したものの、敵陣には、まだ雲霞《うんか》のごとき兵が屯している。

（このまま内府の本陣に向かって前進するわけにはいかない……）

これは天成のものであろう、明石掃部は実に冷静であった。

「引けーっ！　引けーっ！」

兵を自陣の木柵のあたりにまで引いて銃を並べ、ふたたび敵勢の来襲に備えた。改めて前衛の陣を固めたのである。このときまで、宇喜多隊の主力はほとんど無傷であったといってもいい。

ふたたび襲ってくるはずの敵勢に対し、いま一度これを撃退できれば、戦局はさらに有利になるはずである。そのときにこそ、主君・秀家に対し本隊五千人と右翼隊四千人、左翼隊四千人の総出撃を請い、総力をあげて前進すべきであろう。

ところがまもなく、戦場の遠く南東の山手で、大きな歓声と何発かのけたたましい銃声がした。

「あれは何だ？　急ぎ物見の者を奔《はし》らせろ！」

明石掃部は側近の者に命じながら、歓声の続く山手を眺めた。関ヶ原南部の松尾山に屯していた小早川隊一万五千人が動き始めたらしい。ところが山を下りると、西軍の大谷隊に向かって、いっせいに攻撃に掛かったのである。

正午過ぎ——

小早川秀秋隊の裏切りの瞬間から、関ヶ原の戦局は一変した。

大谷隊二千六百人は、東軍の藤堂隊二千五百人や京極隊三千人に対し、善戦してこれをよく退けていた。特に先鋒の平塚隊と戸田隊は、鉄砲の者どもを巧みに采配して、敵の騎馬隊を何度も撃ち退けていた。

しかも病身の大谷吉継は、小早川隊の裏切りを知ったときも、あらかじめ予期していたのか、「あの子倅《こせがれ》ごときに……」と全く動じなかった。長男・大谷大学や筆頭家老・蜂屋右京進らの指揮する本隊およそ九百人を繰り出し、鉄砲の威力をもってこれをよく防いだ。

ところが、それからまもなくのことである。大谷隊のやや後方で、新たな歓声が起きた。与力として越前方面から同道して来た脇坂安治隊や小川祐忠隊など総勢四千三百人が、突如寝返り、小早川隊とともに打ち掛かってきたのである。

その点、関ヶ原の明暗を決したのは、小早川隊の裏切りよりも脇坂隊らの寝返りであったともいえよう。そのため、大谷隊は善戦空しく遂に破れ、大谷吉継は戦火のなかで自刃した。

西軍側が浮き足立ち、崩れ始めたのはそれからであった。東軍側はこれを機にいっせい反撃に転じた。家康は、直属の将士をも前線に繰り出し、数万人の軍勢が一挙に襲いかかってきた。

午後一時――

明石掃部は、なお戦局を冷静に見ようと台座から四方を見遣った。

自軍・宇喜多隊の右翼は、大谷隊が壊滅したあと、長船貞行隊四千人が敵の大軍およそ一万人と対峙していた。東軍は次々に新手を繰り出してきたが、長船隊は、それをよく引きつけては鉄砲で撃ち崩していた。

また、自軍左翼では、河本源三兵衛隊四千人が、こちらも東軍のおよそ一万人と向かい合い、激しく渡り合っていた。

貞行も源三兵衛も、その名をよく知られた戦さ師であった。しかもそのもとで働く侍大将や徒歩頭らは、これまで戦さのたびに生死をかけ泥にまみれてきた歴戦の者どもであった。とはいえ、戦さの攻防には風のような流れがあって、ひとたび崩れたつと、いかんともしがたいものらしい。激しい乱戦のすえ、やがて敵の騎馬隊に銃列を破られて崩れたために、しだいに後退させられた。

明石掃部はやがて、宇喜多隊ばかりか、戦線の全域で、西軍がじわじわと苦境に追い込まれていることを知った。

（ここは、すみやかに兵を引かねば、われらは苦境に立たされるだろう）

明石掃部は主君・秀家の本陣に駆け上った。秀家は、三千人近い将士に出撃を命じた後で、わずかな伴回りに守られて立っていたが、鞭で何度も地面を叩き、まるで別人のように怒り狂っていた。

「おお、掃部であるか、予期していたことではあるが、誠に残念である！」

「殿！　ここは気を鎮められよ！」

掃部が手を差し伸べようとすると、秀家はそれを振り払った。そして曳かせた愛馬に跨《またが》り、吠えるように言った。

「それがしはこれから、ここに控える者どもを率いて、裏切り者を退治したい。あの憎き金吾（秀秋）と刺し違える覚悟だ！」

「待たれよ！」

明石掃部は、秀家の馬の手綱をとって声高に言上した。

「殿！　なにをそのようにじたばたされるか！　われらは、まだこの大きな戦さに負けたわけではござらん」

「なに、いま死ぬのは、まだ早いと言うか」

「さよう、大坂には秀頼君と安芸中納言（輝元）殿の大軍がいて、京畿、西国はまだ味方が十分に押さえております。とりあえず、治部少輔（三成）殿の佐和山を目指してここを出られよ」

秀家は、しばらく何事かを思案していたが、やがていつもの冷静さを取り戻したらしい。振り向いて掃部を見つめ、大きく頷いた。

「うむ、分かった。そなたの申す通りだ……」

すでに宇喜多の本隊も、その一角が崩れ始めていた。掃部は、自ら秀家の馬の手綱を曳いて、その向きを北に変えた。

秀家は、わずかな側近に守られながら、その混乱の中を脱出した。天満山の背後にある石原峠を越えて、急ぎ伊吹山方面に逃れたのである。

午後二時――

戦場ではなお、最北部の石田隊などが善戦していたのだが、崩れたった西軍に再起のすべはなかった。宇喜多隊は秀家の離脱で逃亡者が相次ぎ、先鋒の明石隊も敵勢の重囲にあって、壊滅寸前に追い込まれた。

（いよいよ神のもとに召されるときが来た……）

明石掃部は、側近の者と周りに残る将士数十人でまず円陣を組んだ。いずれも掃部を慕うキリシタンの者どもであった。そして陣頭に長槍を並べ、刻の声を上げながら敵勢のなかに突入した。

折しも戦場では、北国街道沿いに陣を張っていた島津隊一千六百人が、騎馬をもって敵中突破を敢行。鉄砲を乱射しながら関ヶ原中央部に躍り出て、次々に討たれながらもさらに突き進んでいた。

明石掃部の一隊は、そのどさくさにまぎれて前進。遠くに家康本陣の幟《のぼり》が見えるところまで押し寄せた。だが、まもなく東軍側の騎馬隊に包囲され、前列の幾人かが刺し殺された。敵勢は数十倍、このまま戦おうとしても、とても逆らえるものではなかった。と、その時である、敵勢のなかから大きな声がした。

「そなたは、明石掃部ではないか！」

掃部はぎくりとして、声の主を見上げた。それは、いまでこそ敵味方に別れて戦っているが、遠縁にあたる黒田長政であった。長政はまた、父親・黒田官兵衛（如水）がキリシタンだったこともあって、洗礼を受けた体験も持っていた。

「いかにもそれがし、明石掃部である」

「やはり、そうであったか」

長政は馬を降り、配下の兵に、掃部とそれに従う者どもを捕え、大刀や長槍を取り押さえさせた。そして、掃部の腕を摑みながら言った。

「よくぞ、無事に生きていたものよ。そなたとこんなところで出会うとは、考えたこともなかった」

「それがしはキリシタンにて、自ら命を絶つわけにはまいらぬ」

「うむ。それにしても、なぜこんなところにいるのだ」

「願わくば、内府殿に一太刀浴びせてから殺されようと、ここまで押し込んで参った」

「死ぬ覚悟で来た、と言われるか」

「さよう、こうなったからには、どうかそれがしの首を討ち落としていただきたい」

「そうもいくまい。そなたは、わが父上がわが子のように思った者でもある。ここは、それがしに任せられよ」

長政はそう言って掃部ら全員に縄をうち、一行を自分の陣幕に同道させた。その後の成り行きからみると、同族の誼《よしみ》で匿《かくま》ったといったほうが正しいかもしれない。

そのあと、長政は家康に対し、明石掃部を捕らえたが「全身に傷を負っているため保護している」とうその報告をした。

家康はその報告に内心は驚いたものの、黒田家と明石家の縁を知っていたため、掃部の身柄を取ることにはためらいを感じた。しかもまだこのときの家康は、豊臣恩顧の大名たる長政に対し、怪我を負っている捕虜の身柄を寄越せとまで命じられる立場になかった。その処分を長政に任せた。

こうして明石掃部は、側近の者どもとともに、奇跡的に一命をとり止めたのである。

ところで、関ヶ原の戦場を離脱した宇喜多秀家は、その後どうしたのだろうか。その様は『備前軍記』などに詳しい――

こちらは命がけの逃避行であった。秀家はその日、側近の進藤三左衛門（六〇〇石）と黒田勘十郎（一〇〇石）の二人だけを伴い、道なき道を踏み分けて美濃・池田山山麓の山中に迷い込んだ。その夜は柏川谷の岩陰で休み、翌日は河合村の辻堂で夜を明かした。

ところが次の日、山中で落武者狩りのために槍を携えた屈強な男と出会ってしまった。男は、身構えた主従の様子をしげしげと見つめていたが、やがて槍を横たえ地面に伏した。そして、自分は近くの村に住む矢野五郎右衛門と名乗ったうえで、驚くほど丁重に尋ねてきた。

「お見受けしましたところ、貴殿はただのお人とは思えませぬ。どうか、お名前をお明しくだされ。ことによってはお助けしたい」

「うむ、そなたの言葉を信じよう。それがしは、備前中納言である」

「えっ、と、貴殿は宇喜多秀家さまでござるか」

「いかにも。ただ、戦さに敗れたからには、たやすく国許へ帰ることもできず、こうして山中をさ迷っている。どうか、力を貸してほしい」

五郎右衛門はびっくりして秀家を見たが、自分では歩けないほどに衰弱した姿に同情したか、それとも秀家を助けることで宇喜多家から多大な恩賞を得ようと考えたらしい。

秀家を手下の九蔵という者に背負わせて、三里も離れた白樫村（現在の岐阜県揖斐川町白樫）の自分の家に連れていった。途中、何人もの落武者狩りに出会ったが、高価な鎧や腰の刀を与えるなどして難を逃れたという。

秀家主従は、しばらく五郎右衛門方で過ごした。その間、進藤三左衛門が厳しい探索の目を掻《か》い潜《くぐ》って、大坂・備前島の宇喜多邸に赴き、そこにいた妻の豪姫に秀家の無事を伝えた。豪姫は大いに喜び、金子二十五枚を三左衛門に託した。

豪姫はさらに、家臣の難波助右衛門（六〇〇石）、津嶋七右衛門（五二〇石）、本多四郎兵衛（禄高不明）ら数人を迎えのために美濃に派遣した。

秀家は十月末になって、病人の態を装い白樫村を出た。一行は数日をかけて近江・鳥居本（滋賀県彦根市鳥居本町）から守山（同守山市守山）を経て伏見に至り、なんとか大坂に辿りついた。矢野五郎右衛門もこれに同行した。一説には、摂津・有馬温泉の湯治に行く百姓の姿に変装し、中山道の裏道を歩いたともいう。

秀家は、ひそかに備前島の宇喜多邸に潜入し、そこで豪姫に会った。

「すまぬ。大切な戦さに負けてしまった……」

秀家はまず、そう言って妻に詫びた。

「何を仰せられるか。よくぞ、ご無事で……」

豪姫は涙を流して再会を喜んだ。そして、美濃の山中で秀家を救った矢野五郎右衛門には、丁重に礼を述べたうえで、高価な小袖五枚と金子《きんす》十枚を与え、その労に報いた。秀家はその後しばらく、大坂・天王寺にあった旧知の禅僧の寺に隠れ住んだ。

そのころ、関ヶ原の戦場で黒田長政に捕縛された明石掃部とその一行十余人は、荷駄隊とともに大坂へ送られ、その年の暮れにそこで放免された。

その間、長政は家康に対し、掃部の処分についてその意向を何度か打診した。その際長政は、掃部が自分の遠縁の者であることや家康からみれば陪臣に過ぎないことなどを理由に、巧みに交渉をしたらしい。

家康は関ヶ原の一戦で掃部が果たした役割をよく知ってはいたが、結局その扱いを長政に任せた。

放免に際し長政は、掃部らにささやかな馳走をしたうえ、いかほどかの銀子も与えた。そして、傍に控える自分の家臣たちにも聞こえるように声高に言った。

「明石殿よ、それがしがそなたらをここまで守ってきたのは、ただわれらが親類であるためだけではない」

「ではなぜそれがしをお助けくださったのでありましょうか」

「そのわけを聞きたいと申されるか。それは、そなたほどの才智と信望の持ち主が、どことも知れぬ山中で、むざむざ恩賞目当ての雑兵や百姓に囲まれ、なぶり殺しに遭うことを恐れたからでござる」

「かたじけない。貴殿のおかげで命を長らえたこともまた、それがしは神のお導きと心得ております」

さらに長政は別れ際に、この男にしては珍しく小声で囁いた。

「どうであろうか、もしも心決まれば、いずれぜひ九州へ来られよ」

「えっ、九州へ、でございましょうか」

「いや、それがしに仕えろ、というのではない。豊前・中津には父上・如水（官兵衛）も健在で、そなたのようなキリシタンも京畿より数多くおりましょう」

「ありがたいお言葉をいただきました。そのこと胸に刻んでおきます」

明石掃部とその家臣らは、それぞれ仏僧や人夫などに姿を変えて、しばらく大坂に留まることになった。

すでに大坂では、西軍の主将だったはずの毛利輝元が、二万人の兵とともに安芸方面に退去したあとで、三成与党の残党狩りも、ここが「秀頼君のご城下」であったせいか、それほど厳しく行なわれてはいないように見受けられた。

その点、家康は、関ヶ原の一戦に勝利し、石田三成や小西行長を京の刑場で処刑してからもなお、大坂城の秀頼に対しては臣下の礼をとり、孫・千姫との婚約を決めるなど、実にしたたかに振る舞ったのである。

このころ、明石掃部には大変気になることがあった。主君・秀家はその後どうなったのか？　せめてその消息だけでも知りたいと思った。街には、どうも生きているらしいとのうわさもあったが、どこでどうしているのか、掃部には見当もつかなかった。

そこである夜、家臣の沢原忠次郎を備前島に行かせ、まだ妻の豪姫がいるはずの宇喜多邸に忍び込ませた。忠次郎は深夜になって、掃部のもとに朗報を持ってきた。

「殿、中納言殿（秀家）は関ヶ原の戦場を脱出したのち、わずかな人数で大坂まで帰って来られたそうです」

「なに、生きておられたのだな」

「はい、そして豪姫様と会い、その助けを得てまたいずれかへ逼塞されたとのことです」

「そうか。で、どこへ逼塞されたのだ」

「それが……」

忠次郎は付近に誰もいないことを確かめたうえで、掃部にそっと耳打ちした。

「なるほど、それはよかった……」

掃部は思わず十字を切って天を仰いだ。そのとき忠次郎は、豪姫から頂いたものだと言って、金子二十枚を掃部のまえに並べた。これらの金員が、その後の掃部らの暮らしと逃亡の足しになったことは言うまでもない。

それから間もなくのことだ、明石掃部は、やや意外なうわさを耳にした。家康は、主君・秀家が所領してきた備前、備中、美作のほとんどを、あの裏切り者・小早川秀秋に与えたというのである。

（何たることだ！　こんな出鱈目《でたらめ》なことが、神の思し召しであるわけはない。これは、神父さまがよく口にされていた悪魔の仕業だ）

さすがの掃部も、思わず大刀を握りしめてしまった。それにしても、国に残してきた妻子はどうしているか？　多くの家臣や領民どもはどうなったのか？　そして、皆がともに祈った教会や修道所は無事であろうか……。

明石掃部は、急ぎ秀家に会ったうえで、備前に帰ろうと思った。内府方の警備や追捕のにぶる大みそかを選び、密かに秀家が潜伏しているはずの天王寺の禅寺を訪ねた。いまにも崩れてしまいそうな傷み切った古寺であった。

しかも出てきた男は、すっかりやつれ果てた老僧で、自分の名を名乗ろうともせずに言った。

「ここには、中納言様（秀家）などおりませぬ」

「なに、いないと申されるか」

「はい、似たようなお侍がおりましたが、つい先日、供の者二人といずれかへ旅発たれました」

「それは、誠でございましょうか」

「それがしはいつわりなど申しませぬ。お疑いなら中へ入ってお調べくだされ」

とそのとき、掃部は老僧の目が一瞬、きらりと光るのを認めた。それは、自分の話から事情を察知せよという示唆であった。

明石掃部はまもなく、秀家がこの古寺から脱出し、いずれかに行ってしまったことを理解した。

会って話したいことは山ほどあったが、わずかな差で行き違いになったのである。

第八章　流転、中国・九州に逼塞する

年が明けて慶長六年（一六〇一年）を迎えると、明石掃部は、家臣らとともにさっそく帰国の準備にかかった。とはいえ、周りには探索の目が光っているはずであった。

従兄弟で家老格の明石次郎兵衛が言った。

「われら十余人がまとまって陸路を下ることは危険でござろう」

「どうしたらよかろうか」

「殿は三、四人で、商人か旅の僧に身をやつし、海路を行かれよ。われらはぼろを纏い、二、三人ずつに分かれて陸路を西下いたします」

「なるほど。それも一策であろう」

幸い旧知で備前方面に帰る商いの船が見つかった。掃部が大坂を発ったのは、この年二月末の雪の降る寒い朝であった。播磨・飾磨津《しかまつ》（姫路市飾磨区大浜）まで船で行き、そこからは山陽道の裏道を進んだ。

ところが、播磨と備前の国境を越えるころ、先に行かせた家臣の一人が、息せき切って引き返してきた。

「殿、たいへんでございます」

「どうしたのだ、そんなに慌てて」

「すでに岡山には、金吾殿（小早川秀秋）の手の者が多数来ていて、宇喜多の残党狩りや街の警備に当たっているとのことでございます」

「やはりそうか……」

しかも家康は、岡山城を没収するにあたって、宇喜多家将士の抵抗を避けるため、かつての重臣・戸川逵安や一族の宇喜多詮家らを派遣して受け取らせたうえ、秀秋の家老らに引き継がせたらしい。

掃部はそれでも、岡山に入ってみたいと思った。つい先日まで秀家のもとで、兵の鍛練や領国の仕置きに少なからず尽力してきただけに、どのように変わってしまったか、この目で確かめたかった。

数日後、密かに城下に潜入してみると、確かに城も街も、わずかなあいだにすっかり変わり果てていた。留守を預かっていたはずの将士四百人は、すべて逃亡したか捕らえられてしまったらしい。大手門では、見知らぬ縄張り人らによって修築工事が始まっており、内堀近くの侍屋敷や町屋でも、焼け跡に新たな普請が進められていた。

（あんなやつが所領したからには、この備前の国も、これからろくなことにはならないだろう）

明石掃部は、関ヶ原で小早川隊が寝返った瞬間のことを思い出し、改めて憤然とした想いに駆られた。

（だが、もしも、あの一万五千人の大軍が、われらとともに家康方に向かって撃ちかかっていれば……）

われらこそが、勝利していただろう、と熱い想いが空しく込みあげてくるのを、どうしても抑えることができなかった。

ただ、掃部にとって幸いだったのは、岡山の城下にも、まだ多くのキリシタン将士や領民がいることが分かったことだ。彼らは、どこでどう聞きつけたのか、一行が仮の宿とした旭川河口近くの馬小屋のような旅籠《はたご》を訪ねてきた。

その誰もが、十字を切って挨拶したあと、まるでぼろを纏ったような一行の姿に涙を流した。そして、着替えや握り飯、味噌などを運び込み、傷の手当をしてくれた。

掃部は、旅籠の奥の間に小さな十字架を掛け、

「いまはひたすら神に祈ろう」

と繰り返した。

こうして掃部らは、帰国を果たしたのである。

ところで、秀家は天王寺の古寺を脱出したあと、大坂城下の寺やあばら家を転々としながら、供の者とともにある計画を練った。関ヶ原で共に戦った薩摩の島津氏を頼ろうと考え、密かにその準備にかかったのである。

とはいえ、「備前中納言は生きている」とのうわさも広がっていたため、家康方による探索は依然厳しくなっていた。

そこで付き添っていた進藤三左衛門が、一策を献じて家康を騙すための大芝居を打った——

三左衛門は、それまで秀家が大事にしていた宇喜多家重代の名刀「鳥飼国次《とりかいくにつぐ》」を申し受けたうえで、それを持って徳川家の武将・本多忠勝を、大坂の屋敷に訪ねた。

「われらが主君・備前中納言殿（秀家）は、関ヶ原で敗れたのち、主従三人で北国を目指して山伝いに落ち行き、身を隠しておりました」

「なに、生きていたと申されるか」

「ところが、石田三成や小西行長らが捕らわれたことを聞き、もはや逃れ難いと覚悟を決めたのでございます」

「うむ、それでいかがされたのか」

「はい。何と申すか名前も分からぬ人里はなれた美濃の山中で自害いたしました」

「なに、自害したと。それは誠でござるか」

「偽りはございません。われらはこれを荼毘《だび》に付し、黒田勘十郎なるものと二人でここまで辿りつきました。勘十郎が遺骨を首にかけて高野山に登り、自分はこうして罷り出たしだいでございます……」

三左衛門は涙ながらに語ったうえで、名刀「鳥飼国次」を差し出し、ひたすら秀家の遺児で長男・孫九郎（秀高）と次男・小平治（秀継）の助命を懇願した。

忠勝は、三左衛門の殊勝な態度に深く同情し、その旨を家康に言上した。家康もまた、主人に最後まで尽くした三左衛門の心中を察し、その身を忠勝が預かるよう指示したという。その後は、秀家生存のうわさも消えてしまった。

ところが秀家はまもなく、黒田勘十郎一人を伴い、商人に化けて海路大坂を発った。薩摩の山川港に着いたのは、慶長六年（一六〇一年）六月だったという。関ヶ原の一戦から九か月後のことになる。

まもなく、備前島の宇喜多邸も闕所《けっしょ》（没収）処分になった。豪姫は実家の前田家に引き取られたが、なおしばらく大坂の前田邸に留まり、頼って来る宇喜多家将士の面倒をみたらしい。

ついでながら、豪姫のその後のことに触れておきたい――

それから二年後のことである、慶長七年（一六〇二年）十二月、薩摩の太守・島津家久が、上洛して家康と伏見で対面したとき、秀家が自国に逃れて来ていることを明かし、死一等を免ずるよう嘆願した。

家康がこれを受け入れたため、秀家は翌慶長八年に幕府のもとに出頭。その年九月、長男の孫九郎秀高、次男の小平治秀継とともに駿河・久能《くのう》山に幽閉されることになった。

豪姫は、兄で加賀の太守・前田利長《としなが》を通じて赦免に尽力したが、家康はそれを許さなかった。

一家分断の憂き目に遭った豪姫は、残された一女を伴い雪深い加賀・金沢に帰っていった。そこで、兄・利長の勧める縁談などをすべて断り、そのころ前田家で一万二千石を食んでいた高山右近に師事した。その勧めで洗礼を受け、キリシタンへの信仰を深めていったという。

その後も夫・秀家の身を案じながら二十余年を過ごし、寛永《かんえい》十一年（一六三四年）

二月の寒い日に六十二歳でこの世を去っている。

妻子はいったいどこへ行ってしまったのか？　岡山に帰って来た明石掃部は、家臣の数人を居城・保木城に派遣し、残してきた家族を探させた。だが、返ってくるのは悪い知らせばかりだった。

「殿、保木城は関ヶ原の一戦の直後、何者かの略奪・放火に晒されたとのことでございます」

「やはりそうであったか。で、それがしの妻子のことはなにか分かったか」

「それが、よく分かりませぬ。なにしろ、保木の城の周りには生きている者がほとんどおらず……」

「なに！　それがしの領民どもは、殺されたというのか」

「いいえ、おそらくいずれかへ逃げたものと思われます」

ところが、二十日ほどたってからのことである。家臣の一人が、吉井川の近くに住んでいたという領民を探し出し、掃部の家族の消息を摑んできた。

「殿、お喜びください。ご家族は全員、キリシタン将士・百姓に守られて無事に逃れ、いまは備中の足守に隠れているそうでございます」

「そうか、それはよかった。まことにありがたいことである」

足守（岡山市北区足守）は、高梁《たかはし》川の支流・足守川に沿った山間部の集落で、そのころ百姓ら三百人ばかりが住んでいた。秀吉の「水攻め」で知られる備中高松城の北方およそ二里（八キロ）。いま隠れている旅籠からはおよそ六里（二四キロ）の村である。

掃部は翌朝、わずかな伴とともに妻子が待っているはずの足守に向かった。季節は春を告げていたが、まだ雪解けの水が冷たく、その日は朝から強い北風が吹いていた。

明石掃部は、ひたすら妻子が無事であることを祈りながら馬を駆けた。このころ、長男・小四郎（守景）が十二歳、長女カタリナ（日本名不詳）が九歳、次男・内記（景行）が五歳、三男・右近（宣行）が三歳になっているはずだった。

掃部は、川沿いに点在する農家や山師・木こりたちのあばら家を一軒ずつ訪ね回り、その日の夕暮時になって、妻子が村はずれの禅寺にいることを知った。

山門への長い石段を登り終えると、境内の庭に二十棟ほどの藁葺《わらぶ》きの小屋がたっていた。いずれも難を逃れた将士の家族や領民を匿っているらしい。聞けば掃部の妻子は、本堂脇の物置にいるという。

物置とはいっても板張りに屋根瓦がかぶせてあった。出入り口の隙間から暗い中を覗き込むと、まぎれもなく心配していた妻子五人が、義母・お峰の方や侍女らとともに行儀よく並んで夕餉《ゆうげ》の粥を啜《すす》っていた。

心配していたほどやつれてはいなかったが、どこかそのみすぼらしい身なりからして、ここまで必死に逃げてきたことがひと目で分かった。

「麻耶だな、モニカだな」

「……」

掃部が声をかけると、すぐに返事はなかったが、妻は驚いて振り向き、何かに取りつかれたように立ち上がった。その優しげな瞳がすぐに涙で潤んだ。

「よくぞ、ご無事で……」

「いや、そなたらこそ、こうして無事でいてくれてありがたい。これもすべて神のおかげである……」

「私も子供たちといっしょに、殿のご無事をずっと祈り続けておりました」

「そうであったか、戦場にあっても、そなたらのことをひとときも忘れたことはない」

「まるで、夢をみているようでございます……」

あとはお互い言葉にならず、妻も、そして幼い子供たちもひたすら泣いた。掃部が妻の肩を抱き、太い指で涙をそっと拭ってやると、妻はその指を握り、恥ずかしげに笑顔を繕った。

この寺の住職は、かつて秀吉による高松城攻めの際に、毛利方の雑兵の簒奪に遭おうとしたところを、掃部の父親・景親の兵に助けられたことがあった。そのため、禅宗ながら掃部とその家族にも温かく振る舞ってくれたという。

集落を抜くように流れる足守川は、いつも豊かな水をたたえていた。岸辺には、さまざまな草木が織り成す緑のなかに、桃の花が咲き並んでいる。

桃は桜とおなじように、春先にまず枝に白や淡紅色の美しい花を咲かせて、その花が散り始めたころから若葉が吹いて実をつける。それがわずか半年のあいだに、大きな甘い果物になっていく。

明石掃部はその後ここで、およそ一年を家族とともに過ごした。それはこの男の長い人生のなかで、優しく温かい家族が揃った、ほんのひとときであった。

やがて、大坂から岡山まで行を共にした家臣や関ヶ原で離散した者、留守を預かっていたはずの者らが、二人、三人と訪ねてきては、近くに住まいを定めた。

その数は、家族を除いても三十人以上におよび、そのほとんどがキリシタンであった。このまま何ごともなければ、ここ足守に礼拝所などを設けて、家族、君臣ともども農事を起こすこともできたかもしれない。

　だが、時代の風は厳しく、掃部らはそのまま安穏とした日々を過ごすことができなくなってきた。どうやら、備前の新しい太守となった小早川秀秋が、その存在を誇示するために、改めて「関ヶ原の残党狩り」を始めたらしい。

　生き残った宇喜多家の将士たちは、敗戦後、伝手《つて》を頼りに民家に隠れたり、辺地に逃げて帰農したりしたのだが、今になって探索が厳しくなった。特に明石掃部とその直臣やキリシタン将士は、捕まればその多くが、ひどい仕打ちに遭う恐れもあった。

　そのため、掃部はある夜、主だった家臣を一堂に集め、今後の進退について話し合った。

「それがしは九州へ落ち延び、黒田殿を頼りたい。そなたらは意のままに、それがしとともに九州へ参るか、縁を辿《たど》り他家に仕えるかを決めていただきたい」

「殿、なにを仰せられるか。殿はわれらのことを役立たずと考えておられるからそのようなことをおっしゃるのか」

　と、一族の若き家老・明石八兵衛が声を張り上げた。

「いや、決してそうではない。そなたらにもいろいろと都合があるだろうと思ってのことだ」

「いまさら何の都合がありましょう。われらは殿とともに九州でもどこでも参ります」

一座のあいだから、すすり泣く声が聞こえてきた。明石掃部はこのとき、彼らは今もなお、なにか新たな生きがいを求めて自分に付いてきているのだと痛感した。家族は言うまでもない、この温かい友のような家臣たちと別れるわけにはいかないと思った。

明石掃部が家臣とその家族らを引きつれ、筑前・名島（福岡市東区）に黒田氏を訪ねたのは、関ヶ原の一戦から二年後の慶長七年（一六〇二年）九月ごろである。このとき掃部とともに、あるいは彼のあとを追って筑前に下った宇喜多家の将士は、なんと三百人に及んだという。

ただこのとき、義母・お峰の方は、このままここに残り、そのうちに大坂へ出て、知り合いの家で暮らすことになった。掃部は、同じくここに残るキリシタン将士二人に義母の後事を託した。

時に明石掃部三十六歳であった。

ついでながら、宇喜多秀家のあとの備前など三か国を領した小早川秀秋は、掃部らあが備前を去ってひと月後の十月に、わずか二十一歳で変死した。鷹狩りから帰ったあと急に高熱を発し、一週間後にそのまま悶死したのだという。

その死因については、いろいろなうわさが乱れ飛び、備前の民百姓のあいだでは、もっぱら「関ヶ原の祟りだ」と取り沙汰された。当時の天下の形勢と秀秋の特異な存在を考えれば、秀秋は家康の意向で謀殺された疑いが強い。

それはともかく、秀秋の死により小早川家が潰されたあとには、池田輝政の子・忠継が備前一国二十八万石を得て岡山に入封。また森忠政が津山に入り、美作一国十八万六千五百石を所領することになる。


そのころ黒田長政は、「関ヶ原の功」により、豊前・中津十二万石から筑前・名島五十二万石に栄転。筑前一国という広大な領国経営のため、博多の一角に新城（福岡城）を築き始めていた。

長政は、明石掃部とその一行を約束通りに迎え、すでに博多の街はずれに隠居していた父親・黒田如水（官兵衛）のもとに預けた。

如水は、掃部をまるでわが子のように温かく迎えた。

「よくぞ訪ねて来られた。不運にもあの戦いに敗れ、そなたも辛い思いをしただろうが、ここへ来たからには、何も案ずることはない」

「ありがたいお言葉をいただきます。これも神の思し召しかと……」

「そなたも、またいつか世に出る日が必ず来る。その日まで、ここでくつろぐがよい」

「かたじけないことであります」

如水は、わざわざ酒宴を催したうえ、屋敷の近所に掃部と家族、それに付いて来た家臣たちの住まいを手配させた。それは、ただ遠縁の者だったというだけではない。若いころから、掃部の軍才や将士のあいだの信望をよく知っていたからであろう。

ところが、長政はすでに事実上の天下人となった家康の威光をはばかったらしい。父親に対し、宇喜多の旧臣の多くを自分が召し抱える代わりに、掃部については「筑前の山中深くに隠棲させる」よう書き送った。

だが、如水は、すでに隠居して家督を長政に譲っていたとはいえ、家中ではまだ隠然たる影響力を残していた。掃部の処遇についても、息子の指示には従わなかった。掃部をその家臣ともども、異母弟の黒田直之に匿わせたのである。

直之は、長年、兄・如水のもとで働いてきた歴戦の者で、このとき黒田藩の支藩として筑前・秋月（福岡県朝倉市秋月）に一万二千石を食《は》んでいた。しかも、洗礼名を

「ミゲル」という熱心なキリシタンで、以前から掃部とも親交があった。兄・如水の頼みを快く受け入れた。

「明石殿よ、よくぞ来られた。もう何も案ずることはござらん」

「誠にかたじけない。どうかよろしくお願いをいたしたい」

「ここ秋月は、風光明媚にして豊穣の地でござる。明石殿よ、この地をキリシタンの安住の地にいたそう」

秋月は、筑前国南部の筑紫山系に囲まれた小盆地で、天然の要害にして筑豊方面に通じる要地であった。城は北部の川沿いに築かれた平山城で、周辺では領民およそ一万人が稲作や果樹栽培に従っていた。

領主の直之が保護していたからだろう、城下にはイエズス会の礼拝所も設けられており、修道士二人が布教を行なっていた。

明石掃部とその一行は、ここで手厚い保護を受けることになった。掃部はこのときから、長政の体面を傷つけないように「道斎」と称した。

直之は、掃部よりもいくつか年上であったが、兄の如水同様に掃部を高く買っていたらしい。まもなく城の近くに屋敷を与えたうえ、数人の家臣の名義で領内に、自分の領分の十分の一に当たる一千二百五十石を知行させるのである。

備前から付いて来た者の多くが、長政に仕えることになったため、このとき掃部に従っていたのは、従兄弟の明石次郎兵衛、一族の明石半左衛門、明石八兵衛、それに譜代の家臣・池太郎右衛門、沢原善兵衛、沢原忠次郎、島村九兵衛、黒岩彦右衛門の八人だった。

いずれもキリシタンで、歴戦のつわものだったが、秋月へ来てからは勇んで農事に励んだ。このまま静かな時が過ぎれば、掃部も末永く平穏な日々を送っていたかもしれない。

ところが、それから半年ほどしてからのことだ、明石掃部の身辺で大きな難儀が起きた。妻の麻耶（モニカ）が、屋敷内で次女を出産したのだが、産後の肥立ちが悪く、高熱、悪寒を重ねたすえに死亡してしまったのである。

妻・麻耶はその死にあたって、枕辺の夫・掃部に自分のほうから語りかけてきた。

「私は縁あって殿と一緒になり、五人もの子供に恵まれました。殿はやさしいお方で、私だけを大切にしてくださいました。それはとても幸せなことでありました。でも……」

「でも、なんであろうか」

「殿は、ほとんど私や子供のところにはおらず、どこかで戦さごとばかりをされていたように思います」

「それは、その通りだ」

「ですから、私はいつも殿のご無事を神に祈り続けてまいりました」

「そなたが祈ってくれたからこそ、私もこうして無事を守ることができた」

妻はここで、何か痛みをこらえるように大きく息を吸って続けた。そのいかにも優しげな瞳に涙が光っていた。

「殿に、一つだけお願いがございます」

「改まって何事であろうか。何なりと申してほしい」

「もう、士分のことはお止めいただきたいのです」

「なに、侍であることをやめろと申すか」

「はい、これからはここでお米や野菜をつくり、あの五人の子供たちを立派にお育ていただきたいのです」

「そういうことであったか……」

掃部は、目の前で息絶えようとしている妻が、それほどまでに自分のことを想い、苦しんできたかをはじめて知らされた。今後の自分の進退についても、如水は「また世に出る日が来る」と言ってくれたが、「士分を止めてほしい」という妻のひと言のほうが、はるかに重く、真に迫っている、と思った。

「よくぞ、申してくれた。そなたの言う通りにいたそう」

「ありがとうございます」

妻・麻耶はそれから数時間ののちに死んだ。最後は、子供たちみなの手をにぎって、さわやかに

「これも神のお導きです」

と呟きながら息を引き取った。時にまだ三十三歳であった。

明石掃部の難儀は、それだけではすまなかった。麻耶の遺体が荼毘に付されてから数日後のことである。ある朝、長男・小四郎が、父親の部屋にやってきて、やや緊張した面持ちで言い出した。

「父上、本日はぜひご了解いただきたいことがあってまいりました」

「小四郎よ、そんなに改まってどうした」

「はい、私は近々、修道に進みたいのです」

「なに、修道と言ったか」

修道とは、仏教でいえば「出家」のことで、キリスト教では従順、貞潔、清貧の三誓願をたて、神のもとに仕えるということだ。小四郎はこのとき十六歳で、すでに元服を終え守景と名乗っていたが、武士として父親のように生きることに、大きな悩みを抱き続けていたらしい。

「どうしても、そのようにいたしたいか」

「はい、どうしてもです。私は、母上をはじめ多くの人々の死を間近に見ながら、人が生きるということや死ぬことの意味を、よくよく考えてみたいと思うようになりました」

「そなたは、明石家の嫡男。いずれは、この家を継いでもらいたいと考えていたのだが……」

掃部は、その容姿、性格ともに自分によく似た長男をしげしげと見ながら言った。だが、小四郎は、はっきりと言い返した。

「はい、そのことはよく心得ておりますが、私は私なりに考え、苦しみ、そしてもう決めてしまったのです。父上、どうか私のわがままをお聞き届けください」

「そうであるか……。そこまで言われれば、いたしかたあるまい……」

掃部は、まだあどけなさも残る長男の目からしきりに涙が溢れるのをみて、返す言葉を失った。自分もまた、思い切り泣きたい気持ちになった。

掃部は、イエズス会神父らとの交流も深かっただけに、修道の何たるかをよく知っていた。おそらく、長男の修道への決心は、妻の死のせいだけではあるまい。関ヶ原での敗北とその後の宇喜多家やわが家の凋落《ちょうらく》も、この長男の心に暗い影を落とし続けていたにちがいない。

それだけに、妻の思いがけぬ死に続いて、息子をもひとり失うことになったことに、夫としてまた父親として耐えねばならなかった。

（いったい自分は誰のために戦い、誰のために生き長らえてきたのか。それは何よりも家族のためではなかったのか……）

掃部はこれほどの空しさをかつて味わったことがなかった。それはまるで、せっかく積み上げた石垣が、音を立てて崩れてしまう時に似ていた。

それから数日後のことだ、掃部は、長男・小四郎を伴ったうえで、妻の遺骨を抱いて密かに長崎に向かった。

明石掃部は途中、小四郎に対し修道への意思に変わりはないかどうか、一度ならず尋ねた。だが、長男の返事は変らなかった。

「父上、私をお許し下さい。何度も申し上げるように、私は修道のことを心に深く決めたのです」

「許すも許さぬもない。そなたがそう決めたのなら、信じる通りに生きるしかない」

そう答えるたびに掃部は、心の中で自分を支えてきた何かが、一つずつ壊れていくのを止めることができなかった。


長崎は、古くは「深江《ふかえ》」という漁村だが、鎌倉時代に幕府御家人・長崎氏が代々ここを領有するようになったため、その名で呼ばれるようになった。

元亀二年（一五七一年）、ポルトガル船が初めて入港して以来、海外貿易の良港として、またキリシタン布教の拠点として急激な発展を遂げた。その後、天正八年（一五八〇年）には、キリシタン領主・大村純忠が、この地をイエズス会に寄進したため、あたかもポルトガルの植民地であるかのような賑わいを示した。

だが、秀吉は天正十五年（一五八七年）に「伴天連追放令」を出すと、この地を直轄領として、文禄元年（一五九二年）には、肥前・唐津の城主・寺沢広高を長崎奉行に任じたうえ、街には、年寄四人をおいて支配させた。

掃部が訪ねたころの長崎には、街の数か所に教会があって、神父数人に修道士五十余人。信者は周辺の村をも含めると五万人近くに及んでいたという。

明石掃部は、港を望む丘のうえの教会に旧知のホレモン神父を訪ねた。そして、多額の寄付をしたうえで、修道を望む長男を託した。神父は、何度もていねいな意思確認をしたあと、にこやかにこれを了解し、茶（紅茶）をもって祝福してくれた。ところが、それからまもなく、長男が修道棟に消え、神父と二人きりになった時だ。明石掃部は突如、神父の膝元に傅《かしず》いた。その異様な姿にホレモン神父は首をかしげた。

「神父さま……」

「明石殿、いかがされた」

「神父さまに改めてお願いがございます」

「私に願いごととは、いったい何でありましょうか」

「はい……」

掃部はなおしばらくためらっていたが、神父が予想もしていなかったようなひと言を口にした。

「それがしもまた士分たることを捨て、修道を歩みたいのです」

ホレモン神父は、やや驚いて掃部の手を取り、しばらくのあいだその髭だらけの顔を見つめた。

「あなたは、本気でそのようなことをおっしゃるのですか」

「はい、本気でございます。それがしは関ヶ原の一戦で、宇喜多家を潰してしまい、多くの将士を死なせてしまいました。その罪の深さは計り知れませぬ。しかもそれがしに尽くし、いつも無事を祈り続けてくれた妻を失い、このたび嫡男をも信仰の壁の向こうに送ってしまいました」

「だから、修道に入りたい、と」

「はい、いまがよい機会にて、どうかわが子とともに、神にお仕えしたい」

神父はしばらく思案していたが、やがて大きく首を横に振った。

「明石ジョアン殿よ、それはなりませぬ」

「なぜでございましょう」

「あなたには、まだ幼い子供がいて、あなたの帰りを待っています。また、あなたを慕う多くの家臣がいます。それに……」

と、ホレモン神父は、掃部の両手をしっかりと握って続けた。

「あなたのような才智と信望のある方は、在俗の身分で私たちを助けていただくほうがありがたいのです」

「お待ちください」

掃部がそれらのことについて釈明しようとすると、ホレモン神父は、やや声を落として付け加えた。

「明石ジョアン殿よ、よくお考えいただきたい。いま日本の天下は、内府様（家康）のもとに固まろうとしているようですが、私たちの目からは、まだどうなるか分かりません。内府様はご高齢で、大坂にはまだうら若い右大臣様（秀頼）がご健在です」

「いずれはまた、徳川と豊臣とのあいだで戦いが起こり、天下が乱れるとおっしゃるのですか」

「私たちは戦乱など望んではおりません。しかしながら、もしそのようなことになれば、あなたには神のもとで祈るよりも、いま生きている者のために戦っていただきたいのです」

「生きている者のために戦えと……」

「そうです。あなたがあの関ヶ原で宇喜多勢の多くを指揮して、最強といわれた清洲侍従様（福島正則）の部隊を散々に打ち負かしたことは、私どものあいだでも語り草になっております。あなたはこれからも、そのような才能をもって、われらキリシタンの平穏を守り、また恵まれぬ人々を助けていただきたい」

これは、掃部にとって胸を刺すような話であった。このひと言で、修道への望みを厳しく断たれたと思った。掃部はなお、ホレモン神父に食い下がった。

「神父さま、やはり私は、家臣たちとともに生きて、また戦う日を迎えなければならないのでしょうか」

「そうなるかもしれません。人は誰も、一度乗ってしまった船から、別の船に自由に乗り換えることはなかなか難しいのです。そこのところをしかとお考え下さい」

「乗り換えることは難しいと……」

神父のこのひと言も掃部の胸に刺さった。

明石掃部はなお長崎に留まり、いわゆる「心霊修行」に励んだ。午前中を教会で過ごし、そこであげられるミサをことごとく聴聞した。また、毎日のように慈善院を訪れ、そこに葬られている妻・麻耶（モニカ）の墓に祈りを捧げた。

掃部はひと月後に、再び残る子供たちや家臣と暮らすことに決し、長崎を去った。修道を歩むことになった長男・小四郎とも、これが永遠の別れとなった。

逼塞先の筑前・秋月に帰り着くと、家臣とその家族たちが、初雪のなかでせっせと芋や野菜など収穫物の仕分けをしていた。明石掃部とその家臣たちは、その後ここで十年近くを黙々として過ごすのである。

だがその間、天下の形勢も世の中の事情も、大いに変わっていった。慶長八年（一六〇三年）二月には、家康が征夷大将軍に補《ほ》せられ江戸に幕府を開いた。

また、翌慶長九年（一六〇四年）三月には、掃部にとって大変残念なことが起きた。それまで自分の最もありがたい保護者であった黒田如水が、五十八歳にして療養先の伏見で病死したのである。

遺体は、多くの家臣らの手で海路博多に運ばれた。葬儀はまず、その遺言通りイエズス会の神父らによって教会で行なわれ、遺体は郊外のキリシタン墓地に隣接した松林の丘の上に埋葬された。明石掃部も「道斎」の名で葬儀への参加を許されたという。

ところが二、三週間後に、葬儀は長男・長政により、仏式で再び執り行なわれた。長政は幕府への恭順を示し大藩を維持するために、幕府に対しそれほど気を遣い続けたのである。

明石掃部は、その後も黙々として農事に励み、敬虔なキリシタンであり続けようとしていた。当時のイエズス会『日本報告』によると──

「（筑前・秋月には）明石ドン・ジョアン殿が、備前の国から連れてきた仲間たちとともに居住している。これらの人たちは、以前に持っていたものに比べれば貧しく、若干の債務も負っているが、一体となって結束し、司祭へ工事のためにかなりの寄進を差し出し、もしもっと必要ならば、武器を質入れしようと言った」

「これらの人たちは、いずれもたいそう善良なキリシタンであり、異教徒たちのなかにあって、惣右衛門殿（藩主の黒田直之）に劣らぬほど模範的に振る舞っている」

藩主の黒田直之は、自分の費用で教会を建てたほか、イエズス会のために多大な費用を提供した。その結果、一年の主な祝日には、秋月の地に筑前、筑後、豊後から四、五千人のキリシタンが集まったという。

その間、慶長十一年（一六〇六年）春には、明石掃部の長女・カタリナが、かつて宇喜多家の重臣だった岡越前守家利の子・平内と婚姻するという祝い事もあった。二人は、幼なじみだったという。平内の父親・家利は、あの宇喜多家の内紛で平内とともに大和・郡山に蟄居させられたが、関ケ原の一戦ののち家康に召し出され、備中のうちで六千石を得て旗本になっていた。だからカタリナも、そのまま何ごともなければ「旗本の妻」として平穏な日々を送るはずであった。

だが、やがて大坂の役が起きたとき、平内は掃部の呼びかけに応じ、「旗本六千石」

を投げ出して大坂方に身を投じるのである。

ところで、筑前・秋月藩では、ここで静かに暮らしていた明石掃部らにとって、大変都合の悪いことが起きてしまった。慶長十四年（一六〇九年）七月、熱心なキリシタンで明石掃部らのかけがえのない保護者だった藩主・黒田直之が病いに斃《たお》れたのである。

直之はその死に際し、見舞いに訪れた掃部に対し、後事を託して言った。

「まもなく神に召されるだろう。わしが死ねば、本家の長政はかならずそなたらの信仰にくちばしを入れてくる。その際には、そなたがわが子とともに知恵のかぎりを尽くして、この秋月の教会や信徒たちを守ってほしい」

「ありがたい言葉をいただきます。神はきっとわれらをお守りくださいます」

だが、それから二年後のことだ、直之の嫡男として秋月藩主になったキリシタンの黒田直基《なおもと》（洗礼名パウロ）が、まだ十八歳の若さで急死するという事件が起きた。

このとき直基は、ある家臣を成敗するため自ら屋敷に乗り込み、そこで返り討ちに遭ったという。藩の内外で「何者かに謀殺された」とのうわさが乱れ飛ぶなか、秋月藩一万二千石は没収され、黒田本領に編入されてしまったのである。

黒田本家の当主・長政にしてみれば、直基もまた熱心なキリシタンであったため、このさい支藩を潰してしまうことで、藩内にあった教会と神父らをできれば追い出し、信徒らの活動を取り締まろうと考えたらしい。

事実、長政はまもなく、イエズス会の神父らに対しては、重臣を通じて領内にいるすべてのキリシタンの名前を調べ報告するよう要求した。また掃部らに対しても、諸士を通じて本家に仕えるか、暗に領内から出ていくようその意向を尋ねてきた。

明石掃部は事ここに至って、黒田家を退去することを決意し、それまで従ってきた家臣らにこれからの進退について問うた。

「いかがであろうか。それがしは大坂へでも上り、寺子屋などを営む所存である。そなたらは、これからも筑前守（長政）殿のご厚意に従われよ」

このとき掃部の言った「長政のご厚意」とは、旧秋月藩を所管することになった長政の重臣・小郷内蔵丞《こごうくらのじょう》の与力に組み入れてもらう、ということであった。

従兄弟の明石次郎兵衛をはじめ家臣の一部は、それを了解したが、一族の明石八兵衛や池太郎右衛門、沢原忠次郎ら十余人は、「これからも行を共にしたい」と譲らなかった。

そのため掃部は、これら十余人を引き連れ、上方を目指すことになった。表向きの理由は「大坂で寺子屋を営む」ということであったが、掃部の胸のうちには、「再び世に出る日が来た」との密かな野望と計算がしだいに膨らんでいた。江戸幕府と大坂・豊臣家の対立が、しだいに深刻になり始めていたからである。

第九章　大坂の役に勇戦する

それは、慶長十九年（一六一四年）十月はじめのことであった。

大坂・淀川の天満橋のたもとにある船着場に、武装したやや奇妙な一団が何隻もの船で次々に上陸し、隊列を整えながら大坂城へ向かった。

「者ども、行くぞ！」

「おーっ！」

先頭は、騎馬の者およそ八十騎とそれに従う徒歩の者三百人。大きなキリスト像と木製の十字架を掲げ、聖ヤコブ像を染めこんだ六旒《りゆう》の大旗を翻していた。これに続く鉄砲の者一千余人・長槍の者六百余人は、色とりどりの花クルス（先端に花びらをあしらった十字）の旗印《はたじるし》をなびかせていた。

「おれは、あのお方のもとで戦うために、備前より駆けつけてきた。見ろ、この斧付き長槍は手づくりのものだ」

「さよう、そのためにそれがしは、はるばる加賀の金沢よりはせ参じた」

「なにを言うか、わしなどは、遠く九州の筑前よりやって来た。わしの鎧冑《よろいかぶと》は南蛮の者より買い受けたものだ」

「あのお方は幕府のことを悪魔とおっしゃった。ならばこれより幕府と戦おうぞ」

「そうだ、われらは神のもとで戦うからには、死ぬことなど恐れてはいない」

ほとんどの将士が、背には十字模様を、首には小さなロザリオを下げており、南蛮・西欧風の甲冑《かっちゅう》を着けている者も多い。なかには、讃美歌であろう、あまり聞きなれない歌を謳っている者もいた。

このころ、すでに大坂の街は、豊臣家と江戸幕府・徳川方とのあいだが手切れとなったため、必ず戦さになるとみて街中騒然としていた。だからこの一団が、大坂方の加勢に駆けつけたことは、誰の目にもよく分かった。

「あれがうわさのキリシタンか……。いったい誰が率いているのだろう」

「もしかしたら、高山右近様ではあるまいか」

「いや、高山右近様はすでに、長崎から国外に追放されたはずだ」

「ならば、明石掃部様にちがいない」

「そうだ、あの鉄砲隊の先頭を進む騎馬武者は、うわさの明石様だ」

キリスト像と花クルスの一団が天満橋から大坂城に至る道筋は、物見の群衆でごった返した。さらに一団が大手門にかかると、城の内外から大きな喝采が起きた。なかには、おそらく信徒であろう、感極まって泣き崩れる者もいた。

明石掃部の率いるキリシタン部隊二千人は、こうして大坂城に入城したのである。


大坂城は、十万人の兵を優に込められるほどの巨大な城であった。

しかも豊臣家は、家康のさまざまな謀略により幕府方と手切れになったあとですら、「豊穣の地」として知られた摂津、和泉、河内三か国で百万石近くを押さえていた。さらに城内には、巨万の金銀財宝とおびただしい数の鉄砲を蓄えていた。

それだけに、たとえ徳川方と一戦に及ぶことになっても、そう簡単に敗れるとは誰も思っていなかった。

ただ、城主たる秀頼は、決して暗愚ではなかったものの、幼いころから母親・淀殿に溺愛され、暖衣《だんい》、飽食、遊惰《ゆうだ》のなかで育った。

そのためすでに二十二歳になっているのに、何事も母親についつい相談し、側近の者に任せてしまうことが多かった。たとえば自分の判断で人を叱ることもできなかったと言われていた。

しかも長身ながらことのほか肥満しているため、馬にもろくに乗れず、領内の仕置きや戦さを采配した経験もない。ただただ「太閤殿下の忘れ形見」というだけの存在だったと言ってもいい。

関ヶ原の一戦ののちは、長年、「賤ヶ岳七本槍」の一人である秀吉の寵臣・片桐且元《かたぎりかつもと》（摂津・茨木三万石）が、事実上の筆頭家老として取り仕切ってきた。

ところが、且元は、江戸幕府との関係が険悪になってくると、大坂と駿府を行き来し交渉役として尽力したが、淀殿やその取り巻きの者どもから「裏切り者」の疑いをかけられて退去してしまった。

その後は、秀頼の乳母の子・大野治長《おおのはるなが》と、信長の末弟・織田有楽《うらく》斎らが、秀頼と淀殿を補佐していた。

それだけに、いざ戦いとなれば、経験者も少なく、大兵を采配することのできる者もほとんどいなかったと言ってもいい。そのため大坂方は、全国の豊臣恩顧の大名や諸将に檄《げき》を飛ばし、「恩賞の沙汰」をばら撒いて将士を募ったのである。

だが、幕藩体制がすでに固まったこの時期に、諸大名のなかからは、誰一人としてこれに応じる者はなかった。大坂方の誘いで入城してきたのは、関ヶ原の一戦に敗れた名のある諸将をはじめ、全国の有志・浪人衆ばかりであった。明石掃部以外の主な者の名をあげると――

後藤又兵衛基次＝黒田如水・長政の二代に仕え一万六〇〇〇石を食んだ豪将。長政に謀反の疑いをかけられて浪人したのち、大坂方に招かれて入城する
真田左衛門佐《さえもんのすけ》幸村＝信濃・上田城主・真田昌幸の次男。関ヶ原の一戦のち、父親とともに紀伊・九度山に蟄居していたが、大坂方の招きに応じて入城する
長曾我部土佐守盛親＝土佐・浦戸二二万石の太守。関ヶ原の一戦ののち所領を没収され、京で寺子屋を営んでいたが、大坂方に招かれて入城する
毛利豊前守勝永＝秀吉の直臣で豊前のうちに一万石を食む。関ヶ原の一戦ののち、父親とともに土佐に流されていたが、東西手切れの報に脱走して入城する
氏家内膳正行広＝秀吉の家臣で伊勢・桑名二万二〇〇〇石の城主。関ヶ原の一戦では西軍に属して敗れ、流浪ののち大坂方の招きに応じて入城する
大谷大学吉治＝越前・敦賀五万七〇〇〇石の城主・大谷吉継の長男。父親に従って関ヶ原に出陣したが、敗れて流浪ののち、大坂方の招きに応じて入城する
増田兵部大輔盛次＝豊臣政権の五奉行の一人・増田長盛の子。家康の九男・義直に仕えていたが、その後徳川方と決別して大坂方に参じる
細川興五郎興秋＝細川忠興の次男。叔父・興元の養子となり、豊前・中津の城主

になったが、細川家の後継争いに敗れ、京で出家していた

塙団右衛門直之＝加藤嘉明の鉄砲大将。関ヶ原での「軍令違反」を責められて加藤家を去り、流浪ののち大坂方の招きで入城する

御宿越前守政友＝もとは北条、武田の臣。武田滅亡後に結城秀康に仕えて一万石を食んだが、その子・忠直と折り合いが悪く結城家を退散していた

北川次郎兵衛宣勝《のぶかつ》＝伊達家の重臣・浜田景隆の長男。慶長年間に刃傷沙汰を起こして出奔し、大坂の陣にさいしては名前を変えて入城する

山川帯刀賢信＝伊達家の重臣・富塚信綱の弟。関ヶ原の一戦では上杉軍と闘い手柄をあげたが、その後刃傷沙汰を起こして出奔し、名を変え大坂城に入城する

南条中務大輔元忠＝伯耆・羽衣四万石の城主・南条元継の嫡男。関ヶ原の一戦で西軍について没落。お家再興をかけて旧臣らとともに入城する

新宮左馬助行朝《ゆきとも》＝紀伊・新宮城主・堀内氏善の長男。関ヶ原の一戦で西軍についたため改易となり、大坂の陣にさいしては家臣三〇〇人を率いて入城する

堀内主水氏久＝紀伊・新宮城主・堀内氏善の三男。大坂の陣では、兄とともに旧領回復のために入城。千姫を守り続け徳川方に引き渡したことで知られる

浅井周防守長房＝かつての北近江の豪勇・浅井長政の三男。豊臣秀長・秀保、増田長盛などに仕え、関ヶ原の一戦ののちは流浪していた

淡輪《たんのわ》六兵衛重政＝秀吉の臣・淡輪徹斎の次男で、キリシタン大名・小西行長の重臣。行長のもと関ヶ原で戦うも敗れて流浪し、大坂方の招きで入城する

岡部大学則綱＝かつて今川家の重臣・朝比奈信置に仕えていたが、今川家滅亡ののち上方に上がり各家を転々と渡り歩いていた

その多くが、関ヶ原の一戦ののち、家の再起・再興を期して入城した者どもである。彼らのもと十万人以上の将士・兵卒が集まった。

このなかで後藤又兵衛、真田幸村、明石掃部、長曾我部盛親、毛利勝永の五人は「大坂入城の五将」と称せられ、常に軍議に参画するとともに秀頼らの相談に預かった。

明石掃部は入城に際し、備前からいったん大坂に上った。そして、備前島に残っていた明石家の旧邸を拠点に、京畿・山陽道の旧知の諸士やキリシタンのもとへ家臣らを派遣し、懸命の工作を重ねた。

「いまこそわれらは、関ヶ原の恨みを晴らす時でござる。どうか、お力をお貸しいただきたい」

「明石殿は、ひたすらキリシタンの平穏な暮らしを守るために起ち上がりました。ぜひ大坂へ参集されたし」

説得の口上はさまざまであったが、これに耳を傾ける者の数は、日に日に増えていった。それほど将士・民百姓の憤懣と不安が全国に広く鬱積《うっせき》していたのだろう。

折しも徳川幕府は、新たに禁教令を出したうえで、重臣・大久保忠親を総奉行として京に派遣。南蛮寺など関連施設を手当たり次第に焼き討ちした。そして大量の信徒を捕縛しては拷問にかけるなど、キリシタンに対する本格的な弾圧を開始していた。たとえば加賀の前田家で、保護されていたキリシタン武将・高山右近らを国外に追放したのもこのときである。幕府としては、右近が大坂城に入城することだけは、どうしても阻止したかったのだろう。国外追放の裁きを出し、長崎からマニラに追い出した。

だが、そうした弾圧に危機を感じたキリシタンたちは、われ先にと自前で武装し、掃部のもとに参集した。「明石掃部入城」の報が全国に広がっていくと、関東や北陸、九州、四国からも次々に大坂へ集まって来た。

しかも、ほとんどの将士・民百姓が、明石掃部はすでに十数年前の関ヶ原の一戦で戦死したと思っていた。それが多くの将士を率いて大坂城に入城したことは、特にキリシタンにとっては大きな衝撃であった。

「これぞ、神父様のいう再来のことか」

「そうであろう、人が大きな仕事をするために生まれ変わるとは、こういうことにちがいない」

その感激から、一族をあげて馳せ参じる者もいた。やがてその数は八千人に及び、そのほとんどが掃部の指揮に従うことになるのである。

彼らの合言葉は「邪悪なるものとの戦い」ということであった。邪悪なるものとは徳川幕府のことで、彼らは、はっきりと家康を「神の敵」と断じた。これほど奇抜で、だが断固たる戦いの名分はほかになかったであろう。その宗教的情熱が、将士・民百姓を戦いに駆り出したといえよう。

それは、当時のイエズス会宣教師らにとっても、劇的なことだったらしい。しかも当時、日本にいた宣教師たちは、この大坂の役について極めて楽観的な見通しを立てていたようである。

たとえば、イエズス会管区長バレンタイン・カルバリヨ神父は、この年十二月末にローマ法王に宛てた報告のなかで、「支配者＝家康はすでに老齢に達しており、相続者の秀忠も諸侯のあいだで嫌われているから、迫害は長くは続かないだろう」と書いている。

そして、「次の支配者となる秀頼は、キリスト教に対し好感を示すだろう」と、熱い期待を抱いていた。

入城後まもなく、明石掃部は大坂城本丸の広間で秀頼と対面した――

上座の秀頼は、母親の淀殿と側近の大野治長に挟まれ、その巨体を丸めるようにして掃部を見つめた。そのあと堂々たる笑顔を繕って、入城に対する感謝の意を述べた。

「そなたは、天下にその名が聞こえたる武将。お力添え、誠に御苦労である」

「ありがたいお言葉を頂戴いたします」

「関ヶ原の戦いののちは、さぞかし、苦労も多かったであろう」

「いいえ、これも不運のことと心得まして、ときの流れにあまり逆らわぬよう生きてまいりました」

「なるほど、ときの流れに逆らわぬというか」

「ただ、このたびのことは、誰がどう考えても幕府や大御所様の理不尽ばかり。秀頼君の御為にぜひともお役に立ちたいと、次男、三男をはじめ一族の者どもをすべて引き連れ、こうして参上いたしました」

「ご長男はいかがされたのか」

淀殿が身を乗り出すように尋ねてきた。

「はい、それがしは関ヶ原の一戦ののち、妻を病いで失いまして、長男は修道に入りました」

「そうであったか……」

秀頼は、掃部の身上にやや驚いた様子を示した。そのとき掃部は、秀頼がそれまでうわさに聞いていたほどに愚かではなく、その振る舞いも堂々としていると感じた。

「重ねて礼を言おう。戦いが勝利した暁には、そなたには、備前なりどこなり大国を差し上げたい」

だが、掃部はそっと面をあげて答えた。

「ありがたきお言葉をいただきます。しかしながらそれがしは、恩賞として大国などいりませぬ。代わりに、どうかキリシタンの者どもの安穏な暮らしをお許しいただきたい」

「なるほど、そなたの望みはそういうことであるか。もっともなことである」

「それにいまひとつ、秀頼君にお願いがございます」

「ほう、その願いごととは何であろうか」

今度は大野治長が横合いから口を挟んだ。掃部は、治長を一瞥したあと、面色を改めてやや声高に言った。

「先年、伊豆の八丈島に流配されましたわが主君・備前宰相殿(秀家)のことにつき、どうか赦免のほどをお願い申し上げます」

「そうであったか、そなたの心のうちがよく分かった。誠にあっぱれというほかない」

「ありがたきお言葉に、重ねてお礼を申し上げます」

秀頼は、以前からキリシタンに対しては、極めて寛容であったらしい。当時のイエズス会『日本報告』によると、すでにそのころ、大坂城内には礼拝所が設けられており、大坂城に入城したキリシタン将士のために、イエズス会二人、フランシスコ会二人、アウグスティノ会一人、教区の日本人二人など七人の神父・司祭が付いていた、というから、これもまた極めて珍しいことであった。

これらの約束は、豊臣家が滅びたために守られることはなかった。だが、明石掃部はこのとき、秀頼が示してくれた好意に感じ、来るべき決戦を命がけで戦おうと決心した。それがいま、自分に課せられた「神の思し召し」であると思った。

いよいよ大坂冬の陣が始まろうとしていた──

全国の諸大名は、家康の「大坂征討の令」に従い、およそ二十万人の大軍がわれ先にと大坂へ押し寄せようとしていた。

大坂方は、秀頼をまえに軍議を開いたが、そこで新参諸将の中心的な存在だった真田幸村が、極めて積極的な先制攻撃を主張した。

「狙うべきは、大御所（家康）と将軍（秀忠）のお命であります。まずわれらの主力は、大兵をもって京を制し、宇治、瀬田のあたりで敵勢を迎えうちましょう」

豪将・後藤又兵衛も幸村に賛成した。

「敵は大軍といえども、しょせん烏合《うごう》の衆。左衛門佐（幸村）殿の申す通り、いち早く機先を制し、大御所や将軍の本陣に大挙して夜襲をかければ、勝利は間違いござらん。その先鋒は、それがしにおまかせいただきたい」

ところが、大野治長がこれに反対した。

「古来より、宇治、瀬田のあたりに兵を構え、勝った者はおりませぬ。やはりこの城を一大要害として戦うが上策かと存じます」

「城に籠るだけで、どのようにして戦さに勝てるのでありましょうか」

「いや、幕府方の様子次第で打って出る時もまいりましょう」

その後も散々議論のすえ、結局、大坂城に籠城して戦うことになった。

家康が大坂城を北に望む茶臼山《ちゃうすやま》（大阪市天王寺区茶臼山町）に着陣したのは、その年慶長十九年（一六一四年）十一月十八日である。

家康の一族・譜代衆のほか、伊達政宗（陸奥・仙台）一万八千人、前田利常（加賀・金沢）一万二千人、毛利秀就（長門・萩）一万人、池田利隆（備前・岡山）八千人、浅野長晟《ながあきら》（紀伊・和歌山）七千人、鍋島勝茂（肥前・佐賀）七千人、上杉景勝（出羽・米沢）五千人、蜂須賀至鎮《よししげ》（阿波・徳島）五千人、山内忠義（土佐・高知）五千人など、外様衆もすべて参加した。

これに対し大坂方は、十万人の将士を城の四方に配置し、この巨城を守る迎撃の態勢をとった。

本丸　　　　秀頼直属の奉行衆・旗本組など三〇〇〇人
二の丸　東方　浅井長房、稲木教量《のりかず》、木村重成の遊軍など五〇〇〇人
　　　　南方　後藤又兵衛、長曾我部盛親、明石掃部、仙石宗也ら二万二三〇〇

人

西方　毛利勝永、速水守久ら一万二八〇〇人

北方　大野治房、堀田正高ら一万一〇〇〇人

三の丸　東方　秀頼直属の旗本組、鉄砲組など五〇〇〇人

南方　長曾我部盛親、明石掃部、木村重成の援隊など一万七六〇〇人

西方　槇島重利、青木一重、大野治房の遊軍など九六〇〇人

北方　伊東長次、中島氏種、毛利勝永の援隊など一万九〇〇〇人

城外　東北　飯田家貞、矢野正倫ら二六〇〇人

南方　真田幸村とその子・大助ら五〇〇〇人

西南　明石全延、薄田《すすきだ》兼相《かねすけ》ら一五〇〇人

西北　織田有楽斎、宮島兼与《かねよ》、大野道犬ら一万三三〇〇人

さらに細かい個所も含め、守り口はおよそ七十か所、総勢九万六千六百人に及んだ。

ここにある「城外南方」というのは、後世にその名を残した真田丸のことだ。真田幸村が秀頼らを説得して、大坂城南方・平野口外堀の、さらに外側に築いた出城（出

丸）である。

このとき明石掃部は、キリシタン将士の精鋭四千人を二手に分けた。このうち二千人を二の丸南方中央口で長曾我部盛親の軍勢五千人と並べ、残る二千人を、幸村支援のために仙石宗也の二千人、湯浅正寿の二千人、大谷吉治の一千人とともに真田丸の後方に配置した。

開戦の迫ったある夜のことだ。明石掃部は、真田丸に幸村を訪ねた。

真田丸は、三方に空堀をめぐらした三日月型の出城で、いくつかの井楼《せいろう》（偵察用の櫓）をつなぐ木造りの塀と柵のあいだからは、優に数百丁の鉄砲が撃てるようにしつらえられていた。

幸村は、その出城の中央部に陣所を設け、一人でなにか思案していたが、掃部の姿に顔を崩した。

「真田殿、いよいよ開戦のときが迫ってきたようでございます」

「さよう、このように籠城と決まったうえは、とりあえずこの出城の先に、敵勢の死体の山を築いてやりましょう」

「それがしにも、幸い優れた鉄砲の者どもがたくさん控えております」

「それにしても、明石殿はうらやましい」

「なにが、でございましょうか」

「明石殿は、この戦いに勝って、キリシタンを守らんとするはっきりした夢をお持ちだ」

「はい、それがしは戦国の世を、この新しい神のもとで生きると決心してより、実に深くその恩恵に預かってまいりました」

「神の恩恵、と言われるか」

「振り返れば、あの関ヶ原の一戦に敗れたときも、命を長らえたのは神の思し召しであり、長年の逃亡を救けてくれたのは、常にキリシタンでありました」

「なるほど……」

「そして今、それがしと共に幕府と戦わんとしているのも、ほとんど全国からはせ参じたキリシタンの者どもであります。さればそれがしは、彼らのためにも内府との戦いに命を掛けねばならぬと心得ております」

「それは誠にうらやましいかぎりでござる」

「では、真田殿は、何のために戦さをされるのか」

「敢えて申し上げるなら、われら真田の兵法を極めたいということでありましょうか」

「そのために大御所を討つと申されるか」

「さよう、このところそればかりを思案いたしております」

幸村は、掃部に比べるとずっと小柄で、その風貌は、武将というより学匠に近い。だが、このとき掃部は、幸村の小さな瞳の奥が、いつになく激しく燃えていることに気づいた。

「真田殿、誰に何の遠慮がいりましょうか。それがしもまた、決死の覚悟で援護いたしますれば、心おきなくその兵法を極められよ」

「それは誠に心強い。これからの戦さで、もしもそれがしが斃れるようなことがあれば、明石殿が采配して、この出城をお守りください。そして、必ず大御所を討ち取る手立てをお考えいただきたい」

「そのこと、肝に命じておきましょう」

掃部はそのとき、幸村もまた決死の覚悟で「大御所を討つ」ことに、知恵の限りを尽くそうとしていることを察した。

十一月十八日未明のことだ、幕府方の蜂須賀隊先鋒が、掃部の一族・明石全延《てるのぶ》ら八百人の守る城外西南の砦に向けて、突如しかも激しく鉄砲を撃ちかけてきた。ここは大坂方にとって、武具や糧食の搬入ルートになっていたところだ。これを機に、またたく間に全面的な戦闘が始まったのである。

全域で鉄砲による壮烈な射撃戦となった。

大坂方は、広く深い堀に守られながら、堀の内側を遮蔽した二重の塀のあいだに鉄砲を並べ、攻め寄せてきた敵勢を狙い撃った。

特に幸村が采配した出城・真田丸での戦いは圧倒的だった。幸村はこのとき、出城の特長を生かし、前方から左右へほぼ半円形の広い砲列を敷いた。そして、あらかじめ計画した通りに、出城＝真田丸の先や敵勢のあいだに死体の山を築いた。

明石掃部は、このときも独自の戦法を用いた。率いていたキリシタン将士の主力二千人を、五人または七人ひと組として、途切れることなく交互に銃を撃てるように、三段または五段の射撃態勢をとった。

いざ開戦となると、酒井家次隊一千二百人や水谷勝隆隊五百人、小出吉秀隊五百人らが、平野口よりいくらか東の黒門口のあたりで平野川を押し渡ってきた。

「よいか、敵は邪悪なる者の軍勢ぞ。息を殺して待て」

「我慢が勝利の鍵である。くれぐれも敵勢を十分に引きつけてから撃て」

「馬上の敵将にこそ狙いを定めよ」

銃卒たちは掃部の指示をよく守り、先鋒の酒井勢が堀の向こう側に姿を現し始めてからも、なおしばらく木柵の影に潜み続けた。さらに敵勢が堀際に銃列を敷き射撃を始めてからも、凍るような沈黙を守り続けた。

そのため幕府方は、この黒門口のあたりには、守備の者がいないと勘違いしたらしい。銃列の後方に騎馬や徒歩の者どもを結集させ、梯子《はしご》隊と槍隊を先頭に突入の準備にかかった。その時である、明石掃部は一斉射撃の采配を大きく振った。

「撃て！　撃て！　撃て！」

射撃の半鐘が鳴るや、木柵のあいだからおよそ二百丁の銃口がいっせいに火を噴いた。しかも射撃は間断なく続き、馬上の将士らをばたばたと斃した。幕府方が新たな兵を繰り出してくると、これも十分に引きつけてから撃ち倒した。

ここでも「明石の鉄砲隊」は健在だった。掃部の指示通りに我慢に我慢を重ねて決死の思いで撃ち返し、撃退すること数度に及んだ。

大坂冬の陣の攻防戦は、十数日近くにわたって繰り返されたが、その間、大坂方の死傷者は数百人に過ぎなかったのに、幕府方のそれは、およそ三万人に及んだという。鉄砲の撃ち合いだけでみると、大坂方が圧倒的に優位な戦いを進めたのである。

だが、この戦いにはもう一つ画期的な兵器が使われた。大筒（大砲）である。

大砲は、すでに秀吉の時代に、西欧式のものがポルトガル商人らによって持ち込まれていたものの、射程距離が短いうえに、持ち運びや操作、管理などの面でリスクが大きかったため、あまり実戦に用いられることはなかった。

ところが、この冬の陣で家康が戦場に持ち込ませたのは、オランダやイギリスから購入したカルバリン砲やセーカー砲など新式の大砲で、その玉（砲弾）の重さはおよそ四キロ、射程（飛距離）は二キロ近くに及んだという。

幕府方はこれを十五門ほど堀の外に備えていた。これに対し大坂方も、フランキ砲と呼ばれる旧式の大砲を数門持ってはいたが、射程が短いうえに暴発する恐れも高かったため、ほとんど実戦には使えなかった。

その点、家康は実にしたたかであった。家康は開戦のかなり早い時期から、このまま力攻めにすることは無理だと判断していたらしい。十月下旬には、いくつものルートで和議の手を差しのべていたが、それがうまくいかないことを知ると、この大砲を脅しと交渉に利用した。

十二月半ばになってからのことだ。家康は、砲術の巧みな者数十人に城の南北から大坂城の本丸目がけて、いっせいに大砲を撃ち込ませた。

そのうち、城北の備前島から発射された一弾が、本丸に命中して淀殿の居所の櫓を破壊。さらにもう一弾が、本丸の千畳敷にも届いて、女房衆八人を死傷させるという騒動を起こした。

その威力に恐れおののいた淀殿は、まだ大坂方が有利な戦いを進めていたにもかかわらず、それまでの強硬な態度を崩してしまったのである。

淀殿は、秀頼の母親として、大坂城の事実上の女主人だった。だが、大砲や鉄砲に対しては、ただの臆病な一人の女に過ぎなかった。

「和議じゃ、和議じゃ。大御所のもとに使者を送れ」

砲弾が本丸に命中し侍女たちが死傷すると、その場で側近の大野治長と織田有楽斎を通じて、秀頼に和議に応じるように強く迫った。ところが、秀頼は頑としてそれを拒絶した。

「いまはただ、亡き父親・太閤殿下の遺名に従って、この城をわが墓にしたいと思うばかりである」

そこで治長と有楽斎は、前線で指揮をとる諸将から秀頼を諫めてもらいたいと思い、後藤又兵衛、真田幸村、明石掃部、長曾我部盛親、毛利勝永らを本丸に招いた。

だがこれらの諸将は、和議について猛烈に反対した。秀頼を前にした評定の席で、まず後藤又兵衛が言葉を尽くし秀頼に言上した。

「和議そのものが家康得意の欺瞞の事でございます」

「うむ、余もそのように思う」

「家康は、ただの時間稼ぎに和議を言い出したに過ぎませぬ。この巨大な城で、皆が義を守って戦えば、必ず勝利を得ることができます。たとえ戦いがどんなに長引こうとも、落城の恐れはありませぬ」

真田幸村がそのあとを引き継ぐように言った。

「いま幕府方の兵は、遠国から来て戦さに疲れているうえ、糧食もわずかになり、この寒さに苦しんでおります」

「おそらくそうであろう」

「ならば、いまこそ家康の首を取るべく、われらのほうが打って出るときではなかろうかと思います」

「そなたの申すことも、いちいちもっともである」

明石掃部もまた、幸村や又兵衛と全く同じ意見であった。しかも掃部には、いま和議を受け入れることのできないもうひとつの大きな理由があった——

「われらが、決死の覚悟で戦っておりますのは、ひとえに豊臣家の御為でありますが、加えてわれらには、いま幕府の激しい弾圧に晒されているキリシタンの者どもを救いたい、という悲願がございます。どうか、そこのところをよくよくご勘案いただきたい」

キリシタンの者どもがよく戦っていることは、皆がよく知っていた。だから、誰もそのことに異議を差し挟む者はいなかった。評定は、和議どころか逆に徹底抗戦、戦闘継続の方向で大いに盛り上がってしまったのである。

ところが評定が終わり、諸将が前線に帰っていくと、大野治長と織田有楽斎は、秀頼にこんなことを言上した。

「新参の諸将が和議に反対しているのは、平和になると自分たちがまた浪人となり、路頭に迷ってしまうことを心配しているからです」

「なに、暮らしのことを案じ和議に反対している、というか」

「はい、ですから、決して秀頼君のことを考えてのことではありませぬ」

「……」

「とにかく、一度和を結んで時を待てば、家康もすでに老人ですから、死ねばまた豊臣の天下となりましょう」

「うーむ、だが天下の形勢は、そなたらの言うほど甘くもあるまい」

秀頼は、和議には疑念を感じ、なお不承知であった。ところが淀殿のほうは、とにかく「大砲の弾が炸裂する音だけは聞きたくない」と騒ぎ続けた。

そんな矢先、家康は奥の手を用いてきた。

このころ、淀殿のすぐ下の妹で、若狭・小浜の前城主・京極高次の未亡人だった常高院が大坂城内の姉のもとにいた。家康は、彼女に渡りをつけて、淀殿とのいわば直接交渉を進め、この「大阪城の女たち」を騙してしまったのである。

家康は、さらにずる賢く振る舞った。

このとき、家康の名代として大坂方との交渉に当たったのは、家康の若き謀臣・本多正純と愛妾・阿茶局《あちゃのつぼね》である。

正純らは、常高院らを城中からその子・京極忠高の陣営に招いたうえで、言葉巧みにこう切り出した。

「大御所様（家康）は、右府様（秀頼）をわが子のように思っていらっしゃるのに、右府様は大御所様や将軍を敵のように考えている。これはひとえに姦臣どもが誤らせていることであろう」

「なに、姦臣どもが誤らせているとおっしゃるか」

「さよう、そのため大御所様は右府様を今後とも厚遇しようとしているが、将軍・秀忠はあくまで大坂城を落とそうと考えております」

「将軍様がそのように怒っておられると……」

「ですから、城壁や櫓を壊すための材料を山積みしている様をしっかりと見て帰り、いまのうちに淀殿にすみやかに和を結ぶようお伝えいただきたい」

正純はそのあと、「これは自分の意見だ」と前置きして、こう付け加えた。

「大御所様は、その武名が遠く海外にまで聞こえているお方であります。それほどのお方なら、このまま帰国するのでは名声に傷が付きます。ご出馬の証として、総構えの堀を埋めていただきたい」

常高院らは、山積みされた幕府方の膨大な武器・弾薬や工事用具などを見せ付けられたあと、城内に帰りありのままを淀殿に報告した。もちろんこのときには、常高院も淀君も、工事用具が、まもなく堀を埋めるために山積みされていたとは夢にも思わなかった。

幕府方はなお、大砲による砲撃を続けながら、大坂方の出方を見守ったが、家康の狙いは的中した。淀殿は和議の細かな条件よりも、砲弾の炸裂する音が止むことを願い、治長や有楽斎らに一刻も早く交渉をまとめることを命じた。こうなっては、秀頼にもなすすべがなくなったらしい。ましてや後藤又兵衛ら前線を守る諸将に出る幕はなくなってしまった。

交渉が大詰めを迎えていたある夜のことである――

真田幸村と明石掃部は、密かに秀頼と会って一策を願い出た。

「いまごろ幕府方は、どの陣営でも武装を解いて酒を飲み、そのほとんどが泥のように眠っております。われらの兵一万ばかりで、大御所と将軍の本陣に夜襲をかけさせてほしい。かならず二人を討ち果たすか、生け捕りにしてご覧にいれましょう」

「うーむ、そなたらの気持ちは分かるが、もはや和議が結ばれようとしている。これからでは遅かろう」

すでにこのとき、秀頼にもこれ以上戦いを続ける意欲は失せてしまっていた。二人はその後も、再三にわたって願いでたが、結局聞き入れられなかった。

和議をめぐる交渉が成立したのは、この年十二月十九日であった。そのとき、茶臼《ちゃうす》山（大阪市天王寺区）の本営を訪れた大坂方の使者・木村重成らに対し、家康が誓書に血判した条項は、以下のようなものであった――

一、秀頼の御知行は従来通りのこと
一、母（淀殿）は江戸へ行かなくてもよろしいこと
一、今度籠城の諸浪人については何ら異議も申し立てないこと
一、大坂を開城するならば、どこの国でも望み次第に替えて進ぜること
一、秀頼の御身上に対して、決して表裏あらざること

ただし家康は、書面（誓書）にはしないものの、自分の大坂出馬の証として、大坂城の「総構えの堀」を埋めることを口頭で付け加えた。交渉に当たってきた治長や有楽斎は、この「総構えの堀」の意味を、ただ「外堀の一部」くらいに理解したらしい。何を疑うでもなく了解してしまった。

だが、この「総構えの堀」のひと言には、大きな謀略が込められていた。

家康は、この年十二月二十二日に和議が成立し、祝い事や恩賞の沙汰がすむと、将軍秀忠を上方に残して駿府へ向かった。ところが、秀忠はあらかじめ準備していた数千人の人夫を動員し、直ちに「堀埋め」を始めた。

それは外堀ばかりではなかった。「総構えの堀」とは堀のすべてであった。一気に外堀を埋めたうえ、内堀にも容赦なくおびただしい土砂を放り込んだ。さらに幕府方

は人夫や荷車を増やし、正月返上で工事を進めた。

それだけではない。工事の奉行たちは、これも「大御所の命令だ」と言って、大坂城二の丸の千貫櫓や織田有楽斎邸、西の丸脇にあった大野治長の屋敷まで引き崩した。その土材も内堀に放り込むなどして、すべての堀を埋め始めたのである。

もちろん大坂方は、これを放置していたわけではない。大野治長は、埋め立てが内堀にまで及んだのを知って、現場の奉行である松平忠明ら三人に厳重な抗議をした。

「いったい、そなたらは何をされているのか！」

「これは大御所のご命令でござる」

「そんなはずはござらん。和議ではそのようなことは取り決めておらぬ」

「いえ、総堀とはすべての堀のことでござる」

忠明らはそう答えて、平然と作業を続けた。

そこで治長は、まだ大坂にいた本多正純のところへ詰問の使いを走らせると、正純は「それは物頭《ものがしら》らが命令を誤って聞いたのだ」と謝り、自ら現場に出かけて中止させた。ところが、正純が帰るとまた工事が再開された。

これを聞いた淀殿は、急ぎ京へ使者を送り、正純の父親・本多正信に訴えた。ところが正信は、「これは大事である、駿府の大御所に直接尋ねてみよう。だが、自分は風邪をひいているから治るまで待ってほしい」などと応じた。

そうこうしているうちに、すべての堀が埋められてしまったのである。すべて家康が本多親子とともに、はじめから仕組んだ計略だった。

明石掃部は、この一件を耳にしたとき、これまでには味わったこともない不愉快な気持ちになった。それとなく真田丸を訪ねてみると、幸村は奥の間でひとり茶を飲んでいた。

「真田殿、いったいあれは何事でありましょうか」

「体よく騙されたということでありましょう。もはや、この城も裸同然にて、守りようもござらん」

「なぜもっと早いうちに工事人らを捕縛するか、射殺するなど、実力をもって阻止しなかったのでありましょうか」

「本丸の方々が、和議に酔いしれていたのでありましょう」

幸村は、それ以上語ろうとはしなかった。明石掃部は自陣に帰りながら、改めて家康という男のしたたかな姿を想い描いた。

その間、家康による大坂方諸将への切り崩し工作も盛んに行なわれた。家康が最も重視していた人物は、言うまでもなく真田幸村である。

幸村の兄・信幸（信濃・上田一一万五〇〇〇石）は、幕府のもとで城攻めに従っていた。そこで、家康はまず、幸村についてさまざまなうわさをばら撒いた。

「幸村が、兄と通じ幕府方に寝返ろうとしている」

「幸村が、わざわざ出城・真田丸を築いたのは、いざというときに寝返りやすくしておくためである」

そして、兄弟の伯父で家康の側近くに仕えていた真田信尹《のぶただ》に手紙を書かせ、「信濃一国を与えるから大坂城から退去せよ」と勧めさせたのである。

幸村はこれらの謀略を無視したのだが、このうわさは、大坂城内でまことしやかに流れた挙句、秀頼や淀殿、治長までが心配し始めた。

これには、幸村本人より前線の諸将が怒った。とりわけ幸村の心情をよく理解していた後藤又兵衛は秀頼らに会い、意を尽くして諫めた。

「これらはすべて、大御所の流した謀略でござる」

「なに、すべて謀略というか」

治長が脇から口を差し挟もうとすると、又兵衛はそれを一喝した。

「そなたは黙っておれ。戦さの何たるかも知らず、なにを疑われるか！」

「いや、それがしは疑ってなどおりませぬ。心配しているだけでござる」

「黙れ！　左衛門佐《さえもんのすけ》（幸村）殿は義をもって生きがいとしている男で、利に溺れるような輩ではござらん！」

又兵衛はさらに声高に続けた。

「その証に、出城・真田丸の将士の働きを考えられよ。左衛門佐殿のもとで皆が一丸となって戦い、何百という敵を倒しました。そのような死を覚悟のうえで懸命に働く部隊に、どうして寝返りなどできましょうか」

又兵衛がなお続けようとすると、秀頼がいまにも泣きそうな顔になってそれを制した。

「よく分かった。余は、そなたも真田殿も深く信じている」

秀頼のこのひと言に、又兵衛も矛を収めた。その後、幸村についてあれこれ言う者は全くいなくなったという。

こうした寝返りの勧めは、明石掃部のところにも来た。

家康は掃部に対しては、関ヶ原の一戦のときと同じように、かつての同僚・戸川達安（備中・庭瀬二万九〇〇〇石）を使った。寝返ってくれれば「備前か備中、美作のうちに十万石を進ぜよう」と言わせた。

「またもや十万石であるか……」

掃部はこの誘いを一笑に付した。ところが次には、将軍秀忠の名で「どこか大国を一つ与えたい。キリシタンたることもお構いなし」との書簡が届いたのである。

だが、掃部はその欺瞞をすぐに見抜いた。

(すでに全国のいたるところで、あれだけキリシタンを迫害、追放している幕府に何の信義があるというのだろうか……)

ずいぶん人を馬鹿にした話だとの想いに駆られた。それらの書状を秀頼のもとに届けると、秀頼は自らそれを一読したあと、この男にしては珍しく、涙目になって呟いた。

「あれもこれも、余の力が及ばぬためである。だが、頼むぞ。そなたらには、辛い思いをさせるが、これからも余を助けてほしい」

「ありがたいお言葉をいただきました」

掃部はそう答えながら、心のなかで十字を切り神に祈った。こうなってもなお、秀頼をたてて戦わなければ、ほかにキリシタンを守るすべはない。やがて、必ず道は開けて来る、と信じたからである。

第十章　家族・家臣、その生死を語らず

和議は、家康による策謀とごまかし以外の何ものでもなかった。

家康は、明けて元和《げんな》元年（一六一五年）一月末、堀埋めの作業が終わったことを確かめると、和議のさいの誓約など忘れたかのように、秀頼に対しこう言って寄越した。

「大和（奈良県）か伊勢（三重県）に国替えせよ。そうでなければ、浪人どもをすべて退去させよ」

いずれも秀頼には、とうてい承諾できることではなかった。そのため大坂方は、駿府に拒絶の使者を送るとともに、新たに将士を募り、大量の鉄砲や弾薬を買い込んだ。そのため大坂城を守る将兵は十五万人に膨れあがった。

だが、これこそ家康が再び大坂を攻める口実にしたいことであった。駿府へやって来た大坂方の使者を追い返すと、直ちに全国の諸大名に出陣の命令を下した。家康が京の二条城に入ったのは、この年四月十八日。将軍秀忠が兵を率いて伏見に着いたの

がその三日後である。

前後して、前田利常（加賀・金沢）の一万五千人や浅野長晟（紀伊・和歌山）の一万人、伊達政宗（陸奥・仙台）の一万人をはじめ、大坂攻めの兵およそ二十万人が、京畿のいたるところに参集した。

すでに、内堀まで埋められてしまった大坂城は裸同然で、とうてい城としての役目を果たせるとは思えないほどになっていた。そのため、城内では、大野治長ら秀頼側近の者どもと、後藤又兵衛や真田幸村ら前線の諸将とのあいだで、連日激論が交わされた。

「もはや、籠城が難しくなったからには、全軍が京畿に出撃して、敵に先制の攻撃をかけるしかありませぬ」

又兵衛や幸村らがこう主張したのに対し、治長らは、事ここに至ってもなお籠城を言い張った。

「埋められた堀の代わりに、木柵を並べて防いだらいかがなものか」

「敵はわれらの二倍以上。木柵など一挙に突き破られましょう」

又兵衛はこう答えて、摂津・和泉・河内の三か国を描いた大きな図面（地図）を広げ、ある一点を指差した。そこは大和方面から生駒山系を抜けて大坂に通じるいくつかの道筋のなかで、小松山という奈良街道沿いの小山であった。

「ご覧くだされ、今、家康・秀忠と京畿に集まりつつある幕府方の兵の動きを見ますと、敵勢は大軍であるため、必ずここを通って大坂へやってまいります。と、すれば、われらこそが兵の二万ばかりでこの山を先に押さえ、下の狭路を通りぬけようとする敵勢に先制の一撃を加えましょう」

諸将のほとんどが頷くと、治長がまた口を挟んだ。

「待たれよ！　それは確かに妙案ではありましょうが、大坂から優に五里（二〇キロ）はござろう。少しばかり遠すぎはしませぬか」

又兵衛は、しだいに怒りを露わにした。

「遠すぎるとは、何ごとであるか。では、どこにどれだけ兵を送ればよいか、その存念を申されよ！」

「……」

実戦経験のほとんどない治長に存念などあろうはずがなかったが、軍議はいつもこんな具合にもつれ、何も決められずやり過ごした。

結局、大坂城には木柵を並べ、秀頼直属の七手組およそ一万人をもって守ったうえで、真田幸村を主将とする主力二万人が、城の南方二里（八キロ）の天王寺の辺りに新たな砦を構えて銃列を敷く。

残る又兵衛や明石掃部、長曾我部盛親、毛利勝永らは機先を制するために、幕府方の主力がやって来るとみられる大和、河内、和泉方面に展開することになった。

この大坂夏の陣で、双方がまず激戦を繰り広げたのは、道明寺《どうみょう》（大阪府藤井寺市道明寺）の戦いである――

後藤又兵衛は、軍議では大野治長らの反対にあって退けられたとはいえ、敵勢は必ず奈良街道を直進してくるものとみて、傘下の将士二千八百人だけでも小松山に至り、敵勢に打撃を与えてやろうとの決意を固めていた。

そのために又兵衛は、出撃の日と決めた数日前から、すべての将士に酒を振る舞い、「者ども、明日は死ぬぞ！」と豪語してはばからなかった。だが、日頃からの又兵衛への信頼の厚さであろう、将士のなかには離脱するものは一人もおらず、皆、大酒を食らって騒ぎまくった。

そんな日の夕方のことである――

明石掃部の陣所に二人の男が訪ねてきた。真田幸村と毛利勝永である。二人は、まだ兜こそ被ってはいなかったものの、鎧姿に身を固め、いまにも出陣しそうな身なりをしていた。最初に勝永が言った。

「明石殿、すでにご存じかと思いますが、後藤殿はかねての持論の通り、明朝にも小松山に向けて打って出る所存。いまは将士こぞって大酒を食らっておりますが、まもなく出陣の準備にかかろうとしております」

「なに！　それは誠でありましょうか」

幸村があとを続けた。

「その決意たるもの、もう動かしようはありませぬ。ならば、後藤殿一人を敵中に泳がせ、みすみす死なせてしまうわけにはまいりませぬ。われらもあとに続き、戦う限りは勝利を収めたい」

「なるほど、よく分かりました。及ばずながらわれらも共に後詰めして、幕府の者どもに一太刀浴びせましょう」

「ご加勢いただけるか、それはありがたい」

三人はそのあと、揃って又兵衛の陣所を訪ねた。そのとき又兵衛は側近の者らと茶を飲んでいたが、三人の姿をみてすべてを悟ったらしい。立ち上がって両手を差しのべ、いかにも嬉しそうに笑い崩れた。

そのあと四人は、細かな陣立てや戦策について協議し、大野治長らの了解を得ることもなく出撃の手順を決めてしまった。

第一軍は、後藤又兵衛が指揮する将士二千八百人を先鋒として、明石掃部の二千人、薄田兼相や井上時利らの一千六百人がこれに続いた。

第二軍は、真田幸村の三千人、毛利勝永の三千人、福島正守や渡辺糺《ただす》、小倉行春、大谷吉治らの六千人であった。

道明寺は、大坂城の東南およそ五里のところにあって、大和川の支流・石川沿いの一村だが、奈良街道と住吉街道が交差する要衝であった。

「その先の適地・小松山を先に制したうえで、大和方面からの敵勢を撃破しよう」

先鋒の又兵衛は五月六日未明、城南の地・平野を発つと、夜を徹して急ぎに急ぎ、明け方には藤井寺に着いた。ここで明石掃部や真田幸村らの後続を待ったが、折しも深い霧のため、後続の部隊は遅れに遅れたらしい。

「かまわぬ。先に進もうぞ」

後藤隊だけがそのまま進軍して、まだ夜が明けぬうちに道明寺に出た。

ところが、すでに小松山は、水野勝成の指揮する幕府方の先鋒三千四百人が占拠しており、そのあとには本多忠政の二番隊五千人、松平忠明の三番隊四千人、伊達政宗の四番隊一万人などが控えていたのである。

だが又兵衛には、幕府方の様子がよく分からなかった。せいぜい二、三千人とみて、鬨《とき》の声をあげながらまだ暗いなかを敵陣に攻めかかった。

「者ども、敵は烏合の衆ぞ。引くな！　引くな！」

又兵衛は、騎馬隊を水野隊の正面に突入させた。巧みな采配で幕府方を壊乱《かいらん》させ、いったんは小松山を奪った。とはいえ多勢に無勢、やがて敵勢の重囲に遭って背後も断たれた。互いに鉄砲も使えず槍による刺し合いになって、双方の死傷者は数百人に及んだという。

霧が晴れて、後続の明石隊や真田隊が駆けつけたときには、後藤隊はほぼ壊滅し、又兵衛も敵の銃弾に斃れたあとだった。

そのとき明石掃部は、キリシタンの銃手二千人を石川の土手に並べ、追撃して来る伊達隊や本多・松平隊を、交互に絶え間なく撃ちまくった。

「よいか、敵勢は恩賞目当ての者ばかり。そのような者どもにわれらが負けるわけがない」

「敵勢を目の前にまで引きつけよ」

「死を恐れるな。神に祈りながら撃て」

掃部の叫び声が川べりに響き渡った。こうして得意の戦法で、川を渡ってくる幕府方を数度にわたり撃退した。

そのあと大坂方は、なお数時間にわたり、幕府方の大軍と激しい銃撃戦を繰り広げたものの、やがて日が暮れてしまったため痛み分けとなり、全軍大坂方面に引き揚げた。戦死した者の数は、幕府方がおよそ百八十人、大坂方が二百十人だったという。

この戦いで掃部自身も腕に深い銃創《じゅうそう》を蒙《こうむ》った。

道明寺で東西が激突した同じ日、河内方面の若江・八尾でも激しい戦いが繰り広げられた。

この日午前一時ごろ、豊臣氏譜代の将・木村長門守重成は、兵四千七百人を率いて城を出たあと、道を東にとって河内・若江（大阪府東大阪市若江）に向かった。また、長曾我部盛親も兵五千人をもってこれに続き河内・八尾（大阪府八尾市八尾木）を目指した。

若江・八尾の両村は、大坂城からおよそ二里。二つの川に挟まれた水田地帯で、後藤又兵衛らが出撃した道明寺の北二里の地点にあたる。

重成は、秀次事件に連座して詰め腹を切らされた秀吉の家臣・木村常陸介（重茲）の子である。秀頼の信頼は厚く、この日は、秀頼傘下の優れた鉄砲の者およそ一千人を率いていた。

「われら、高野街道を南下してくる幕府方の主力を側面から奇襲し、あわよくば大御所（家康）や将軍（秀忠）のお命を頂こうぞ」

重成の将士は、深い霧のなかを黙々として進んだ。ところが、明け方になって霧が晴れてみると、木村隊の先鋒は、幕府方の左先鋒・井伊直孝隊三千二百人と槍が届くほどのところまで迫っており、敵の馬のいななきを味方のそれと間違えるほどであった。

「者ども、目の前にいるのは敵勢ぞ。掛かれ！　掛かれ！」

「これを破らねば、生きて帰れると思うな！」

直ちに深田のなかでの激しい戦闘になった。敵味方入り乱れての騎馬・長槍による乱闘となってしまったため、鉄砲をほとんど使うことができなかった。しかも明け方に始まった泥まみれの戦いは、その日の昼ごろまで数時間も続けられた。

挙句に重成は、井伊隊の長槍の者どもに囲まれ、めった刺しに遭って落命してしまったのである。

他方、八尾に向かった長曾我部隊も、その日の明け方、同じようなかたちで幕府方の右先鋒・藤堂高虎隊五千人と遭遇してしまった。

「者ども、この敵勢を撃ち破れば、その先にいるのは大御所と将軍ぞ。引くな！　引いてはならぬ！」

「槍の者ども！　前に出て騎馬の者をこそ討ち取れ！」

こちらも、先鋒同士が泥田と畔道で、敵味方入り乱れての鍔迫《つば》り合いになった。盛親はこのとき、鉄砲がほとんど使えなかったため槍隊を何段にも並べ、藤堂隊の侍大将六人を討ち取らせた。

だが、いずれの戦いも、大坂方が幕府方の数の力に押されて劣勢のうちに収束した。木村隊も長曾我部隊も、全軍傷だらけになって退却した。

他方、井伊隊と藤堂隊も、そのときの戦いをもって幕府方本隊の先鋒を辞退しなければならないほどの打撃を蒙った。

討ち取った首の数は、幕府方が九百三十余人、大坂方が四百余人に及んだという。

次に激戦が繰り広げられたのは、翌五月七日の天王寺・岡山口の戦いである――

大坂方はこの日を決戦の日と定めた。城内には秀頼直属の将士三千人を残し、主戦場となるはずの城南に、主力の将兵およそ三万六千人を繰り出した。

先鋒に当たる高台の茶臼山《ちゃうすやま》には、真田幸村とその長男・大助らの三千五百人が布陣。住吉街道沿いの天王寺口とその周辺には、毛利勝永の四千人、福島正守らの二千五百人、大谷吉久らの二千人など一万三千八百人が陣を敷いた。

また、これより東の平野川に近い岡山口には、治長の弟・大野治房らの四千六百人が布陣。これらの後方に遊軍一万四千二百人が控えた。

このとき明石掃部は、選ばれて特別の任に当たることになった――

決戦前日のことである。真田幸村と掃部は、幸村の陣所で大坂城の地図を前に密議をこらした。

「明石殿、いかがでありましょうか。家康はおそらく奈良街道から桑津村と林寺村のあたりに出てきましょう」

「なるほど。とすればわれらは、ここ今宮村のあたりから木津川沿いに兵を迂回させましょう」

「お願いいたします。家康の周りは兵の数も厚いため、夜を選び、しかも少数をもって斬り込むのが上策かと思われます」

「さよう。それがしのもとには死をも恐れぬキリシタンの将士多数がおりますれば、ここはわずかな精兵をもって、忍び入るようにいたしましょう」

大坂方は、いざ戦闘が始まって激戦になれば、秀頼自らが精鋭を率いて出陣することに決めていた。掃部の任務というのは、そのときにこそ戦場を大きく迂回して、幕府方の本陣に切り込み、家康や秀忠を討ち取ることであった。

明石掃部は、急ぎ自陣に帰った。これまでにない大仕事をする時が来た、と感じた。同時に、それはまた自分が命を絶つ日になるだろう、と思った。

天王寺・岡山口での戦いは、七日のまだ夜も明けぬうちに始まった。

幕府方は、先鋒・前田利常の一万五千人をはじめ総勢およそ五万人。その大軍がほぼ鶴翼の陣を張り、大挙して押し寄せて来た。だが、大坂方の諸将は、兵をよく采配して奮戦し、おびただしい数の鉄砲の射撃をもって、幕府方をしばしば退けた。

特に茶臼山に陣を張った真田幸村隊の健闘はすさまじいものであった。幸村が、その名を後世に残したのは、とりわけこのときの絶妙な戦さぶりによるものだろう。

幸村は、集めた真田隊の主な将士に檄を飛ばした。

「よいか、本日の決戦で、目指すは大御所と将軍の首だけである。ほかに手柄はない。騎馬の者も鉄砲・槍の者も、そのことを肝に命じて戦ってほしい」

幸村は、正面から迫って来た松平忠直の越前兵一万三千人に対し、まず二重、三重の厚い銃列をもってよく撃ち返し、これを数度にわたり撃退した。敵勢がたじろぐと、すかさず槍隊を送り込み、深追いをおそれず激しく追撃した。さらに繰り出した真田の騎馬隊は、幕府方の本陣にまで激しく迫り、そのため家康や秀忠を一時、四半里（一キロ）近く避難させたほどであった。

また、幸村と隊伍を組んでいた毛利勝永も、将士三千人を二つに分けて本多忠朝隊一千人を挟撃。後詰めした真田信吉、浅野長重、秋田実季《さねすえ》らの兵五千人を散々に撃ち破った。

午前のうちは、明らかに大坂方優位のうちに戦いが繰り広げられた。いよいよ秀頼自らが傘下の精兵三千人を率いて出陣に及び、一大決戦に臨むときが来た。その時をもって、城南に控えていた遊軍一万四千人もいっせいに打って出ることになっていた。

「いざ、行って参ります」

「ご武運を祈りますぞ」

秀頼は母親の淀殿に挨拶をしたあと、勇躍、直属の精兵二千人を率いて本丸を発った。駿馬に跨った様は、まるで絵に描いたような、華やかで堂々たる姿であった。

ところが、秀頼と精兵二千人が追手口の城門のあたりまで来たときのことだ。秀頼のもとに大慌てで注進する者があった。

「たいへんです！　城内で不穏な動きがございます」

「なに、不穏な動きと……」

「はい、詳しくは分かりませぬが、幕府に通じたる者どもが、本丸を占拠する計画を練っているとのことでございます」

「それは、聞き捨てならぬ……」

秀頼は、そのうわさに不安を感じたらしい、誰に相談することもなく、城内へ引き返してしまったのである。

おそらくこれも、家康が手の者を使って振り撒いた作り話だったのだろう。これをもって大坂方は、最後のチャンスを失ってしまった。「秀頼出馬せず」との報が前線にまで流れると、大坂方は大いに戦意衰え、しだいに崩れ始めた。幕府方は、さらに大兵をもって掛かってきた。

やがて、激しい攻防の末に、幸村が本陣を構えた茶臼山が松平忠直隊に乗っ取られた。幸村はいったん兵を引いて、近くの神社で一息いれていたところを越前兵の一人に槍で刺殺された。

大坂方は、天王寺・岡山口での激戦に敗れ、毛利勝永ら多くの将士が城内に退却した。

その日午前三時ごろのことである。

明石掃部は、なお健在を誇っていた将士の中から、特に豪勇・歴戦の者およそ三百人を選んで、鉄砲と短槍からなる決死隊を編成。かつて蒲生氏郷に仕えた豪将・小倉行春の将士三百人とともに城西の船場（大阪市中央区南船場）に待機していた。

そのほとんどが、キリシタンであったことは言うまでもない。彼らのなかには南蛮・西欧流の甲冑に身を固め、腕に十字の入れ墨をいれている者もいた。それは傍から見れば、壮観というより異様に映ったであろう。

「よろしかろうか、狙うのは大御所（家康）と将軍（秀忠）の首だけである。ほかのことにはかまうな。神はかならずわれらをお助けくださるはずである」

明石掃部は、決死の者どもの前で宣言し、残るキリシタン将士一千七百人には、少し離れて後続するよう指示した。陣内では「うおーっ！」という不気味な歓声が起きた。

そのとき掃部は、次男・内記（景行）と三男・右近（宣行）を自分のもとに呼び寄せた。

すでに内記は十八歳、右近は十六歳になっていた。

「よいか、これから戦さである。死ぬときは親子ともどもである。そなたらは、このわしに寄り添いすぐあとをついて来るように心掛けよ」

「かしこまりました」

まだ、表情や振る舞いにあどけなさの残る二人は、それでも身の丈よりかなり長い槍を手に晴れやかに答えた。

明石掃部はただちに決死隊を率いて、城西の船場から南に向かった。あたりは闇に包まれ、遠くからわずかに風の音が聞こえるだけであった。掃部は、あわよくば紀州街道の裏道を密かに迂回し、幕府方の本陣に切り込むつもりであった。

ところが、まだ夜が明けぬうちに天王寺西方の川べりに近い木津村の先まで来たとき、松平忠直の越前勢の物見の一団と遭遇してしまった。

明石隊はその一団をすべて討ち取ったうえ、寝ていた松平隊の先鋒一千人のなかに突入した。それをも一挙に突破して、さらに後続する水野勝成隊六百人をも突き崩した。

まさしく、闇のなかでの乱闘となった。しかも明石決死隊のあとには、キリシタン将士一千七百人が少し離れて付いていたが、彼らも幕府方に左右から激しく打ち掛かった。

幕府方は、この決死の一団に驚いたらしい。松平隊の本隊をはじめ、本多忠政隊二千人や菅沼定芳隊四百人などが、次々に攻め掛かってきた。

だが、この木津村の戦いでは、明石隊などおよそ二千数百人に対して、幕府方はその五倍ほどの軍勢をもって包囲・攻撃してきた。それでもなお、明石の長槍隊は松平隊の本隊を突き崩し、家康本陣に向けて突き進んだという。

明石掃部は、この重囲のなかで親子ともども消息を断ってしまったのである。

七日午後になって、城南における大坂方の敗北が明らかになると、幕府方は、何発もの大砲を撃ち込んだうえで、われ先にと城内に迫って来た。秀頼直属の部隊が、鉄砲を持ってなお激しく抵抗したため、城はなかなか落ちようとはしなかった。

それからまもなくのことである、突如本丸の膳処(炊事場)から火が上がった。幕府方に通じていた大隈某という者が、強風の起こる頃合いをみて放火したのだといいう。火煙は猛烈な勢いで燃えひろがり、たちまちのうちに天を焦がした。

そればかりか、本丸の千畳敷や二の丸の書院では、敗北を決めて自決する者が相次ぎ、それが混乱に拍車をかけた。

それでも、幕府方が一挙に攻め落とそうとしなかったのは、家康が秀頼に与えていた愛孫の千姫を、できれば助け出したいと思っていたからである。

「誰か、千姫を救い出してくれる者はいないのか。その者には、千姫をくれてやろうぞ」

家康はこのとき、幸村のいた茶臼山にまで本陣を進めていたのだが、こうまで言って憚《はばか》らなかった。さらに家康は大野治長のもとに使いを送り、大坂方へ、千姫を返すよう持ちかけた。

「もしも無事に千姫を返してくれるならば、淀殿や秀頼殿のことも寛大にはからいたい」

「なに！　お二人のお命をお助けくださるか」

これもまた、家康得意の計略だったのに、治長はそれに乗ってしまったらしい。秀頼と淀殿を説いたうえで、その日夕方になって千姫を本丸から外へ出した。そのとき、付き添わせた老臣・米村権右衛門と侍女らに、改めて秀頼母子の助命を嘆願させることにした。

ところが、本丸の周りは、幕府方の兵と火煙に囲まれていた。そのため千姫は交渉の末、大坂方の守将・堀内氏久から、幕府方で一番乗りを果たそうとしていた坂崎出羽守（直盛）に引き渡された。

こうして千姫は、直盛と手の者に守られて、無事、大御所のもとへ送り届けられた。権右衛門は治長の命じた通り秀頼母子の助命を嘆願した。すると、家康はいかにも同情した素振りをみせて、将軍秀忠の決済を仰ぐよう指示した。

権右衛門が勇んで将軍の陣営を訪ねると、秀忠は、本多正純を応対させてきっぱりと拒絶した。

「いまさら何を申すか！　再度の逆心ゆえその罪は許せない」

これもまた家康一流のやり方であった。

余談ながら、直盛は、昔の名を宇喜多詮家といい、かつての備前の太守・宇喜多秀家の従兄弟にあたる豪将である。宇喜多家の内紛で岡山を去ったあと家康に仕え、このころは石見・津和野で三万石を食んでいた。

直盛はこのとき、千姫を家康の本陣まで護送したことをもって、のちに「大御所の約束通り千姫を自分に賜りたい」と言い出し、自滅の大騒動を引き起こすことになる。

開けて八日、大坂城は悲劇の日を迎えた——

この日も大野治長は助命嘆願の使者を家康のもとに送ったが、それが帰ってくる前に将軍・秀忠から自決を勧める使者がやってきた。事ここに至って治長は、自ら本丸に火を放った。

秀頼の自害にさいしては、毛利勝永がその首を刎《は》ね、淀殿については氏家行広がその胸を刺した。そのあと大野治長、速水守久、毛利勝永、氏家行広、真田大助ら三十余人が秀頼に殉じた。

秀頼の自決が知らされると、本丸の外で酒を飲み騒いでいた幕府方の兵が本丸内に殺到した。それからは、本丸ばかりかほかの楼閣や廓でも一方的な殺戮と略奪が繰り広げられたという。

当時のことを綴ったイエズス会『日本報告』などによると、現場は「歩くにも遺体の山を踏み越えていかねばならない」ほどで、特に女たちの多くは、「大勢の者に凌辱を受けたうえで突き殺された」という。

その戦渦と恐怖のなかでのことである――

明石掃部の家族は、それまで本丸に詰めて、淀殿の側近くで仕えていたのだが、義母・お峰の方と長女カタリナは、幕府方の砲撃と猛火に晒されて死亡し、次女レジナだけが本丸を脱出した。

レジナはこのとき十四歳で、その容姿と気立ての良さから淀殿に可愛がられていた。淀殿はもしもこの戦さに勝てば、しかるべき地位のある者と縁組させようと考えていたほどであった。

だが、いまは一人、焼け崩れた城から決死の脱出をしようとしていたところで、勝ち誇った雑兵の一団に捕まってしまった。雑兵らは彼女の帯に手をかけ、裾《すそ》を捲《まく》り上げようとした。

とっさに彼女は、黙っているほうが危険だ、ここで無言の抵抗をするよりも、自分の身分をこそ明らかにしたほうがよい、と判断したらしい。雑兵らの手を払い大声で叫んだ。

「何をされるか！　私は明石掃部の娘である！」

「いま何と言ったか。あの明石掃部殿の娘御であると……。それは誠であるか！」

その毅然たるひと言に、雑兵がたじろいだところへ、レジナはさらに畳み掛けた。

「しかも私は、神にこそお仕えする身である。そなたらのような下々の者に、身を委ねるような女子ではない。おまえたちは、私に手を触れようと考えることさえ不埒《ふらち》な者どもである。分かれば、私を直ちに将軍様のもとへ連れていくがよい」

「なに、将軍のもとへとおっしゃるか……」

雑兵どもは、居丈高な態度をしだいに改めた。そして、放り投げた彼女の持ち物を拾い集め、履物を整えたうえで、レジナを家康のもとに連行した。途中、駕籠を見つけ、それに乗るように勧めた。

家康はそのとき、城南の出城・真田丸跡の近くに本陣を進めていたのだが、次女レジナが雑兵たちに示した態度について報告を受けると、彼女をすぐに面前に呼びつけた。着衣などは泥にまみれているが、どことなくすがすがしく、目もとには笑みすらたたえていた。

「なるほど、そなたがあの明石掃部の娘御であるか。いくつになる」

「はい、十四歳でございます」

「なかなかの器量をしているとみた。そなたには、いろいろ尋ねたいこともある。しばらくは、この陣の近くで養生せよ」

家康は、同行している侍女らに命じて世話をさせたが、彼女はひたすら神に祈り続けた。それから数日後、家康が陣払いをして、明日は駿府に帰るという日のことである。次女レジナは、ふたたび家康の前に呼び出された。

「どうだ、元気になったか」

「はい、おかげさまで気分よく、心の乱れも静まりました」

「それはよかった。今日はそなたに尋ねたいことがある。そなたは何人兄弟であるか」

「はい、四人でございます」

「なに、五人ではないのか。なぜそのように偽りを申すのか」

「いいえ、五人でありましたが、一番上の兄はゼウスさまの教えに命を捧げ、修道に入りましたので、この世の者ではありません。だから、四人と申し上げたのです」

「そなたもキリシタンであるか」

「はい、さようでございます」

「ならばわしは、そなたを殺すかも知れぬ。恐ろしくはないのか」

「いいえ、私はすでに神の御心に命を預けております。ですから少しも恐ろしくなどございません」

「なるほど、そなたの申すことは、いちいち理に適っている。ところで……」

家康はいったんここで言葉を切り、眉間にしわを寄せてレジナを睨みつけた。なにか重大なことを人に尋ねるときの、この男の若いころからの癖であった。家康自身がそのことに気づいたのだろう、いかにも不自然に笑う真似をしながら言った。

「そなたの父親と次男の内記、三男の右近はどうしたのであろうか」

このことこそ、家康が次女レジナに尋ねたいことであった。秀頼や淀殿が自刃したことははっきりした。後藤又兵衛や真田幸村、毛利勝永をはじめ、大坂方諸将の生死についてもほぼ分かった。

　だが、明石掃部親子の消息だけは、八方手を尽くしても摑めなかったらしい。家康には、「この男だけは生かしておけぬ」という気持ちもあっただろう。レジナが押し黙っていると、家康はもうひと言畳み掛けた。

「死んだのか、それとも生きているのか」

「……」

「どうした、しかと答えよ」

　レジナにも、尋ねられていることの重大性が分かった。目の前で自分を睨みつけている醜悪な顔をした老人が、父親を、生きていれば探し出して殺そうとしている、と感じた。彼女は、なお長い沈黙のあと、万感の想いを込めて答えた。

「存じません」

「なに！　知らぬ、と。そんなはずはなかろう」

「いいえ、父上と兄上は城外で戦っており、私はずっと城のなかにおりましたので、その後、三人がどうなったか、私には分かりません」

　家康は、なお大きな目で睨みつけていたものの、それ以上に追及することはあきらめた。そして、着物二枚と何がしかの金子《きんす》を与え釈放した。彼女はいったん京へ上ったが、ここでもキリシタンへの取締りがいっそう激しくなっていることを知り、まもなく知り合ったある修道士らとともに長崎に向かった。

次女レジナはこうして、うわさで戦場から脱出したと聞いていた父親・明石掃部と二人の兄の消息を隠し通したのである。


明石掃部はどこに消えたのか。幕府方は大坂城炎上の最中から、最後の激戦地となった城南の天王寺や今宮村や木津村などで、必死にその遺体探しや聞き込みを行なった。

と、探索方の一団が、ある百姓の家で納屋に隠れていた全身傷だらけの侍二人を発見。捕縛して本陣に引き立ててきた。掃部の家臣でキリシタンの沢原孫右衛門と島村十左衛門であった。

二人はさっそく掃部の生死について糾問《きゅうもん》されたものの、

「知らぬ、存ぜぬ」

の一点張りであった。まもなく、家康の一行に従って、京からさらに駿府へと引き立てられた。後ろ手に縛られたまま、ほとんど傷の手当も受けず裸足のまま歩かされた。

そのため駿府に着いたころには、泥にまみれ瀕死の状態に陥っていたが、ここでさらに厳しい糾問に晒された。奉行どもが見守る前で、係の役人は吠えるように言った。

「どうだ！　早く吐いてしまえ。黙っていればどういうことになるか分かっているな！」

「……」

二人は背中ばかりか、頭や顔にも鞭を食らって全身血だらけになった。それでも答えなかったために、つぎには両手の指の先を切られるなどの拷問にあった。遂に二人は両眼から大きな涙を流し始めた。

「それみろ！　さては苦痛に耐えかねて白状する気になったのだな」

係の役人が笑うと、沢原孫右衛門は怒りをこめて言い返した。

「そうではない。木っ端役人よ、よく聞け。武士たるものは、たとえこのまま両眼をえぐられ手足の骨を刻まれようとも、主君の行方などを申すはずがない」

孫右衛門はここで、苦しそうに息を吸い直し、今度は奉行どもに向かって続けた。

「考えてもご覧あれ。このたびの戦さに関東方が勝ったのは、ひとえに大御所（家康）の運が強かっただけのことでござる。もしも関東方の負けとなっていたなら、両御所とも今のわれらが主君のように、必ずどこかへ落ち延びるであろう……」

孫右衛門がここまで語ってうつ伏せると、島村十左衛門がそのあとを拾った。

「よく聞け！　そのときわれらが貴殿らを絡め取ってこのように責めたならば、貴殿らはきっと両御所の行方を白状するだろう。日ごろから、そのようにだらしのない心構えであるから、鞭で顔を打ち両手の指を切れば、われらも降参するくらいに思っている。それを思うと、あまりの浅ましさに思わず涙が出てしまったのだ……」

奉行らは返す言葉を失い、それ以上の糾問を続けることができなくなった。これを聞いた家康は、はじめは不快感をあらわにしたものの、その轟然《ごうぜん》たるさまにいくらか心を動かされたらしい。

「たとえ責め殺しても、彼らは明石掃部親子の行方を語ることはあるまい」

拷問を中止させ傷の手当をさせたうえで釈放した。

だが、このとき家康は、

「あの男は生きている」

と確信した。そのためまもなく極めて大掛かりな探索「明石狩り」が始められるのである。

ついでながら、十左衛門は、このときの傷がもとで三日後に死亡したが、孫右衛門は掃部の消息を求めて九州へ下ったのち、伝手《つて》を得て豊前・小倉の細川家に仕えたという。

その後、「明石掃部を見た」「明石掃部を匿っているやつがいる」とのうわさが、山陽道から九州にいたる各地で何度か広がった。

これらの報告を聞いた家康は、ますます「明石狩り」を強化するとともに、キリシタンへの憎しみを深めていった。家康自身は美食に溺れて、翌元和二年（一六一六年）四月に七十五歳で食中毒により死亡するのだが、捜索は幕府によってますます強化されていった。

新たに幕命でそれを担当したのは、掃部のかつての同僚ともいうべき戸川逵安（備中・庭瀬二万九〇〇〇石）であった。逵安は、山陽道から九州にかけて多数の家臣や細作《さいさく》（間者）を送った。そしてかつてキリシタンであった大名らの協力を得て、信徒らの居宅や馬小屋、物置などを虱潰《しらみつぶ》しに探させた。

それでも明石掃部の消息はその後も、杳《よう》として分からなかった。

第十一章　逃亡、長崎からルソンへ

やはり戦場に斃《たお》れてはいなかった。

明石掃部は、家康本陣への斬り込みを目指した決死隊三百人とキリシタン将士一千七百人を率いて、大坂・天王寺に近い木津村で、数倍の敵勢と数時間にわたる死闘を繰り広げた。

だが、まもなく大坂城の本丸から煙が上がり始めたのを見て脱出を決意した。敵勢の重囲のなかから、必死の思いで脱出した。敵味方の兵馬が折り重なって倒れているあいだを掻い潜るように抜け出た。

そのあと、陣を張っていた船場のあたりに残兵を集め北へ退却。天満川を渡って上福島村（大阪市福島区）の淀川河口に至った。

そこで、付き添っていた家臣やわが子の生死について改めて確かめたところ、次男・内記は全身傷だらけになって付いて来ていたものの、三男・右近の姿が見当たらなかった。

「右近殿は、乱戦のなかで、水野勝成隊の槍の者どもに囲まれ、めった刺しにされたようでございます」

「なに！　右近は殺されたのか！」

掃部は、思わず大声で叫んでしまった。まだ十六歳の少年武者がめった刺しにされて死んでゆく姿を思い描いて天を仰いだ。

「可愛そうなことをしてしまった、すまない……」

掃部は誰に言うともなく呟き、胸が裂けるような想いに駆られた。

やがてその日も暮れかかった。掃部はいま一度、東の彼方に大坂城を振り返った。遠くの空が黒ずんでいるのは、本丸がまだ燻り続けているからであろう。これではなかの者が無事でいるわけがない、と感じた。

だが、追手がいつどこから現れるか分からず、いつまでもそんなことを考え続けている時間はなかった。掃部らは、鎧冑などをすべて脱ぎ捨てたうえで、ひたすら海辺を歩き続けた。

「船はないか。このまま歩き続けるわけにもいくまい……」

そのあと、名も知れぬ村で漁師の船を盗んだ。付き従う者は、次男・内記のほか、一族の明石八兵衛、譜代の池太郎右衛門、沢原忠次郎ら数人。何度か人影のない海辺に船を寄せては食い物を探し、またひたすら西へ漕ぎ続けた。

そして、あの関ヶ原の敗戦のときと同じように、播磨・飾磨津の近くで陸に上がり、キリシタンや縁者も多い備中の足守(岡山市北区足守)を目指した。

ところが、播磨から備前に入ろうとすると、国境の関所などでは、おびただしい数の池田兵が残党狩りのため槍を並べていた。そのため山中を迂回して備後の鞆《とも》(広島県福山市鞆町)に出て、幸いそこに立ち寄っていたポルトガル貿易船の船長に、事情を打ち明け乗せてもらった。

明石掃部は、改めて城内に残してきた義母と二人の娘、それに死なせてしまった三男・右近のことを思い、十字を切って深く黙禱した。「神の御許に召されたのだ……」と念じながらも、溢れる涙を汚れた手で何度も拭った。

数日後、船が豊前の門司に立ち寄ったところで、掃部ら数人は闇にまぎれて上陸した。ここはこのとき、小倉に拠る細川氏の支配にあったが、岡山にくらべ警備の手は薄く、街はずれの旅籠に泊まることができた。

さらに山また山の裏街道を抜けて筑前に入り、数日をかけてゆかりある南部の小田郷(福岡県朝倉市小田)を訪ねた。ここはかつて、黒田氏の支藩・秋月藩の北のはずれだったところで、掃部が家臣の名義でその一部を受領していた時期もある。いまは、黒田氏の重臣・小郷内蔵丞《こごうくらのじょう》（一万三〇〇〇石）が所領していた。内蔵丞は、掃部とも親しいキリシタン武将で、彼がこの地を離れたときには、家臣の多くを召し抱えてくれた。掃部はそんな縁でこの男を頼ったのである。

内蔵丞は、掃部らを温かく迎えてくれたし、いまは彼のもとに仕える旧臣たちも揃って会いに来た。それだけではない。いまは長政に仕えて一千二百石を食む従兄弟の明石次郎兵衛も、たくさんの手土産をもって博多からやって来た。

「掃部殿よ、よくぞご無事で。世間では誰もが、あの大坂でお命を失われたと申しておりました」

「そうでござろう。だが、これも神のお導きであろう。こうして、それがしとここにいる次男の内記だけが、命を長らえることができた」

掃部は、かつて自分の家老で、いまもなお敬虔なキリシタンである従兄弟に会って、なぜか肩の重い荷を降ろしたような気がした。そのあと酒宴となって、掃部も内蔵丞や旧臣らと久しぶりに大飲した。

だが、その翌朝のことである。掃部が借りた小郷邸の離れに、次郎兵衛が入ってきた。昨夜の酒が抜けきれていないせいか、その髭面の顔が赤い。

「掃部殿、少しばかりお耳に入れたいことがありまして……」

「なんであろうか」

「はい、どうも危のうございます」

「うむ……」

掃部には、次郎兵衛がこれから何を言おうとしているのかすぐに分かった。次郎兵衛は、やや緊張した面持ちで、ため息混じりに続けた。

「幕府の命令ではございましょうが、ここ筑前の黒田藩でもキリシタン狩りが日々激しくなってきております。それがしなどは、筑前守殿（長政）より直々に改宗のお達しをいただいております」

「そうであったか……」

「それだけではありませぬ。改宗のことは、ここの内蔵丞殿にもお達しがありまして、内心は相当にお苦しみのようです。しかも……」

「しかも、何であろうか」

「掃部殿への幕府と藩の追捕の手は、やがて必ずこの地にも及びましょう」

「なるほど……。要はここにいれば危ないということだな。それに、内蔵丞殿にも大変な難儀がかかる、と」

掃部は、次郎兵衛が言おうとしていることの真意を悟った。とはいえ掃部にとって、もはや行き先はあまりなかった。急ぎ家臣らと相談して長崎へ行くことを決めた。内蔵丞に謝意を述べたうえで、翌朝まだ暗いうちに小田を発った。

掃部らが、長崎への途上に立ち寄ったのは久留米だった。ここは筑後・柳河藩の領内である。

久留米は、筑後川の中流域にあって、すでにこのころから「久留米絣《くるめがすり》」で知られる木綿織物の街である。

秀吉の時代には、毛利元就の九男・秀包がここに城を築いて筑後のうち十三万石を所領していたが、関ヶ原の一戦で西軍に付いて潰された。代わってこの地を領有したのが、三河・岡崎十万石の城主・田中吉政である。

吉政は関ヶ原の役後、石田三成を捕縛したことでよく知られている。その功績により吉政は、筑後一国三十二万五千石を得たため、有明海に望む柳河に居城し、久留米には一族の田中長門守を一万石で置いた。

領内にあまりにも多くのキリシタンがいたためであろう、吉政も長門守も、それぞれ洗礼を受けてキリシタンとなり、信徒らをよく保護してきたという。

吉政が慶長十四年（一六〇九年）、参勤途上の伏見で病没すると、故あって四男・忠政が跡を継いだ。ところが忠政は、大坂の陣への参着が遅れたために家康の怒りを買い、所領没収の危機に曝された。

忠政は、何としてでもお家を守ろうと、幕府への追従のため領内キリシタンへの取締りを強化し、一族の長門守に対しても、それを遺棄するように迫っていた。明石掃部は、そんな時期に長門守を頼ったのである。

だが、長門守は突然訪ねてきた掃部らの一行を温かく迎えてくれた。

「明石殿よ、よくぞそれがしを訪ねて下された。どうか、ここでしばらく骨を休められよ。一命にかけてもお守りいたしたい」

「誠にかたじけない。それがし、急ぎ長崎へまいる所存にて、明日にもここを発ちたいと考えております」

「なにを言われるか。わずか一夜とは物足りぬ、ここをわが家と思い、何日でもゆるりとくつろがれよ」

「それはありがたいことでござる。振り返れば、関ヶ原でも大坂でも敵味方に別れて戦ったはずのわれらが、こうしてここで巡り合うとは……」

「さよう、それも神のお導きでござろう」

長門守は豪放に言い放った。その言葉通り、掃部らを屋敷内に匿ってくれたうえで、連日、山海の珍味をもって馳走してくれた。だが数日にして、掃部らしき一行が屋敷内にいるといううわさが広まったらしい。家臣らの知らせで、ここにも追捕の手が回ってくる危険が高まった。そのため、掃部らは、夜陰に紛れて久留米を脱出し、ひたすら長崎を目指した。

それから数日後のことである。長門守の屋敷に幕府の探索方と藩兵多数が押し入った。長門守は捕えられたうえで、明石掃部の行方について、藩主・忠政直々の厳しい取調べを受けた。

「白状すればそれでよし。そうでなければ、たとえ一族であろうとも容赦はいたさぬ」

「……」

だが、何も答えなかったため、殴る蹴るの暴行を加えられた。挙句には、両耳を切り落とされ、指の爪をすべて抜かれた。長門守は全身血だらけになっていたが、それでも何も語らず、まもなく笑みをたたえて牢死したという。

元和二年（一六一六年）、その年も暮れようとしていた。九州のはずれながら、長崎の冬は、西からの風が肌をさすほどに冷たい。

だが、明石掃部は、この長崎こそ幕府の追捕を逃れる格好の街だと考えていた。事実、長崎とその周囲にはまだ数か所に教会や修道所が健在で、数万人のキリシタンがいた。

掃部らは、街はずれのある旅籠に仮の宿を取った。

掃部は翌日、次男・内記を伴い、海の見える丘のうえにある教会に、俗世を絶ち修道に入った長男・小四郎守景（洗礼名ヨハネ）を訪ねた。無事でいれば二十五歳で、立派な修道士になっているはずであった。だが、小四郎はすでにそこにはいなかった。イエズス会管区長の指示で、あるポルトガル人神父に付いて、一年前からどこへともなく布教の旅に出たきりだという。

掃部は、小四郎と別れた日のことを思いだしながら、教会の裏手にある墓地に、今は亡き妻・麻耶（洗礼名モニカ）のお墓を探した。墓地はほとんど毎日、信徒らの手で掃除されているらしい。

妻の墓は、墓地の北のはずれにしっかりと残っていた。いまにもこの大地に埋まってしまうほどの小さな石のうえに、誰かが白い花を並べていた。掃部は妻の墓に向かって祈りながら、次男・内記がしきりに涙を拭っていることに気づいた。

無理もないことであった。掃部はここで、改めて家族の名を確かめながら、ばらばらになってしまった妻や子供たちのことを想った。

（これもすべて神のご意思か……）

若くして病死した妻、この世の悲しみから逃れようと修道の壁の向こうに行ってしまった長男、まだ幼くして戦闘で惨死した三男、そして行方不明になったままの長女と次女……。その一人一人があまりにも可哀そうに思えてならなかった。

「神のご意思」にしてはあまりに惨《むご》い運命に、掃部もまた、どうしても涙をこらえることができなくなった。次男・内記と肩を寄せ合うように、重い足取りで教会の丘を下った。

ところが、その日の夜のことである。次男・内記が掃部の前で襟を正した。

「父上、私を明日にも放免していただきたい」

「なに、自由になりたいと言うか。それはどういうことなのだ」

「はい、私は正直なところ、もうこれ以上、誰とも戦さをするのはいやでございます」

「ほう、するとそなたは、これからどうしようと考えているのか」

「はい、ここ長崎で南蛮の医学を学び、病んでいる者や貧しき者のために、医師として働きたいと願っています」

「なるほど。だが、幕府の追捕の手は、やがてはこの長崎にも及ぶだろう。そなたとて、安穏としてはいられまい」

「はい、それは覚悟のうえでの決心でございます。神が私をどのようにかお導きくださると心得ております」

「そうであるか、医師となって人助けをするのもよかろう。そなたもまた、兄・小四郎と同じように自分が信じる通りに生きるがよい」

「ありがとうございます」

明石掃部は、次男の決意が極めて固いことを感じ、このまま長崎で誰かに医術を学ぶことを了解した。とはいえ、この残されたたったひとりの肉親である次男とも、まもなく永久の別れになろうとは、このときはまだ全く考えていなかった。

それからさらに数日後のことである。明石掃部は、ドミニコ会のモラレス神父を通じて、時の長崎代官の一人でキリシタンの村山等安《とうあん》を訪ねた。

村山等安は、天正の末ごろ安芸から長崎に来て、南蛮貿易に従った商人である。その後、朝鮮の役のさいに秀吉に取り入って長崎代官となり、金や生糸の貿易で財をなした。洗礼名をアントニオと称するキリシタンになったのも、はじめは商売上の都合からだったらしい。

（長崎に行ったら、この男を頼ろう）

明石掃部は、九州に下る前から漠然とそう考えていた。それほど長崎での等安の実力は抜きん出ているように思われていた。

等安もまた、かなり前から明石掃部の武将としての名声と、キリシタンとしての神父らの高い評価をよく知っていたらしい。

「これは、よくぞそれがしを訪ねてきて下さった。明石殿のことは、ここ長崎でも知らぬ者はおりませぬ」

「誠に勝手ながら、しばらく身を隠させていただきたい」

「ご安心ください。ここ長崎はキリシタンの町でございます」

等安は、久しぶりに親友にでも会った時のように喜び、さっそく自邸の近くに一行の住まいを探してくれた。

とはいえ、長崎でも大坂の役のあと、キリシタンへの取締りがしだいに強化され、等安にとっての商いの事情も変わりつつあった。幕府に取り入って力を付けてきたキリシタン嫌いの町人・末次平蔵らが、対抗勢力として出てきたからである。

その年も暮れようとしていた師走のある夜のことだ。明石掃部は、呼び出しを受けて等安の屋敷を訪ねた。

「本日は、少しばかり相談したいことがございます」

「いったい、何ごとでありましょうか」

等安は、掃部のまえに大きな図面を広げた。筆でいろいろなことが書き加えられた高山国《こうざんこく》（台湾）の地図であった。

「明石殿、われらは近々、この国に遠征隊を派遣する所存であります」

「なんと、高山国に遠征隊を、でありますか。いったい何のために」

「はい、この大きな島を制圧して、ここに二、三の港をつくりたいのでございます。すでに幕府のお許しもいただいております」

等安によると、これまでの南蛮や明との貿易は、成功すればその利益も大きいのだが、ルソンや福建から日本に来るまでのあいだに、朱印船（幕府の許可を得た貿易船）や南蛮船がしばしば季節風に晒されて、重大な被害を蒙って来た。しかもこの島の周辺では、海賊の略奪や島民による妨害も多い。

そのため等安は、これからさらに南蛮・日明貿易を進めるためには、たとえ私財を投げ打ってでも、「高山国を占拠・支配しなければならない」と、とんでもないことを思い立ったらしい。

すでに数年前から、要人に多額の賄賂を送るなどして、幕府の許可を取り付けたうえで、安宅船《あたけぶね》などの兵船を調達し、将士や船員を集めることに奔走してきた。

等安にしてみれば、これによって幕府の信用を回復し、長崎での利権の強化を図ろうとするものだった。

「それにしても、高山国をどのようにして制圧するお考えでしょうか」

「そこでございます。この国は、まだ島全体を束ねる者もおらず、住民どものほとんどは裸足で暮らしているようなところであります。道をあけてくれるならそれもよし、逆らえば討つほかございません」

「やはり戦さになるかもしれぬ、と」

「さよう、これに明石殿が加わってくだされば鬼に金棒。どうか、高山国に攻め入ったうえでは、ぜひとも兵の采配にお力をお貸しください」

等安はそのあと、内々に進めてきたこの大事を打ち明けてしまったからには、

「ぜひとも助けてほしい」

と念を押した。掃部は、その話に驚き戸惑いを感じたために、即答を避けたものの、なにか不思議な好奇心を掻きたてられた。そのうえ、大坂の役に敗れた無念やそ

の後の逃亡の労苦を断ち切るためには、格好のことかもしれないと感じた。

その夜、明石掃部は、長崎まで同行してくれた一族の明石八兵衛、譜代の池太郎右衛門、沢原忠次郎ら七人の全員を集め、等安から持ちかけられた話について意見を問うた。

「高山国の征伐と言われるか……」

「さよう。いずれはこの長崎にもいられなくなるだろう。とすれば、とりあえずこの遠征隊に参加してみるのも一策かと感じている」

「なるほど。殿が行きたい、行ってみたいとおっしゃるなら、われらはどこまでも付いてまいりましょう」

八兵衛のひと言で事は決まった。遠征には、七人がみんな参加することになった。

ところが、出発を三日後に控えた日の午後のことである。一人の少女が、次男・内記に伴われて掃部の隠れ家を訪ねてきた。次女レジナであった。

「おお、そなたは生きていたのか!」

「父上こそ、ご無事で……」

目の前に立つ少女は紛れもなく自分の娘レジナであった。

「そなたは、顔色も悪く、あまりにも痩せてしまった、大丈夫か」

「はい……」

あとはお互いに言葉にならなかった。掃部はレジナの細い手をじっと握りしめたまま、胸の奥から込みあげてくる熱いものをこらえた。

レジナは、大坂落城のさいに秀頼や淀殿が戦火のなかで惨死したこと、祖母に当たるお峰の方や姉カタリナも、おそらくそのときに殺されたこと、自分は逃げる途中に捕まって、家康から直々に父親の行方を厳しく問い正されたこと、などを語った。

「でもわたしは、何も申しませんでした」

「そうであったか……」

「父上は、ただ私だけの父親ではありません。父上を慕い、共に戦った多くの人々の父親でもありました」

「うむ……」

「ですから、戦さに負けたあとも、ずっと生き続けていてほしいと思い、大御所様には何も言いませんでした」

そう呟いた次の瞬間、次女レジナの目から大粒の涙が溢れ出た。レジナはそれを拭おうともせず、大坂城から脱出したある日本人修道士らとともに長崎に辿りつき、イエズス会のコーレス神父を頼ったのだ、と付け加えた。

「そうであったか、誠に申しわけない。そなたにも本当に辛い思いをさせてしまった」

「いいえ、父上や兄上の苦労に比べれば、私などは……」

掃部はこのとき、ふと自分の指を折り、まだ泣きながら話を続けている娘が、まもなく十五歳になることを確かめた。

「で、これからはどうしたらよかろうか」

「はい、コーレス神父のところで兄上に会ってすぐ、父上が近々高山国へ行かれることを知りました。ですから、私はこの長崎で、兄上や修道の方々とともに、病いに苦しんでいる者や年老いた信徒の世話をして暮らします。そして……」

「そして、なんだ」

「はい、父上の帰りを待ちます」

「わしの帰りを待ってくれる、と申すか」

そのひと言は、今は亡き妻・麻耶が、戦さに出かけるときの自分に何度もかけてくれた言葉だった。

そのときになって、傍に座っていた内記が二人を励ますように言った。

「父上、レジナのことは私におまかせください。父上はどうかご自分が信じられた通りに遠征の旅に発たれていただきたい。そのかわり……」

「そのかわり、と言ったかな」

「はい、ご無事でご帰国の折は、今度こそ父上も士分たることをやめ、畑でも耕して暮らすことをお約束いただきたい」

「分かった、よく分かった。しかと約束しよう。それは、いまは亡きそなたらの母上の願いでもあったのだから……」

内記も、そしてレジナも涙を拭って大きく頷いた。三人はそのときからわずかながら三日間、親子水入らずのひとときを過ごした。


村山等安による台湾遠征隊十三隻が長崎を出発したのは、大坂夏の陣の翌年に当たる元和二年（一六一六年）三月はじめであった。

船は、一隻だけは船体を銅版で固めた中型の安宅船で、船首に大筒（大砲）やたくさんの鉄砲の筒口を備えていたものの、ほかはそれより小さい帆船で、戦闘船や奇襲船としての役割をどれだけ果たしうるか分からなかった。

隊長（司令官）は、等安の三男でキリシタンの村山秋安である。全船でおよそ四百人の武装した将士と八百人の船員・船手（漕ぎ手など）が、嬉々として台湾を目指した。等安自身、台湾など二、三か月もあれば征服できるだろうと高《たか》を括《くく》っていた。

ところが、船隊は五島列島を経て南下し、琉球諸島（沖縄）を通過したころ、予想外の災難に見舞われた。春先だというのに西北から吹き付ける厳しい強風を受けて、全船が転覆・沈没の危機に見舞われ、四散してしまったのである。

当時、肥前・平戸にできたばかりの英国商館長コックスが、本国に送った報告などによると、このときの災難で結局、一隻だけが何とか台湾北部の海岸に行くことができた。将士・乗組員らは、さらに内地深く探検しようとしたものの、まもなく武装した住民らの奇襲に遭い、捕まることを恐れて全員切腹してしまったという。

残る十二隻のうち十一隻は、明の沿岸や交趾支那《コーチシナ》（ベトナム）などに漂流したすえ、翌年夏ころまでになんとか帰国することができた。ところが、明石掃部らの乗った一隻の行方だけが、その後も杳《よう》として分からなかった。

その一隻は、冬の嵐に見舞われたときに、帆はほとんど折れてしまい、船体にも大きなひび割れが起きてしまった。将士・船手らおよそ六十人のうちの半数が、激しい風雨により船から振り落とされ、また怪我を負って死亡した。

だが、幸いにも転覆・沈没を免れ、一週間にわたる漂流のすえ、椰子の木の茂るある小島に漂着した。

「ここは、いったいどこだ」

「さ、われらにも分かりません」

船手のなかには、南蛮への航海の体験者もいたのに、いったいそこがどこであるか、誰にも全く見当がつかなかった。

ところがその日のうちに、どこからともなく住民らが集まってきた。そして手振り身振りによる彼らの話から、まもなくそこが何度かうわさに聞いていた呂栄（ルソン）で、その最北部に浮かぶカラヤン島という小島であることが分かった。

明石掃部に同行した七人のなかで、一族の明石八兵衛、家臣の池太郎右衛門、沢原忠次郎の三人は無事であったが、ほかの者は嵐のなかで船から振り落とされてしまっていた。

空も海も朝から抜けるように青く澄み渡っていた。こんもりとした森の萌えるような緑、美しく澄んだ川の水、そして、小鳥の鳴き声が、これまで聞いたことがないほどに賑やかだった。

「これは、まるで生まれ変わったようだ」

「殿、神父様の言った天国とは、このようなところではありますまいか」

明石掃部は、これまでの戦さやキリシタン迫害などの長く暗い夢から覚めて、まるで別世界に来たような気がした。

掃部らは船内に数日いたあと、川岸に柱をたて屋根を葺き、島民と同じような生活を始めた。住民たちが、かわるがわる毎日のようにやって来た。訪ねてくる住民らは、上半身裸で着衣もろくに纏っていないものの、必ず果実や芋などの食料を携えていた。

言葉はほとんど通じなかったが、その振る舞いからして、とても好意的で、実に親切な人々であることが分かった。

掃部が

「われらの多くはキリシタンだ」

と告げると、島民のほとんどが

「自分たちもそうだ」

と答えた。そのひと言に、なぜか言葉では言い表せないような安らぎを感じさせられた。日本でのことが、まるでうそのように思われた。

次第に島の様子も分かってきた。この島には、およそ三百人の住民が住んでいた。

住民たちの集落は島の二か所にわかれていて、年長の村長《むらおさ》らしき男が、それぞれ島民たちの暮らしを取り仕切っているという。

島を縦断する川を遡っていくと、サトウキビの林があり、バナナやパイナップルは腐るほどに実っていた。

掃部らが最初に驚いたのは、島民たちの信仰のさまだった――

ある日、明石掃部らが、森のなかを散策していると、椰子の木やバナナの葉で設《しつら》えた妙な小屋が建っていた。

「あの小屋はなんだ」

「さあ、分かりませぬ。行ってみましょう」

それは、島民たちが設えた粗末な礼拝所だった。島民たちの話によると、この島には十年も前に一度だけスペイン人の神父が来たことがある。そのとき島民たちのほとんどが、神父から天を仰いで十字を切ることを学び、神とキリストの話を聞いて洗礼を受けたという。

島には、こうした礼拝所が二か所あった。正面の椰子の木に掲げられた十字架は、よく見ると何か大きな動物の骨でつくられていた。島民たちは週に一度か二度、ここに集まっては、その十字架に祈りを捧げているという。

これほど素朴で純粋な、しかも平穏ななかでの信仰を見たことがなかった。それは掃部にとって、これまで味わったこともない感激であった。

掃部がもう一つ驚いたのは、この島にいる子供たちの姿だった——

集落ではそれぞれ、家畜として黒豚およそ三十頭を放し飼いにしていた。ところが、子供たちは、そのすべてに名前を付けていて、まるで友達のように並んで寝た。一頭でもいなくなると、自分たちは食事も摂らずみんなで探しに行った。

また、果樹の採取では、どんな大人も子供たちにはかなわなかった。たとえばココナツの実を採るときには、掃部らが足も掛けられないようなつるつるした木の幹を、まるで猿のように登った。

そんなとき、ぼろぼろの着衣が緩んで、少年のふぐり（睾丸）が下から丸見えになることがあった。下で果実を待ち構えている大人たちが笑っているのに、少年は懸命にココナツの実を棒で叩いて落とし続けた。

明石掃部らは、このカラヤン島で、まるで夢のような毎日を送った。あるとき、掃部は同行の者どもに言った。

「不思議である……」

「何がでございますか」

「この島では、戦さはもちろんのこと、暮らしのうえでの争いごともなければ、盗みなどの悪さをする者も一人としていない」

「さよう。たまに病人が出ると、村長夫婦がほとんど祈禱と薬草で治しております。またお互いに好きになった若者同士のあいだに子供が生まれると、集落のみんなで育てているようであります」

「うむ、それがしは、このままずっとこの島で暮らし、骨を埋めてもよいのではないか、と半ば本気で思うようになっている」

いっしょに漂着した将士や船員のなかには、何とか渡りをつけて「日本へ帰りたい」「せめてマニラへ行きたい」と言う者もいた。

だが掃部は、なおしばらくこの美しくのどかな島で、夢のような時を過ごしたいと思った。

ところが、この島に漂着して半年ほどたったある秋の日のことだ。島にスペインの国旗を掲げた小さな軍船がやって来た。

ルソンは、宋・元の時代に興《おき》た南方系の小部族国家である。スペイン人がマニラを拠点にこの国の経略に着手したのは、十六世紀半ばからである。だから、政治的にはこの島も、スペイン総督の管轄下に置かれており、軍船の来島は一年に一、二度の巡察だった。

軍船に乗っていた官吏は、いかめしい面構えをしてはいたが、掃部らが遭難した日本人で、しかもキリシタンであることを伝えると、にこやかに握手を求めてきた。そして、この島にいる日本人は、

「総督の指示だから、ぜひマニラで暮らすようにしてほしい」

と言った。マニラにはその一角に日本人の住む地区があることも教えてくれた。

明石掃部ら日本人三十余人は、まもなくやってきたスペイン船に乗って、三日がかりでマニラへ出た。すでにルソンでも、海風を冷たく感じる季節になっていた。

マニラの町は、大変な賑わいぶりであった。

その港は長崎よりも広く、数多くのスペイン船やメキシコ船に交じり、日本の朱印船（幕府から許可を得た貿易船）も何隻か帆を並べていた。

港からほぼ碁盤の目のように道路が張られており、頑強な石づくりの家が建ち並んでいた。さまざまな国の商館や寄り合い所、宿泊所、料理店、劇場、民家、倉庫、馬止めなどで、何か所かに十字架の掛かった教会も設けられていた。

掃部らが一番驚いたのは、そこで暮らし働いている人々のことだった。案内人の話

では、スペイン人やメキシコ人ばかりではない。明（中国）をはじめ朝鮮、大越（ベトナム）、カンボジア、マラッカ、ボルネオなどから来た者もいるという。

「これが、かつてイエズス会宣教師らの語った世界というものであろうか」

「誠に、南蛮と申してもいろいろでございますな」

実にさまざまな人々が仲良く商売をしたり、ときには喧嘩や騒動を起こしたりして暮らしていた。掃部らは翌日、南蛮風の馬車で町中をひと巡りしたあと、日本人居住区を目指して、海岸通りを南に進んだ。

日本人のマニラとの係わり合いは、それほど古いことではない。ここに初めて商船を派遣したのは、肥前・大村のキリシタン大名・大村純忠で、入港したのは一五八六年（天正十四年）春であった。

その後、季節風を利用した交易を重ね、日本からは主に銀を送り、明やヨーロッパからは生糸、絹織物、陶器、毛皮、武器などの製品を仕入れた。それに伴い日本人商人の行き来も盛んになり、ここで年を越す滞留者も急増した。

スペイン総督は、中国人と同様に日本人の商いを歓迎したが、同時にその闊達《かったつ》な活動ぶりを警戒したらしい。治安維持をかねてマニラ東部のディオラという地区に「日本人居住区」を設置した。ここは、中国人街のすぐ南隣りにあたり、のちに人口三千人の日本人町に発展したところだ。

明石掃部らは、スペイン人が築いた要塞サンチェゴ城のあたりから、マニラの大河バシル川を渡り、ディオラ地区の日本人居住区に入った。

「これはなんだ、まるで日本に帰ったようだ」

「日本の商人屋敷そのままでございますなあ」

そこには、目を見張るような光景が広がっていた。家屋の多くは瓦《かわら》や藁《わら》の屋根で、門構えや玄関、雨戸、庭のつくりもほとんど日本風だった。そればかりか、行き交う人々はほとんど半被《はっぴ》や小袖姿で、親しげに挨拶を交わしていた。

住民のなかにはキリシタンも多いのだろう、街のほぼ真ん中に大きな教会があった。掃部らはまず、その教会を訪れた。

「見ろ！　明石様が来たぞ」

「あの方が、キリシタンのために大坂の役で戦ったお方だ」

ここでは、事前に誰かが伝えていたらしく、すでに二百人余りの熱心な信徒が待っていて、一行を取り囲み大きな歓声をあげた。それはまるで凱旋の武将を迎えるときのような熱気に溢れていた。

この地に逃れてきたキリシタンは、その多くが果実・野菜の栽培や新たな水田づくりに励んでいた。誰もがそれほど裕福な暮らしをしているようには見えなかったが、どこか生き生きとして満面に笑みをたたえていた。

ここで掃部は、信長・秀吉の時代に歴戦の勇将として名を馳せたキリシタン武将・高山右近の消息を知った。右近は家康によって国外追放となったあと、この地に来てまもなく病死したのだという。

(自分もまた、おそらく同じ運命を辿ろうとしているのだろうか……)

まもなく、日本への帰国を希望する将士や船員たちはマニラを去り、掃部ら四人だけが日本人居住区に居を定めた。掃部のほか一族の明石八兵衛、譜代の池太郎右衛門、沢原忠次郎である。

明石掃部はこのとき、帰国する船員たちを厚く労《ねぎら》ったうえで、長崎に残してきた子供たちのことについて知らせてくれるよう頼んだ。

「長男は修道に入り次男は医術を学んでいるはずだが、末娘のレジナのことが心配でならぬ。元気でいるのかどうか、ぜひ調べていただきたい」

「かしこまりました。分かれば必ず便りをさせましょう」

「それはありがたい。レジナとはいずれいっしょに暮らそうとの約束もあるゆえ、できればこちらに呼び寄せたいとも考えている」

掃部は三人の子供たちにそれぞれ一書をしたため、必ずまた会える日まで待っていてほしいと祈願した。だが、その後いくら待っても、長男・小四郎、次男・内記はもちろんのこと、次女レジナの消息についても伝えられてくることはなかった。

こうして、明石掃部はこの暖かいルソンの大地で、それから五年余りの歳月を過ごすことになる。

だが、このころ日本では、幕府によるキリシタン迫害はさらに激しくなり、明石掃部の捜索も中止されることはなかった。

たとえば、掃部がカラヤン島からマニラの日本人居住区に移り住んだころ、長崎ではまず、イエズス会の日本人修道士でレオナルド木村という者が、「明石掃部に会ったか、文通をした」疑いで二人の信徒とともに捕縛され、供述を拒んだため処刑された。

また同じころ、長崎のセミナリオにいたキリシタンのトメと、長年パードレに仕えていたルカスの両名が、「明石掃部の次男・内記を匿った」という理由で、肥前・島原の口之津で磔にされた。

それだけではない、明けて元和三年（一六一七年）三月には、掃部がかつて暮らした筑前・黒田藩で、従兄弟の明石次郎兵衛にさらに大きな悲劇が降りかかった。

次郎兵衛は長年、明石家の家老として掃部とともに戦場を駆けた歴戦の者であった。関ヶ原の一戦に敗れたあとも、掃部に付き従って九州に逃れ、筑前の太守となった黒田長政に一千二百石で仕えた。

当時のイエズス会『日本報告』などによると、彼は掃部の勧めにより小倉の教会で洗礼を受けた。洗礼名を「ジョアン」といい、藩内では知らぬ者もいないほどの熱心なキリシタンとして振る舞っていたという。

ところが、大坂の役後、さらに幕府の取締りが厳しくなっていくなかで、次郎兵衛は主君・長政から再三にわたり信仰を遺棄するよう命じられた。だが、次郎兵衛は毅然としてそれを拒絶した。

「それがしは、将軍の掟よりも、天にましますわれらが主の仰せに従いとう存じます」

「そのようなことを申していると、生きてはいられなくなるぞ」

心配した藩の同僚や友人らは、再三にわたり説得しようとしたものの、次郎兵衛はそのつど、まるで「波をはね返す岩礁のように固い意志」で立ち向かったという。しかも自分の固い信念を言葉で語るだけでなく、書面にまで認《したた》めた。

「それがしは、聖なる主の教えを棄てるくらいなら、家屋敷はもちろんのこと命をも捨てる覚悟である」

明石次郎兵衛はこの書面を公にしたあと、妻のカタリイナに事情を打ち明け、二人して聖像のまえに跪《ひざまず》いた。その後も同僚や友人らは、忠告を繰り返した。

「口先だけでいいから遺棄すると言ってくれ。そうでもしなければ殺されるぞ」

「友よ、もしお前が、私のことを本当に大切に思ってくれているなら、そのようなことを二度と口にしてくれるな」

次郎兵衛はなお、毅然として忠告を拒絶し続けた。このようなことが繰り返された末に、長政は、次郎兵衛がもはやこれ以上信仰を棄《す》てないのであれば、首を刎《は》ねなければならないとの結論を下した。

長政ははじめ、次郎兵衛に切腹を命じたらしい。ところが、次郎兵衛はこれも「神の教え」だとして自ら命を絶つことを拒絶したため、屋敷内で斬首されることになった。

処刑の役人がやって来たとき、次郎兵衛はまず、わざわざ自分の家にまで来てくれたことに礼を述べた。そのあといったん部屋に引き返し、聖画像とロザリオを手にした。そして感情を込めて深い祈りを捧げたあと、役人に向かって首を差し出し、イエスの名を三度唱えた。

妻カタリイナは、その様を熟視していたが、夫の首が地面にころがったのを見ると、走り寄って拾いあげ、両手でうやうやしく捧げたという。

彼女もまた、後になって家財はもちろん着物まで没収されたうえ、藩内の獄につながれた。

第十二章　故郷の備前忘れがたく

平穏で和やかな毎日が続いた。

朝は夜明けとともに起きてまず神に祈り、付近の丘や川のほとりを散策した。朝食がすむと、四人揃って開墾中の畑に出かけ、付近の住民らとともに農事に励んだ。ときどき街の日本人子弟に読み書きを教えることもある。

明石掃部は、マニラの日本人居住区で暮らすようになってから、明石八兵衛や池太郎右衛門、沢原忠次郎ら同行の三人と相談のうえ、この地で、水田による米づくりを住民らに教えることにした。

「それこそ、この地に骨を埋めるつもりなら、格好の仕事になるはずだ」

「さよう。殿は、もうすっかりその気になっておられる」

米づくりについては、掃部よりも八兵衛や太郎右衛門のほうがよく知っていた。畔《あぜ》づくりから水引き、田植え、稲刈り、籾取りまで、備前でのやり方で進めたところ、周りに住んでいるたくさんの住民たちが、それを学びに集まって来た。

幸いなことにこの地では、水の便がよいため稲の成長が早く、五月に植えた苗は、九月には穂をたれた。そればかりか、十一月にまた植えると、それがまた翌年の三月には収穫できた。これは掃部らにとって大きな発見だった。米づくりは、初めから大きな成功を収めた。

戦さもなければ、これといっためごともないのんびりとした暮らしは、最初に漂着したカラヤン島とあまり変わりはなかった。

ただ、あの辺鄙《へんぴ》な島との違いは、幕府の朱印船やスペイン、ポルトガル船でやって来る商人やキリシタンを通じて、日本の様子がさまざまなかたちで伝えられてくることだった。

それによると、幕府はその後、南蛮船の寄港地を長崎、平戸の二港と定め、諸大名が勝手に外国と交易することを禁じた。キリシタンの取締りも次第に強化され、各地で大量捕縛と大量処刑が進められているという。

そんななかで明石掃部は、幕府のいわゆる「明石狩り」によって、多くの友人やキリシタンがその犠牲になったことを知った――

マニラに来て一年余り経ってからのことだ。港に買い出しに出かけていた家臣の沢原忠次郎が、やや興奮した面持ちで帰ってきた。

「殿、ご家老だった明石次郎兵衛殿が藩主・甲斐守（長政）殿より改宗を迫られ、それを拒絶したため壮絶な死を遂げられたそうでございます」

「それは誠か！　で、どのように亡くなったのだ」

「次郎兵衛殿は切腹を拒否して打ち首になったとのことです。それに、お内儀のカタリイナ様も、全財産を没収のうえ石牢に繋がれたそうです」

「いったい、何たることであろうか……」

掃部は、一族や多くの信徒らが自分のために犠牲になったことを聞かされ、改めて忸怩《じくじ》たる想いに駆られた。自分が彼らの死によって生かされたことに心を痛めた。

（おそらく、小四郎や内記も、そしてレジナも、いずれは捕縛されるか、また逃亡を強いられているにちがいない……）

幕府のキリシタン迫害は、掃部らがマニラに来てからも、日本各地で容赦なく重ねられた。

元和五年（一六一九年）夏から秋にかけてのことだ、幕府は京のキリシタンを根絶やしにするため、「タリウス町」と呼ばれていた信徒居住区（現在の上京区堀川、今出川付近）を襲った。そして、捕縛した老若男女五十二人を、七条河原で火炙《ひあぶ》りにした。

このときの信徒のなかには、四人の幼い子供を抱き締めたまま、じりじりと弱火で焼き殺された身重《みおも》の主婦もいたという。

キリシタンに対する処罰がしだいに残酷になっていったことには、はっきりとした理由がある。幕府も、はじめのころはほとんど斬首やただの磔をもって処刑していたのだが、彼らは

「死こそ神のもとに召される栄光である」

として、信仰の深い者ほど潔く、しかも晴れやかに死んでいった。

将軍・秀忠をはじめ幕府の要人たちには、こういう態度が全く理解できなかったばかりか、キリシタンへの憎悪を一層深め、「苦しめながら殺す」ことにいろいろと工夫がこらされるようになっていった。

（いったい、彼らが何をしたというのだろうか……。ひたすら神に感謝し、平穏と心の安らぎを願って暮らしていただけではないのか……）

掃部は、どんなに祈っても抑えることができないほどの大きな悲しみと怒りに堪えなければならなかった。震える両手を、いつまでも止めることができなかった。

ところが、翌元和六年（一六二〇年）の秋に、明石掃部はもっと大きな事件を耳に

した。

この年の夏、マニラから日本に向かっていたポルトガル船が、ポルトガル人宣教師らを日本に潜入させようとしたとして、イギリス、オランダ両国の商船に台湾海峡で拿捕《だほ》され、肥前・平戸に曳航《えいこう》されたというのだ。

「それが、めちゃくちゃな話でございます」

沢原忠次郎は、このときもかなり興奮した面持ちで、聞き込んできたことをいっきょに語った。

「捕まったのは、日本人船長の平山常陳殿と神父様二人だけではありませぬ。船員十人、それにたまたま乗り合わせていた二人の日本人商人までも、すべて縄を打たれたそうでございます」

「で、どのような処分になったのだ」

「はい、それが常陳殿も二人の神父様も、身の潔白を言い張ったそうです」

「うむ、当然のことであろう」

「そのため、着衣をすべて剝ぎ取られたうえ、全身血だらけになるほどの拷問を受け、壱岐の島の穴牢に閉じ込められたそうでございます」

「壱岐の穴牢、であるか……」

明石掃部も、そこは一日中真っ暗な、糞便にまみれた地下牢であることを知っていた。改めて深い悲しみと怒りに身体中が震えた。だが同時に、いま日本で起きている幕府によるキリシタン迫害は、あれもこれも関ヶ原の一戦や大坂の役の敗北の結果にほかならないと感じ、改めて忸怩たる想いに駆られた。

だが、掃部の胸中には、また別の新たな感慨が起きて、次第に抑えがたい衝動になっていった。それは、湧き出るような万感の想いであった。

（いま一度日本に帰ってみようか……、日本に帰れば、すぐに捕まって殺されるかもしれないが、このルソンの地で、このまま朽ち果てるわけにはいかない……）

その想いは、この男が敬虔なキリシタンであっただけでなく、歴戦の者であったために、心底から湧き起こってきた正直な気持ちだった。

さらに掃部の胸の内には、自分が生まれ育った備前の地をいま一度踏んでみたい、との想いも重なった。

しかもいまは同行の家臣たちも言えぬが、

（日本へ帰ったうえで、どうしてもやらねばならないことがある……）

と思った。それはもしかしたら、自分の人生最後の仕事になるかもしれない大きな賭けであった。

ある夜、同行の三人に「帰国してみたい」と持ちかけたところ、皆もその日を待っていたのか、すぐに了解してくれた。

明石掃部らは、その後まもなく、日本に向かうスペイン船に伝手《つて》を得て、マニラを発った。それは元和八年（一六二二年）初夏のことで、そのとき掃部五十六歳であった。


長崎の町は、このわずか六年のあいだに大きく変わっていた。

明石掃部らは、奉行所の検問を逃れるため、湾内で小舟に乗りかえ、夜陰に紛れて上陸した。港近くのある有力なキリシタンを訪ねたのだが、その居宅は跡形もないほど焼き尽くされ、頼りにしていた近くの信徒たちもすべていなくなっていた。

掃部はまず、港の見える丘の教会などを密やかに訪ね、この長崎で別れた二人の息子と次女レジナの消息を探った。だが、修道を歩んだはずの長男・小四郎（洗礼名ヨハネ）も次男・内記（洗礼名パウロ）も、この町からは行方知れずになっていた。

それだけではない。次男・内記が師事したはずの医師・宗仙《そうせん》宅を偽名で訪ねたとき、次女レジナがすでに五年近くも前に、労咳のため死亡していたことを知った。別れてまもなく、ある雨の日に吐血し始め、半年以上苦しんだ揚句に息を引き取ったのだという。

(何ということだ！　これは神の思し召しなどではない。悪魔の仕業だ……)

涙をこらえながら、港の見える丘に上り、教会の裏にある妻・麻耶の墓へ行くと、小さな石の脇に、もう一つ同じような白い小石が並べられていた。

よくみると石の裏に、誰がしたのか米粒ほどの小さな文字で「レジナ」と刻まれていた。別れた日のことが、昨日のことのように蘇り、胸を激しく叩いた。

数日後、掃部ら四人は、二人ずつにわかれ、街はずれの米問屋に向かった。店主の谷中徳兵衛はかつて、長崎代官・村山等安の邸宅にもよく出入りしていた信徒だった。もしもこの男が改宗をしていれば、自分たちの命運もそこで尽きるだろうと思いながら、格子戸を叩いた。

だが、徳兵衛は真夜中だったにもかかわらず、四人を温かく迎えてくれた。そればかりか、自分の別宅を住まいとして貸してくれたうえ、当面の生活費としての銀子も出してくれた。

「ところで徳兵衛殿、長崎代官だった村山等安殿は、いまどこでどうしておられるのだろうか」

「あのお方でしたら、すでに二年も前に一族ともども処刑されてしまいました」

「なに！　幕府のお咎めを受けているとは聞いておりましたが、処刑されたとは、どうしたことでありましょう」

「はい、村山殿は、熱心なキリシタンでありましたから、貿易のことなどで密告する者がありまして、陥れられたのでございます」

「ご家族はどうされたのか」

「はい、財産はすべて召し上げられ、奥様も子供たちも一族皆殺しになりました」

そのあと徳兵衛は、「宣教師潜入事件」の平山常陳の処分についても、悲しげな表情でその顚末を告げた。

「つい先日のことですが、あの平山様も、船で連れてきた宣教師や船員、それにたまたまその船に乗り合わせていた二人の商人とともに、この長崎で処刑されました」

「なに、火炙りなどで、皆殺しに遭ったと申されるか」

「はい、全部で十五人です。ほかの者はただの打ち首でしたが、平山様とスニガ神父のお二人は、拷問のため全身傷だらけのお姿で刑場に連れて来られ、じりじりと炙るように焼かれました」

「なぜそのようなひどい仕打ちを」

「理由は簡単でございます。かれらがキリシタンだったからでございます。改宗をしない者への見せしめでございますよ」

「それは、まさしく悪魔の仕業としか申しようがありませぬな」

「ただ、お二人とも、最後まで笑顔を崩すことなく、泰然として天を仰ぎ続けておられました」

「そうでありましたか……」

明石掃部は、やり場のない怒りと悲しみをこらえるために、このときもしばらくのあいだ拳を握りしめた。ただ、徳兵衛の話によると、長崎とその周辺にはまだ五万人以上のキリシタンがいて、互いに助け合いながら暮らしているという。

そのことが掃部にとって、せめてもの慰めであった。


ところが、それから間もなく、明石掃部らが、備前への旅の支度をしていたときのことだ。誰からともなく悪いうわさが広まり、掃部の耳にも届いた。幕府と長崎奉行所がまた、キリシタン五十五人を大量処刑することになったというのである。

処刑はうわさ通り、長崎の港をのぞむ西坂の丘の上で行なわれた。かつて秀吉が京畿の宣教師やキリシタン二十六人を処刑したため、信徒のあいだはその後「聖山」と呼ばれるようになったところだ。

掃部ら四人は、処刑のさまを瞳の奥に焼き付けておこうと、托鉢《たくはつ》僧や農夫に身をやつして、五万人を超える群衆のなかに立った。

長崎奉行所が刑場に並べたのは、それまで一年以上にわたり大村藩の穴牢につながれてきた宣教師二十一人と信者三十四人で、信者の中には、婦人十四人と三歳の男児二人を含む子供六人がいた。

処刑はまず、信徒ら三十人の斬首に始まったが、執行人は奉行の命令で、女子供に対しても容赦なく刃を振るった。母親の脇に座らせられていた、いたいけない三歳児の首が、まるで蹴鞠のように飛んだときには、群衆のあいだから地響きのような大きな呻き声が上がった。

次に、神父ら二十五人を十字の柱に縛りつけ、群衆のすすり泣く声のなかで火炙りを始めた。ところが、前日の雨で薪がよく燃えなかったため、弱火が処刑者たちをいっそう残酷に責めたてるかたちになった。

足のあたりからじわじわと炙られ、ぼろぼろの着衣が焼けると、やがて体中が下のほうから真っ赤に爛《ただ》れあがっていった。それでもなお、処刑者は神に祈り続け、悲鳴を上げる者などはほとんどいなかった。

いくら炙り続けてもなお呼吸を続けていた者は、槍を肛門のあたりから頭部にめがけて突き刺され、息の根を止められた。

だが、それだけでは終わらなかった。

長崎奉行所はそのあと、斬首や火炙り、串刺しなどで死亡した者の遺体を一か所に集め、あらかじめ用意していた板のうえに積んだ。そして、「試し斬り」と称して、執行人らにずたずたに斬り刻ませたのである。

「これは酷い！」

「まさしく悪魔の仕業でござる」

掃部ら四人は、思わず飛び出しそうになるのを何度もこらえ続けた。群衆のあいだのすすり泣く声は、やがて讃美歌の大合唱に変わっていった。警備の役人たちが揃って棍棒を振り回しても、どうにも止めようがなかった。

このとき多くの信徒たちは、狂わんばかりに泣き叫びながら、処刑された者の肉片や引き裂かれた着衣を拾い集めた。また、持参した手ぬぐいに打ち首になった者の血をにじませ、持ち去った者もいた。いずれも「殉教の証」を、より多くの人々に知らせるためだったという。

「それがしにも、耐えがたいことがある。帰って来るのではなかったとさえ感じている……」

掃部はその日の夜、八兵衛や太郎左衛門の前で涙をぬぐった。その忸怩たる想いは、戦さで将士を失ったときよりもはるかに深く、堪えがたいものであった。

「それにしても……」

と、掃部はひとり言のように続けた。

「処刑された宣教師や信者たちは、息を引き取るまで輝き続けていた……」

「最後まで堂々としていたお姿には、胸をえぐられるような思いでござった」

「われらは、果たして、あのような笑顔で毅然として死ねるだろうか……」

「……」

掃部はふと、死についてあれこれと想いを巡らした。そして、いまの年齢や境遇を考えたときに、戦いに明け暮れていたころとは別の色をした死が、自分にも静かに迫っていると思った。

明石掃部ら四人が、米問屋・徳兵衛の手配してくれた船で長崎を発ったのは、その年も暮れようとしていた師走だった。

途中、下関のあたりから諸藩の検問を逃れるため、商人や托鉢僧に身をやつし、山小屋などに逼塞しては裏街道を歩き続けた。備前の土を踏んだのは、その年元和八年

（一六二二年）の十二月ごろである。

四人は岡山城をはるかにのぞむある丘に立った——

萌える山の緑に、懐かしい川のせせらぎ、やがて山野にはまた、山桜や桃の花が咲き乱れるだろう……。掃部は、あのころと少しも変わらない故郷の眺めに旅の疲れを忘れようとした。

ここ山陽道の要衝・備前は、池田輝政の次男・忠継が元和元年（一六一五年）、大坂の役のころに死去してからは、その弟・忠雄が、三十一万五千二百石をもって継いでいた。

岡山に入ると、城も街並みもきれいに修復されていて、人々が忙しげに働いていた。見知らぬ商家や縄張り人、大工、左官らの多くは、池田家の支配になって播磨や因幡からやってきたらしい。

掃部らは、街はずれのある古寺に投宿したが、そこの若い住職をはじめ、付近の者にもいまや誰ひとり知る者もなく、誰からも疑われることもなかった。四人して久しぶりに湯に浸り、体を洗い合った。

数日後のことだ。掃部は、明石八兵衛ら三人とともに、岡山城の東部を流れる旭川の岸辺を歩き、河口に近い小石の河原でひと休みした。かつて、その名を天下に知らしめた「宇喜多の鉄砲隊」が何度も射撃の訓練をしたところである。

と、そのときである、近くの河原で遊んでいた子供の一人が、掃部のところにやって来た。七歳くらいのふっくらとした女の子で、その身なりからして商家の娘にちがいない。

「おじいちゃん、どこから来たの」

「うむ、遠いところから帰って来た」

「なにをしているの」

「うむ、昔のことを考えている」

いつの間にか、子供たち数人が集まってきた。掃部がこの子供たちになにを話したらよいか考えていたところ、脇にいた沢原忠次郎が口を挟んだ。

「そなたたちは、すぐ近くの商家の子とみたが、昔ここに、宇喜多様というお殿様がいたのを知っているか」

「ああ、じいちゃんに聞いたことがあるよ。戦さに負けて、どこだか遠い島に流されたお殿様だ」

年長の男の子が答えた。忠次郎は、その子に続けて尋ねた。

「では、そのご家老で明石掃部様というお方がいたのを知っているか」

子供たちは、誰か知っている者がいるかどうか、お互いに顔を合わせた。

「知らない……」

年長の男の子がそう答えると、ほかの子供たちも、それぞれ首を横に振った。たわいもないやり取りではあったものの、子供たちが「知らない」と言ったひと言は、掃部にとって大きな驚きであった。

明石掃部はそのあと、目の前の旭川の流れを眺めた。

(自分が歩んできた長い道も、この川の流れに似ている……)

川の流れを逆流させることはできない。水は美しく澄んで静かに流れているが、時には濁流となって、また時には枯れてしまうほどに細々と流れる。そしてやがて海にそそげば、なにごともなかったように消えてしまう、と思った。

(それにしても……)

と、掃部はそのとき、自分が歩んできた長い道のりを振り返った。やはり、関ヶ原の一戦での決戦の瞬間を思い浮かべてしまう。

(もしもあの時、小早川の裏切りがなければ……)

東軍＝家康方の先鋒・福島隊を、数度にわたって撃退した自分の采配に誤りはなかった。そればかりか西軍＝三成方は、鉄砲の力で優位に戦い、その勢いで家康の策謀を打ち砕くはずであった。

それはほかならず豊臣政権を守ることで、新しい、しかも開かれた天下をつくろうとする戦いであった……。

明石掃部にとっては、大坂の役も同じ戦いであった。

(もしも秀頼君や側近の者どもが、戦さのことをすべてわれら武断の者どもに任せてくれていれば……)

(冬の陣のあと、和議を結んで堀を埋めるようなばかげたことをしていなければ……)

その後の天下も、そして自分の命運も、大いに違ったものになっていただろう。とりわけキリシタンがあれほど残酷な迫害に曝されることもなかっただろう、と思った。

自分がキリシタンたることでこの世の救済と平穏を求め、新しい世の中をつくろうとしたことに、何の誤りも悔いもない。ただ、力及ばず、運もまたついてくれなかっただけのことであろう……。

振り返れば、あれもこれもまるで昨日のことのようで、何か胸のなかから湧き出てくるような熱い興奮に見舞われた。

それからさらに数日後のことだ。明石掃部は、伴の三人と岡山城下から東へ十里（約四〇キロ）ほどの保木城へ向かった。ここは、備前東部を流れる吉井川沿いに父親の景親が築いた連廓式山城で、掃部の生まれたところである。

ところが、訪ねてみると、廓や城門、城壁はもちろんのこと、城に接した侍屋敷や商家などはすべて取り壊され、わずかに石垣だけが当時の名残りを留めていた。

実はこの城は、関ヶ原の一戦ののちに小早川秀秋が入部《にゅうぶ》したとき、岡山城修築の資材を得るために壊されたのだが、さらにその後、幕府が発した一国一城令により、ただの荒れ山に戻されてしまっていた。

だが掃部は、そのいきさつをほとんど知らない。そのときには、ただこれも宇喜多家が滅んでしまったためであろう、と思い、なにか身ぐるみを剥がれたような虚しい気持ちになった。

帰り途に、吉井川沿いの茶屋で一服し、ゆったりとした流れや向こう岸に咲く草花を眺めた。

茶屋の亭主も全く知らない若い男だったが、秀家の消息については少しだけ知っていて、

「八丈島で元気に暮らしているらしい」

と教えてくれた。だが掃部のその後のことについては、少し妙なことを言った。

「あのお方は、大坂夏の陣で亡くなられました」

「ふむ、やはりうわさ通りだったということだな」

「はい、さようでございます。ただ、ご遺体は家臣たちが密かに大坂より運び出し、遠く九州から南蛮のほうへ持ち去ったとのことです」

「ほう、家臣どもは、いくら忠義の者とはいえ、なぜそのようなことをしたのだろう」

「それは、明石様がキリシタンだったからでございましょう」

「キリシタンなら、なぜご遺体を南蛮に運ぶのだろうか」

「さあ、私にはそこまでは分かりませんが、家族や家臣をよくいたわるお方でしたから、少しでも神様に近いところへお連れしたのだろうと思います」

「なるほど、南蛮は神様に近いところか……」

掃部は、このとき茶屋の亭主が何気なく言った話の意味を、しばらく考え続けた。掃部を知っていた者なら、その生と死について、多くの者が同じように考えているにちがいない。

すでに死んでしまった自分への世間の評価が、意外にも高いことには驚いた。その点では、武門に尽くした自分の生涯は、確かに大坂夏の陣をもって終わっていたと言ってもいい。

掃部は、改めて自分が夢中で生きてきた歳月を想い、自分と共に生き、そして死んでいった人々の記憶を辿った。


それからまた、数日後のことである。

明石掃部は、投宿していた寺の離れに、これまで三十数年にわたって付き従ってきた一族の明石八兵衛、譜代の池太郎右衛門、沢原忠次郎を集めた。掃部よりいくらか若い三人の顔にも、すっかり皺やしみが増えていた。

掃部は、改めて三人の労苦を慰めたうえで、マニラを発ったころから、胸の隅でじっと温めていたことを初めて披露した。

「本日は、折り入って相談したいことがあって集まってもらった」

「そのように襟を正して、いったい何でございましょう」

三人がやや緊張した面持ちでその顔を覗き込むと、掃部はひと言、小声でゆっくりと言った。

「実はそれがし、秀家殿に会いに行こうと思う」

た。

「あの、八丈島に、でございますか」

「さよう、ここから何百里あるかも分からぬその島に行くのだ」

三人は、こればかりは南蛮行きよりも難しかろうと暗い顔になったが、掃部は続けた。

「数えてみると、秀家殿がそこへ流配となってから、すでに十六年になる。元気で暮らしているとのうわさではあるが、ぜひこの目で確かめてみたい」

「確かめて、それからどうされるか」

八兵衛が怪訝《けげん》そうに尋ねると、掃部は、めったに見せない咳払いを二度もしてさらに続けた。

「人は誰も、勝手気ままに生きているが、死ぬ前には必ず、やらねばならぬことがある……」

掃部にとって秀家は、主君であり義弟であったために、共に「宇喜多の強兵」を率いて戦国の世を駆け抜けてきた。振り返れば、秀家と自分との縁は、戦国の備前でそれぞれ、謀将・宇喜多直家と豪将・明石景親の嫡男としてこの世に生を受けたときから始まっている。

(その運命の糸は、なぜかいかなるときも断ち切ることはできなかった……)

自分がキリシタンの道を歩むようになってからも、秀家は何一つ苦情や愚痴を口にしなかったばかりか、誰よりも自分とキリシタンの者どもを庇い続けてくれた。

（しかも、あの関ヶ原の一戦では、自分が進言した西軍＝石田三成への加担をさらりと了解してくれたばかりか、兵の采配をすべて自分に任せてくれた……）

それほど深い秀家の信頼に、自分は応えられなかったが、歴戦・武辺の者としてこれほどの喜びはなかった。

（確かに秀家は、駿馬のような押し出しのよい武将であった）

それればかりか、秀吉亡きあとの天下を競うに、誰にも引けを取らぬほどの器量と才智の持ち主であった。その駿馬の手綱を取って天下に望み、開かれた世をつくることこそ自分に課せられた役割であった。

それはまた今は亡き父親や秀吉が、自分にかけてくれた大きな期待であった。

（だが、自分はその期待に応えることができなかった……）

それだけに、おそらく伊豆の孤島で秀家が背負い続けている労苦を想うと、自分には、この愛すべき主君の命運にかなり大きな責任がある……。

「そなたらには、いまひとつ分かってもらえぬかもしれぬが、それがしは秀家殿に、ひと言礼を言わねばならぬと考えている。そして……」

掃部はここでいったん言葉をきったあと、万感の想いを込めて言った。

「そしてそれがしは、秀家殿にひと言詫びねばならぬと思っている。礼を言い、そして詫びてから死にたいのだ」

「殿、よく分かりました。すぐにもその準備にかかりましょう」

「それがしのわがままを分かってくれたか。それはありがたい……」

掃部は、この男にしてはめずらしく目頭を熱くした。聞いていた三人も、ここに至ってはじめて掃部の心情を悟り、皺だらけの、しかも傷だらけの手で涙をぬぐった。

明石掃部ら四人が、備後・鞆《とも》（広島県福山市鞆町）の港を発ったのは、彼らが岡山に帰郷してから半年後の元和九年（一六二三年）初夏のことであった。

当時、鞆の港は譜代大名・水野勝俊の福山藩（一〇万石）による支配下に置かれていた。それだけに管理も厳しく、たとえどれほどの大枚をはたいても、八丈島まで運んでくれる船などあるはずがなかった。

そのため掃部は、苦肉の策として奇計を案じた。それは、この男にとって人生最後の賭けにもなった。

掃部はまず、鞆の港近くで、ある小さな回船問屋を訪ねた。

「それがしは、阿波・徳島藩二十五万七千石の蜂須賀家に召し抱えられることになった書道家でござる」

「はい、それでその徳島へ行かれるのでございますか」

「さよう、われら四人と書に使う墨や紙を徳島まで運んでもらいたい」

相応の銀子を前渡しすると、番頭はしぶしぶこれを引き受けてくれた。

一行は翌朝、それもまだ夜が明けぬまえに港を発った。船は小型の早船（軍船の一種）を改造した廻船で、矢五郎と名乗る船頭に船手二十人ほどが従っていた。幸い波もおだやかで、讃岐のある漁村で一泊したあと、二日後には阿波・徳島沖に至った。

そこで掃部は、船頭の矢五郎をそばに呼び、自分の身上を打ち明けた。

「それがしは、備前の先の太守・宇喜多中納言秀家殿の筆頭家老・明石掃部である」

「な、何と言われたか」

矢五郎は腰を抜かさんばかりに仰天した。

「それがしを知っていたか」

「知るも知らぬもございません。わしもつい先年までキリシタンでありました」

「そうか、それでは願いごともしやすかろう。どうかこのまま紀伊沖を抜け、はるか

「南の島を目指してほしい」

「南の島とはどこのことで……」

「八丈である。そこに流刑されている主君・秀家殿に会いに行くのだ」

「えっ！　八丈と言われましたか」

掃部はそのあと、あるだけの銀子を並べたが、矢五郎はなお、困惑を隠そうとはしなかった。だが、やがて面をあげると、また掃部の顔をしげしげと見た。

黙った。掃部の顔をしげしげと覗き込んだあと、両手で顔を塞ぎ、長いあいだ押し
「どうであろうか。それがしの願いを聞いてくれるか」

「分かりました。このおれも男だ。明石様を八丈までお送りしましょう」

そのあと矢五郎は、船手の者どもに何か耳打ちして受け取った銀子をくばり、まもなく船舵を南に向けた。


ところが、それから二週間ほどたったある雨の日のことである。土佐・坪井（高知県香南市夜須町）の海岸に、二人の初老の男の遺体が打ち上げられているのを、地元の漁師が発見。急ぎ村長《むらおさ》のもとに知らせた。

一人は六十歳近くで、いま一人は五十歳前後。それぞれ腰に小刀を差していたこと

などから士分の者とみられた。年長者のほうは、着衣の背中に花クルスの文様を染め込んだ旗印を折り畳んでいた。

二人の遺体は、村人数人の手で村はずれの丘の隅に並べて埋められた。だが、不思議な縁というほかはない。その世話に当たった村長は、かつて洗礼を受けたことがあったため、この年長者の遺体の主が、あの大坂の陣以来行方不明になっている明石掃部ではないか、との疑いを抱いた。

ところが、そんなことが分かれば、幕府と藩も黙ってはいない、必ずや遺体を掘り返して、見せしめのために打擲《ちょうちゃく》するか、野犬やネズミにでも食わせてしまうだろう、と思った。

村長は、そんなことだけはさせてはならないと、勝手に考えたらしい。その後も素知らぬふりを通した。さらに十年以上が経ってから、誰かが遺体を埋めた土のうえに、小さな石を置いた。その石の裏には、可愛らしい花クルスの文様が彫り込まれていた。

おそらく、この遺体は、村長の推測通りだったのだろう。明石掃部はこうして南国・土佐の名もなき丘の隅に密かに眠ることになったのである。

もちろん八丈島の秀家は、掃部の最期を知らない。最期どころか、関ヶ原の一戦ののち掃部が辿ったやや数奇な足取りについて何一つ知らされることもなかった。ただ、秀家はその後もこの島で元気に暮らし続け、島民の娘たちとのあいだにたくさんの子供を設けた。

秀家が死去したのは、明暦元年（一六五五年）十一月である。あの家康がこの世を去ってから三十九年後、二代将軍・秀忠が死んでから二十三年後のことだった。秀家は結局、家康・秀忠親子のために生涯この孤島から出ることはできなかった。だが、長生き比べでは、この二人に圧倒的に勝ち抜いたことになる。

以下は、もしかしたら余談になるかもしれないが、明石掃部の長男と次男が辿ったその後の運命について触れておきたい。

長男の明石小四郎守景（洗礼名ヨハネ）は、慶長五年（一六〇〇年）の関ヶ原の一戦で西軍＝石田三成方が敗れたのち、父親に従って九州へ逃れた。

その後まもなく、長崎で修道を歩もうと決心し、当時、キリシタン大名・有馬晴信によって肥前・有馬に設けられたばかりのセミナリオ（神学校）で学んだ。数年後、ここを卒業して、同じ施設内にあるコレジョ（神学院）に進んだ。

これらの施設は、慶長一七年（一六一二年）に長崎に移されたが、二年後の慶長一九年（一六一四年）三月、大坂の役が始まる直前に、幕府が出した禁教令により閉鎖された。

そのため、学生・生徒たちは三組にわけられたうえで、笈《おい》（修行者が用具を入れる箱）を背負い、全国に散っていった。ある者は、信者たちが洗礼などの秘蹟《ひせき》を受けるのを手伝うために潜伏し、またある者は、ルソンやマカオへ行って勉強を続けた。

このとき明石小四郎は、縁あって薩摩に入り、藩主・島津家久の外祖母にあたる信徒の堅野永俊尼（洗礼名カタリナ）を頼った。永俊尼は、小四郎を土持《つちもち》大右衛門という者に匿わせた。

それから二十年近くたった寛永一〇年（一六三三年）、第一次鎖国令が発せられた年の秋のことである。薩摩藩の江戸家老・伊勢貞昌のもとに、かつてキリシタンだった藩士・矢野主膳がやって来たとき、こんなことを打ち明けた。

「明石掃部の長男・小四郎とやらが鹿児島にいて、それがしの身内が匿っております」

「なに！　明石掃部の長男と申すか」

貞昌はびっくりして国許に急使をたて、ただちに小四郎を捕らえるよう命じた。その際、人が寄り付かないようにたくさんの番（見張り）を付けること、掃部の子供であることを秘密にしておくこと、捕らえたら絶対に逃がさぬようくれぐれも注意すること、などを厳しく指示した。

そのころ小四郎は、文字を書くことが達者だったために、永俊尼の家来筋に当たるジュアン又左衛門(日本名不詳)という藩士のもとで筆役を務め、ひっそりと暮らしていたが、追捕の者がやって来ると、あっさりと絡め取られた。

「おまえは明石掃部の子か」

「はい、私はまぎれもなく明石掃部の長男です」

小四郎は正直に、しかも整然と答えた。明石掃部といえば、共に関ヶ原の一戦を西軍で戦った薩摩藩で知らない者はなかった。そのため藩では、彼を保護していた永俊尼やジュアン又左衛門らとともに種子島に送り、その身上などに配慮して丁重に扱った。

ところが、それはまもなく幕府の知るところとなり、小四郎は京へ移送された。藩では、途中、苦しい思いをすることのないよう駕籠で運び、途中の宿では馳走してゆっくり眠らせるなど、十分な配慮をしたという。京に着くや、時の京都奉行・板倉周防守(重宗)に引き渡された。

周防守はキリシタンに対し、いくらか寛容な考え方をもっていたが、幕府が「明石掃部の長男」を許すはずがなかった。小四郎はまもなく、幕命により京の七条河原で斬首された。

そのとき小四郎は、三十八歳くらいであったという。

次に、掃部の次男・明石内記景行（洗礼名パウロ）のことである。内記は、台湾遠征隊に加わった父親と別れたあと、宗仙《そうせん》という者に匿われて長崎で西欧医学を学んだ。

ところが、一年余り経ってから、江戸で密告する者があって、幕府の知るところとなった。幕命を受けた肥前・大村の藩主・大村純頼は、直ちに藩兵を率いて長崎に至り、宗仙の家を包囲・捜索したのだが、内記はすでに妻子ともども立ち去ったあとだった。

純頼が宗仙を捕らえ、水責め、逆さ吊りなどの拷問にかけると、宗仙は、内記が「佃又衛門という者を頼って安芸・広島へ赴いた」と白状した。

佃又衛門は、福島正則の家臣で豪勇をもって家中に聞こえていた。だが、かなり熱心なキリシタンであったため、大坂の役で正則の嫡子・忠勝に従って出陣したときには、落城にさいし、城より逃れ出た宣教師ポルロを救出し、これを厚く保護したことでも知られていた。

このとき又衛門は内記に対し、同じ信徒としての心情から、金子を渡すなどの援助をして、京畿方面に逃がした。藩庁では、幕府からの指示を受けると、直ちに又衛門を喚問した。

「そなたが、明石内記を匿ったというのは誠であるか」

「いかにも、内記がそれがしのところへ参ったことは間違いござらぬ。だが、一宿しただけで立ち去りましたので、それからどこへ行ったかは存じませぬ」

あとはなにを聞いても黙秘を押し通した。一説には、これを聞いた藩主・正則が、又衛門を江戸・芝の屋敷に呼び出し、自ら松明《たいまつ》の火を五体に押し付けるなど厳しい拷問を加えたものの、頑として供述を拒んだという。

その後、この男はそれまでの戦功により処罰を免れ、藩庁から改宗を迫られただけであったが、それすら頑固に拒絶したため、結局、捕縛されて首を討たれた。

その後、内記の所在は全く途絶えてしまった。その消息が明らかになったのは、それから二十年ほどたった寛永十七年（一六四〇年）である。

その年の秋、どういういきさつからか、江戸で内記を訴え出る者があった。伊達家仙台藩内の気仙高田（岩手県陸前高田市気仙町）というところで、医術を業とし、その名も「浅香小五郎」と変えて隠棲している、というのである。

当時は、幕府も三代将軍家光の時代になって、宣教師やキリシタンの存在を訴え出た者には、過分の銀子が賞金として支払われていたから、治療を受けた患者などのなかに金目当ての通報者がいたのだろう。内記はそのころ、長崎で一緒になった妻とのあいだに一男一女を設けていたが、娘を二年前にがけ崩れの事故で失い、一年ほどまえには妻も労咳《ろうがい》(結核)のために死なせてしまっていた。内記は、さらにその名を「十右衛門」と変えたうえで、息子・権太夫を連れて江刺郡伊手村(岩手県奥州市江刺区伊手)に逃げていたが、幕府の役人に捕縛された。

「おまえは、明石掃部の息子であるか」

「はい、私はまぎれもなく敬愛する父・明石掃部の次男であります」

捕まったときの内記は、粗末な着衣を纏い、髪も髭も伸び放題だった。しかもそのころすでにかれもまた重い労咳にさいなまれていたが、いかにも士分の者らしく毅然として答えた。

すでに自分の命が燃え尽きようとしていることに気づいていたのだろう。江刺から仙台を経て江戸への護送の途中、激しい吐血を繰り返し、須賀川(福島県須賀川市)のあたりで息を引き取った。

遺体は、その場で塩漬けにされたうえ江戸へ運ばれたが、刑罰として槍で何度も突き刺され、樽ごと下町のごみ捨て場に捨てられた。

内記は、このとき四十歳くらいだった。

明石家で一人だけ残った内記の長男・権太夫は、「明石掃部の孫」という理由から、仙台・広瀬川の河原で斬首された。

刑場に引き立てられてきた権太夫は、自分がなぜ殺されなければならないのかその理由が分からなかった。

「お役人さま、私は何の罪で討たれるのでありましょうか」

「うるさい！　早く首を前に出せ！」

処刑の役人にそう怒鳴られると、権太夫は、親から教えられていた通りに、十字を切って両手を合わせ、目にいっぱい涙をためて天を仰いだ。

権太夫は、そのときまだ九歳だったという。

終章――あとがきにかえて

いったいどんな風貌をしていたのだろうか？

私は、明石掃部が生まれ育った岡山を訪れたとき、郷土史家の柴田一《はじめ》氏に、そのことをお尋ねしたことがあった。柴田氏は、戦国備前史研究のエキスパートであり、名著『新釈編備前軍記』などの編著者である。しばらく腕組みをして考えられたうえで、

「そうですね、長身にして、いかにも威風堂々とした武将だったと思います。髭をたくわえてはいるが、目鼻立ちの整った、いかにも優しげな武将だったのではないでしょうか、キリシタンでしたからね」

と、答えられた。それは、私がそれまでに温めてきたイメージと一致するもので、この武将の生涯を綴るに、大事なお墨付きをいただいたような気がした。

私が、明石掃部の存在を知ったのは、それほど古いことではない。十年ほどまえに、関ヶ原の一戦のことを調べていたときに、西軍＝石田三成方の主力・宇喜多秀家

隊の先鋒を指揮した武将であることを知ってからである。

明石掃部はこのとき、鉄砲隊と長槍の者どもを巧みに采配して、東軍＝徳川家康方の先鋒・福島正則隊を再三にわたり、しかも惨々に撃ち破った。

いったいどんな人物なのか？　その才智はどこからきたのか？　なぜキリシタンになったのか？　なぜ関ヶ原の一戦を西軍として戦ったのか？　さらに大坂の役にさいしては、なぜ多くのキリシタンを率いて大坂城に入城したのか？　敗戦のあとどこへ消えてしまったのか？　その生涯には、多くの謎があって、いっそうの興味をそそられた。

私は、明石掃部について、出自の地・岡山を訪ね、関ヶ原や大阪を歩いた。そして福岡から長崎へ、大坂の役後の逃亡の跡を追うように取材・調査の旅を続けた。

現地に残る史料や文献を探し当て、また郷土史家や研究者の貴重な話を聞いていくうちに、いろいろなことが少しずつ分かってきた。特に、当時のイエズス会宣教師たちが、明石掃部を文武両道にわたって高く評価し、その履歴や功績を細かく記録していることを知った。

そこで明石掃部は、たとえば次のように書かれている――

「明石ジョアン掃部殿は、迫害の時期に、自分の宗教と信仰に関し大いなる模範を示してきたので、一般にはもう一人の高山ジュスト右近と見なされている。強い情熱とデウスについての深い知識を有したこの武士は、他の人々を、説教を聞くために伴ってきた。そのため（備前では）数年で、藩庁の主だった貴人たちが改宗し、二千名を超える人々が洗礼を受けた」

「（関ヶ原の一戦では）明石ドン・ジョアンはいとも秀でた殿であり、はなはだ勇敢な武将で、経験が非常に豊かであったから、奉行たちは彼を軍勢の先頭に立たせた。彼は大いに奮戦したので、敵軍さえもこれに驚嘆した」

（『十六、七世紀イエズス会日本報告集』）

明石掃部は、戦国備前の太守・宇喜多秀家の義兄にして客将であったが、文禄四年（一五九五年）に洗礼を受けてキリシタンとなり、慶長五年（一六〇〇年）、関ヶ原の一戦の年に、乞われて宇喜多家の執政＝筆頭家老となった。

それからの生涯は、特に波乱に満ちたものであった。まさに戦国の世を、時には死をも恐れず火のように戦い、そして時には風のように奔りぬけた。

明石掃部は、あの天下を分けた関ヶ原の一戦を、西軍の主力・宇喜多秀家隊の先鋒として激戦し、大坂の役では、真田幸村や後藤又兵衛らとともに「大坂方の五将」の一人として勇戦した。

関ヶ原の一戦は確かに、豊臣秀吉亡きあとの天下の簒奪を企てた徳川家康と、これを阻止しようとして決起した石田三成との戦いだった。また大坂の役は、豊臣家を潰すことで幕藩体制の強化を考えた家康と、これに財力の限りを尽くして抵抗した秀頼の戦いであった。

だが、もう少し視野を広げ歴史的な見地から捉え直すと、いずれの戦いも、時代の大きな転換点にあって、おおまかに言えば守旧的な勢力と開明的な勢力とが、武力をもってぶつかり合った戦いだったといえよう。

この時期の日本では、信長や秀吉により中央集権的な支配体制が出現するなか、農業生産力が飛躍的に高まり、貿易や商工業の利益もケタ違いに増えた。それはほかでもなく日本が、欧米的な統一国家に衣替えするとともに、国際社会に対しても飛躍していく大きな機会であった。

特に注目すべきはこの時期の国際化の流れで、そのきっかけとなったのは鉄砲の伝来とキリスト教の流入である。

種子島に鉄砲が伝来したのは天文十二年（一五四三年）のことである。それから三十二年後の天正三年（一五七五年）、織田信長が長篠の戦いで大量の鉄砲を使い、不敗を誇ってきた武田騎馬隊に壊滅的な打撃を与えたころには、日本全国にすでに十万丁ほどの鉄砲が氾濫していたという。鉄砲はそれまでの戦法を一新した。織田政権も豊臣の天下も、鉄砲によって樹立されたと言っても過言ではない。

その後も鉄砲の数は増え続け、慶長五年（一六〇〇年）に関ヶ原の一戦が行なわれたころには、二十万丁以上に及んでいたのではないかと思われる。

他方、キリスト教が日本に伝えられたのは、天文十八年（一五四九年）で鉄砲に遅れること六年。あのフランシスコ・ザビエルが鹿児島にやって来てからである。ところがこちらのほうも、当時の日本社会に物凄い勢いで浸透し、その信徒数は、信長の時代にはおよそ五万人、秀吉の時代には三十万人にまでなった。にわかには信じがたいほどの激増ぶりである。

しかも、宣教師たちはその教えとともに、極めて斬新な西欧の文化・文物を持ち込んできた。それは、教会や学校、絨緞や机・椅子、望遠鏡や眼鏡、グラスや葡萄酒、煙草やカステラといったものだけではない。彼らは、西欧式の病院を建てて患者の治療にあたり、また、印刷機を持ち込んで聖書や日本古典の出版まで手掛けたのである。

まさしく、キリスト教が日本の戦国社会に与えた衝撃と影響は、とうてい筆舌に尽くしがたいほどのものであった。この事実は、戦国という時代をいま一度考え直さなければならないほどの大きな意味を持っている。

当時の日本は、これらの文化・文物を吸収しながら、大いなる繁栄を目指して国際化の道に踏み出そうとしていた。

その点、明石掃部が卓抜した鉄砲隊の指揮者として開明的な勢力の側で戦い、また敬虔なキリシタンとして生涯を全うしたことは、いかにも時代を象徴する武将だったことを物語っている。

ところが、この国際化という大きな流れは、関ヶ原の一戦と大坂の役を経て、ほぼ完全に断たれたといえよう。家康の考え方とこの男がつくった幕藩体制というのは、極端な排外主義で、守旧的、伝統的な農業本位の政権であった。

理由はどうあれ、キリシタンへの迫害と一連の鎖国政策によって、戦国期に芽生えたあらゆる開明的、進歩的な風潮を、容赦なく次々に潰し、そのほとんどを消し去ってしまった。

明石掃部の生涯が悲劇的であったとすれば、そうした時代の逆風に、無残にも吹き曝されたという点であろう。

私が理解したかぎり、この時代の名だたる武将のなかで、明石掃部ほど家族を愛し家臣を労り、民百姓を慈しんできた者はほかにいない。しかもこの男には、戦国期の卓抜した戦さ師でありながら常に平穏を願い、封建支配の頂点にいながら当時の士分・民百姓という身分制をも否定しようとした形跡すらある。

だが、それらの夢が、わずかでも遂げられることはなかった。その家族の誰もが、時代の逆風に翻弄されて散々に引き裂かれたうえ、不本意な死を遂げていった。

特に大坂の役が終わってから繰り広げられた「明石狩り」は、キリシタンへの取締りの一環として執拗であった。明石掃部とその長男や次男が追われ続けただけではない。九歳の少年・権太夫に至っては、大坂の役が終わってから二十四年も経っていたのに、「明石掃部の孫」だというただそれだけの理由で斬首されているのである。

ところが、明石掃部は、調べて書くには資料や文献があまりにも少ないために、なかなか捉え難い人物だった。ましてや、当時のキリシタンとその文化について、あまり知識や関心のなかった私にとっては、なおさらのことであった。

だから、明石掃部が戦国の世で抱き続けた希望や、背負い続けた苦悩を、今の時代の私が、いったいどれだけ描けたかについては、ただひたすら読者の評価に委ねるほかないと思っている。

明石掃部の取材・資料収集にあたっては、前述の郷土史家・柴田一氏や宇喜多家史談会の石渡隆純氏をはじめ、実に多くの方々にご指導やご助力をいただいた。ここに改めて、お礼を申し上げたい。

また、出版にあたっては、学陽書房の安藤健司氏をはじめとする同社の皆さま、装画を描いた吉田秀樹氏らにもたいへんなお世話になった。本書がこうして世に出ることができたのは、ひとえにこれらの方々のご尽力のたまものである。

平成二十二年六月

山元泰生

明石掃部関係年表

（明石掃部の生年や没年、また洗礼を受けた時期など、史料・文献のうえで不明な事項や諸説がある事柄については、著者が合理的に推定し、＊印で記載しています）

和暦	西暦	年齢	事項
永禄 九	一五六六		**＊この年、明石掃部生まれる。父親は、時の備前守護代・浦上宗景の重臣で東備前・保木城の城主・明石景親（母親は不明）**
一〇	一五六七	一	明禅寺合戦。この年春、宇喜多直家・明石景親の連合軍、備中の三村元親に圧勝する
元亀 元	一五七〇	四	この年の夏、宇喜多直家、備前・岡山城を増改築し、城下町の建設を始める
三	一五七二	六	この年、宇喜多八郎（秀家）、直家の次男として岡山城で生まれる（長男は早世、母親は美作・高田城の城主・三浦貞勝の元夫人・お福の方）
天正 五	一五七七	一一	2月 宇喜多直家、明石景親の内応を得て、主筋の備前守護代・浦上宗景を天神山城に攻め落とす
七	一五七九	一三	10月 宇喜多直家、秀吉の斡旋により信長に帰属する
九	一五八一	一五	2月 宇喜多直家、岡山城で死去。嫡子・八郎（のちの秀家、当時八歳）が遺領を継ぐ

天正一〇	一五八二	一六	5月 秀吉、清水宗治の籠る備中・高松城など七城を攻囲。宇喜多勢一万五千人はその先鋒として奮戦する。**明石掃部、この戦いで初陣** 6月 本能寺の変勃発 ***明石掃部、直家の重臣・戸川秀安の娘とともに秀吉の事実上の人質として姫路に同行** 山崎の戦い。秀吉、明智光秀勢一万人を山城・山崎の野で撃破する
一一	一五八三	一七	4月 賤ヶ岳の戦い。秀吉、柴田勝家を近江・賤ヶ岳に破り、越前・北庄城で自殺させる 7月***明石掃部、宇喜多家を代表する普請奉行・長船紀伊守のもとで大坂城の築城に参画**
一三	一五八五	一九	7月 秀吉、関白に就任 ***このころ、明石掃部、宇喜多直家の四女（秀家の姉）・麻耶と婚姻**
一四	一五八六	二〇	12月 秀吉、太政大臣となり豊臣姓を賜る
一五	一五八七	二一	5月 秀吉、九州の役で島津義久を降す。秀家、秀吉に従い十四歳にして初陣を飾る 6月 秀吉、筑前・博多で突如として「伴天連追放令」を発令。キリシタンの高山右近、改宗を拒否して、大名身分と播磨・明石五万石を投げ出す
一六	一五八八	二二	*この年、明石掃部の長男・小四郎（守景）誕生
一八	一五九〇	二四	7月 秀吉、相模・小田原の北条氏を降す

天正一九	一五九一	二五	＊明石景親死去。**明石掃部が備前・保木の三万三千石を継承し、宇喜多家の客将となる**
文禄　元	一五九二	二六	＊この年、明石掃部の長女カタリナ（日本名不詳）誕生
			1月　秀吉、征明軍を編成。宇喜多秀家を総大将とする
			2月　征明軍、朝鮮に出発し文禄の役始まる。キリシタン大名の小西行長、同じ九州のキリシタン諸将を率いて、第一軍（先鋒）を務める
二	一五九三	二七	12月　秀吉、太閤と称し、関白の座を養子の秀次に譲る
			8月　秀吉と淀殿とのあいだに秀頼誕生
四	一五九五	二九	秀家の従兄弟にあたる宇喜多左京亮詮家（のちの坂崎出羽守直盛）、京で洗礼を受ける
			12月＊**明石掃部、大坂で洗礼（洗礼名ジョアン）を受けキリシタンとなる**
慶長　二	一五九七	三一	＊この年、明石掃部の次男・内記（景行）誕生
			1月　朝鮮再征軍出発、慶長の役始まる。宇喜多秀家、再び朝鮮に出陣する
			＊**明石掃部、宇喜多詮家とともに大坂にいた二人の神父救出。そのあと、長崎に送られる宣教師や日本人信徒二十六人を、播磨・赤穂で受け取り備中・川辺まで護送する**
			12月　秀吉、宣教師や日本人信徒二十六人を長崎の西坂の丘で処刑
三	一五九八	三二	＊この年、明石掃部の三男・右近（宣行）誕生
			5月　宇喜多秀家、朝鮮から帰国。死去した小早川隆景のあとを受け、豊臣政権の五大老の一人に任ぜられる

慶長 四	一五九九	三三	8月　秀吉、京都・伏見城にて死去 この年、「宇喜多騒動」勃発。戸川逵安や宇喜多詮家ら国許派の重臣らが、執政・長船紀伊守綱直を毒殺したうえ、主君・秀家への抗議のため武装して上坂する。その後、およそ二百五十人が宇喜多家を離脱する
五	一六〇〇	三四	2月　**明石掃部、宇喜多家の執政＝筆頭家老となる** 9月　関ヶ原の戦い **明石掃部、宇喜多隊一万七千人の先鋒四千人を指揮し、東軍の先鋒・福島正則隊を再三にわたり撃退する** **明石掃部、家康の本陣を目指して猛然と敵中に突き進み、遠縁の黒田長政隊に捕縛されたが、のち大坂で放免される** 10月　小早川秀秋、宇喜多氏滅亡のあとの備前、美作の太守となる **＊明石掃部、このころから家族とともに備中・足守に潜伏**
六	一六〇一	三五	6月　小早川秀秋、岡山城に入城。国中の城を破却する
七	一六〇二	三六	10月　小早川秀秋、二十一歳で変死。嗣子がなかったことを理由に断絶する **＊明石掃部、このころ家族・家臣らとともに九州へ下り、筑前・福岡五十二万石の太守となった黒田如水・長政親子を頼る。その後、黒田如水の尽力で、弟の黒田直之が所領する筑前・秋月（一万二千石）の領内に匿われ、家臣名義で千二百五十石を得る**
八	一六〇三	三七	2月　家康、征夷大将軍に任じられ江戸に幕府を開く 池田忠継が備前・岡山二十八万石の太守となる

慶長　九	一六〇四	三八	*この年の夏、明石掃部の次女レジナ誕生。このときの産後の肥立ちが悪く、妻の麻耶（洗礼名モニカ）、三十三歳で死亡する。長男の小四郎守景（洗礼名ヨハネ）、修道を歩むことを決心。**明石掃部は密かに長崎に赴き、ホレモン神父に修道を願ったが拒絶される**
一〇	一六〇五	三九	3月　明石掃部を保護した黒田如水、伏見で死亡 4月　家康、駿河・府中に隠退し、秀忠に将軍職を譲る
一一	一六〇六	四〇	4月　宇喜多秀家、長男・秀高、次男・秀継を伴い八丈島に流される *このころ、明石掃部の長女カタリナ、宇喜多家の旧臣・岡越前守の子・平内と婚姻
一四	一六〇九	四三	それまで明石掃部を匿っていた筑前・秋月藩主・黒田直之死去
一六	一六一一	四五	この年、直之の嫡男・黒田長門守直基《なおもと》死去。その知行地は黒田本領に編入される ***明石掃部は黒田家を去り一族・家臣らとともに上坂。密かに京畿や備前などで将士を集める**
一九	一六一四	四八	3月　幕府、禁教令を発令 10月　幕府、高山右近、内藤如安らキリシタン百四十八人を長崎に送り、在日宣教師の大半とともにマカオ、マニラに追放する **明石掃部、キリシタン将士およそ二千余人を率いて、大坂城に入城** 11月　大坂冬の陣始まる **明石掃部、真田丸の真田幸村を支援。兵四千人を采配し、黒門口などで幕府**

方の大軍と戦う
12月 幕府と大坂方のあいだで和議成立

元和 元 一六一五 四九

2月 岡山藩主・池田忠継死去。弟の忠雄が三十一万五千二百石をもって岡山藩主となる
5月 大坂夏の陣始まる
明石掃部、最後の決戦を迎えて奇襲隊を編成。家康の姿を求めて敵陣に突入し、木津村のあたりで激戦する
＊掃部の三男・右近（宣行）、激戦のなかで戦死。義母・お峰の方と長女カタリナも戦火に巻き込まれて死亡する
掃部の次女レジナ、落城に際して捕らえられ、家康に引見する（のち釈放）
＊明石掃部、海路九州に逃亡。筑前・小田から筑後・久留米を経て長崎へと逃亡する
12月 このころ、掃部の次男・内記景行（洗礼名パウロ）、医師になることを決心
＊明石掃部、長崎にきた次女レジナと涙の対面を果たす

二 一六一六 五〇

3月 長崎代官の村山等安、三男の秋安を団長（司令官）として、十三隻の兵船からなる台湾遠征隊を長崎より派遣
＊明石掃部ら八人は、この遠征隊に加わり台湾を目指したが、琉球沖で季節風のために遭難。一週間の漂流ののちに呂栄（ルソン）最北部のカラヤン島に漂着する

			4月　家康、駿府で死去（七五歳） **＊この年の秋、明石掃部ら、スペイン総督の指示でカラヤン島よりマニラの日本人居住区に移住する** ＊このころ、明石掃部の次女レジナ、長崎で病死
元和　三	一六一七	五一	3月　福岡藩で一千二百石を食んでいた掃部の従兄弟の明石次郎兵衛、主君・黒田長政の改宗の命令を拒絶して斬首される
六	一六二〇	五四	8月　ポルトガル船の船長・平山常陳、宣教師二人を密入国させようとしたとして捕縛される
八	一六二二	五六	7月　長崎奉行所、平山常陳や宣教師、船員らの十五人全員を処刑 **＊このころ明石掃部ら四人、マニラより長崎に帰国** 8月　幕府、長崎で大村藩が捕縛していた宣教師二十一人と信者ら三十四人を処刑
九	一六二三	五七	**＊このころ明石掃部ら四人、備前・岡山に帰郷** ＊この年の初夏、明石掃部ら四人、八丈島に流配されているかつての主君・秀家に会うために備後・鞆の港を発ったが、数日後、土佐沖で嵐により遭難する 7月　秀忠、将軍職を辞し、家光、三代将軍となる
寛永　九	一六三二		1月　秀忠死去 4月　岡山藩主・池田忠雄死去。池田光政が三十一万五千二百石を所領する
一〇	一六三三		2月　幕府、第一次鎖国令を発令

寛永一四	一六三七		10月　明石掃部の長男・明石小四郎（守景、洗礼名ヨハネ）、鹿児島で見つかり京へ護送されたうえ処刑される 10月　島原・天草の乱勃発。天草四郎時貞を主将とする一揆勢およそ二万七千人、肥前・原城に籠もるも、翌年2月に陥落し大虐殺に遭う
一七	一六四〇		この年、明石掃部の次男・内記（景行）、陸奥・江刺で医術を業としていたところ、藩庁の役人に捕縛され、江戸へ送られる途中、須賀川のあたりで病死。九歳の長男・権太夫は、仙台・広瀬川の河原で斬首される
明暦元	一六五五		11月　宇喜多秀家、流刑先の八丈島で死去（八三歳）

主な参考史料・文献

〈戦国・江戸期の史料・文献〉
『備前軍記』／『吉備温故秘録』／『宇喜多戦記』／『龍ノ口落城記』／『妙善寺合戦記』／『天神山記』／宮川尚古著『関原軍記大成』

〈明治以降の史料・文献〉
岡谷繁実著『名将言行録』／福本日南著『大坂城の七将星』／桃川如燕口演、斎藤嘉吉編『浮田秀家』／岡山県東粟倉村編纂『東粟倉村史』／岡山県赤磐郡教育会編纂『赤磐郡誌』／岡山県瀬戸町教育委員会編纂『瀬戸町誌』／岡山県大原町史編集委員会編纂『大原町史』

〈戦後の史料・文献〉
柴田一編著『新釈備前軍記』（山陽新聞社）／加原耕作編著『新釈備中兵乱記』（山陽新聞社）／三好基之編著『新釈美作太平記』（山陽新聞社）／高柳光壽・鈴木亨著『日

本合戦史』（学藝書林）／旧参謀本部編纂『日本の戦史』のなかの『関ヶ原の役』『大坂の役』（徳間書店）／立石定夫著『戦国宇喜多一族』（新人物往来社）／田代量美著『筑前城下町秋月を往く』（西日本新聞社）／小島幸枝著『長崎代官村山等安その愛と受難』（聖母文庫）／葛西重雄・吉田貫三著『八丈島流人銘々伝』（第一書房）／宇垣武治著『八郎どのの生涯』（吉備愛郷会）／谷口澄夫著『岡山県の歴史』（山川出版社）／多和和彦著『岡山の古戦場』（日本文教出版）

阿部猛・西村圭子編『戦国人名事典』（新人物往来社）／児玉幸多・坪井清足監修『日本城郭大系』（新人物往来社）／桑田忠親監修『戦国史事典』（秋田書店）

〈キリシタン関係史料・文献〉

松田毅一監訳『十六、七世紀イエズス会日本報告集』（全五巻）（同朋社）／レオン・パジェス著『日本切支丹宗門史』（上）（吉田小五郎訳、岩波文庫）／尾山茂樹著『備前キリシタン史』／H・チースリク著『キリスタン史考』（聖母文庫）／ルイス・フロイス著『日本史』（全一二巻）（松田毅一・川崎桃太訳、中央公論新社）／村上直次郎・新村出監修『切支丹風土記』（全五巻）（宝文館）／M・クーパー編『南蛮人戦国

見聞記』（会田雄次編、泰山哲之訳注、人物往来社）

〈論文・レポート・エッセイ〉

岩生成一「長崎代官村山等安の台湾遠征と遣明使」（台湾帝国大学文政学部史学科「研究年報」、昭和九年）／H・チースリク「キリシタン武将・明石掃部」（新人物往来社「歴史読本」、1981年3月号）／市川俊介「宇喜多直家」（新人物往来社「別冊歴史読本」、1997年11月号）／大西泰正「宇喜多秀家論」（史敏刊行会編集「史敏」、2009年春号）／内藤勝輔「悲運の武将・宇喜多秀家」（「吉井川下流改良区だより」連載）／高山友禅「宇喜多家の内紛」（宇喜多家史談会会報、第6号、平成15年4月16日）／市川俊介「キリシタン大名　明石掃部頭全登」（宇喜多家史談会会報、第30号〜第31号、平成21年4月22日および7月27日）

本書は、書き下ろし作品です。

人物文庫

明石掃部《あかしかもん》

二〇一〇年七月二〇日［初版発行］

著者――山元泰生《やまもとたいせい》

発行者――佐久間重嘉

発行所――株式会社学陽書房
東京都千代田区飯田橋一-九-三 〒一〇二-〇〇七二
〈営業部〉電話＝〇三-三二六一-一一一一
FAX＝〇三-五二一一-三三〇〇
〈編集部〉電話＝〇三-三二六一-一一一二
振替＝〇〇一七〇-四-八四二四〇

フォーマットデザイン――川畑博昭

印刷所――東光整版印刷株式会社

製本所――錦明印刷株式会社

ISBN978-4-313-75262-7 C0193